D1825337

EINE LANGE FAHRT

HENRY ROI

Übersetzt von
ADELHARDUS LANGE

VIII. ES GEHT WIEDER LOS

Ich wachte mit mehreren nervigen Sachen auf. #1, das Sofakissen klebte mit einer großen Sabberpfütze an meinem Mund fest. Und #2, ich hatte die schlimmste Ich-muss-pinkeln-aber-bin-zu-hart-um-es-zu-schaffen-Morgenlatte.

Ich rollte mich auf den Rücken und wischte mir den ekelhaften Mund ab. Ich seufzte, während ich meinen Schwanz in eine weniger schmerzhafte Position legte und rieb mir die Augen. Beim Geruch von Blondies Haar-shampoo machte ich die Augen auf. Sie stand direkt über mir mit den Armen unter ihren Brüsten verschränkt, zwei perfekt geformte Berge. Ich schaute mir ihr T-Shirt an. TRUST ME war in weißen Druckbuchstaben auf die Vorderseite gedruckt, zwischen zwei weißen Händen, die mit dem Daumen auf sie zeigten.

„Aufstehen Schatz," sang sie. „Wir müssen uns mit den anderen im Fitnessstudio treffen."

„Mmm-arck," antwortete ich und setzte mich auf. Ich stellte meine nackten Füße auf den Boden auf und griff den Teppich mit meinen Zehen. Ich konnte mich nicht daran erinnern, auf der Couch eingeschlafen zu sein (#3). Ich schaute auf die Wasserbong am Ende des Tisches. *Vielleicht habe ich etwas übertrieben...*

Ich war noch nicht an diese neue Wohnung gewöhnt, obwohl wir hier schon seit zwei Monaten wohnten. Wir mussten umziehen nach der Scheiße bei der Garage. Noch etwas Unpraktisches. Die Miete unserer alten Wohnung war umsonst, der Vermieter bedankte sich damit für unsere Hilfe in der Vergangenheit (Wir hatten den Direktor für öffentliche Arbeiten davon überzeugt, neue Strommasten und Abwasserleitungen für einen kompletten Wohnungs-Komplex zu installieren. Und mit überzeugt meine ich sein Leben, sein korruptes Leben, mit einem großen Alligator bedroht). Für diese Wohnung mussten wir den vollen Preis zahlen, etwas was ich nicht mehr gemacht habe, seit, naja, ähm, ich mich erinnern kann scheinbar.

Ich lehnte meinen Kopf zurück und runzelte die Stirn bei dem Gedanken. *Es ist ja nicht so, dass wir uns das nicht leisten können... Pah! Aber Banken... Sich durch ganz viel unnötigen sozialen Kontakt quälen. Diese gierigen Banker sind schlimmer als Kredithaie... Kredithaie brechen dir vielleicht die Daumen, wenn du zu spät zahlst. Banker werden dich zur Räumung zwingen... Man das klingt boshaft... Ich würde sie mehr respektieren-*

„Raz! Aufstehen!"

Meine Augen sprangen auf. Ich bin wieder eingenickt. Verdammt (#4!). So läuft das nicht. Wir hatten noch Arbeit zu erledigen. „Tut mir leid Schatz. Ich steh auf. Wirklich jetzt."

„Ja. Ernsthaft jetzt. Hier." Sie grub in der Tasche ihrer süßen, weißen Shorts und kramte ein kleines Ziploc hervor mit mehreren dunkel- und hellbraunen Kapseln drin. 20 mg Dexedrine. Sie gab mir zwei davon und sagte, „Ich habe meine schon genommen." Sie strich mit ihren Fingern durch mein Haar lehnte sich herüber und küsste meine Stirn. Sie lief in die Küche.

Wir nahmen einen wie wir es nannten „Coke Break" für noch einen weiteren Monat. Also wenn wir etwas beschleunigen mussten, dann mit etwas, was weniger schädlich für den Körper war. Also Medizin. Ich bevorzugte Dexedrine. Auch wenn Adderall genausogut wirkte. Ich schmiss sie in meinen Rachen und schluckte sie mit einem Haufen Speichel. „Kommt schon Amphetamine. Verfröhlicht meinen Tag."

Ich stand auf und schaute mich um. Ich zeigte auf den Flur. „Toilette. Dusche. Rechts." *Definitiv zu viel geraucht.* Ich grunzte in Gedanken um die Couch und den Tisch wankend. Wir hatten noch nicht all unsere Bilder aufgehangen und die Wände waren nackt und weiß, weshalb das Wohn- und Esszimmer noch größer aussah. Der Flur war ein gerader Tunnel, das Fehlen von Details war das einzige, was mein benebelter Kopf wahrnahm als ich ins Badezimmer wanderte.

Sobald ich fertig war mit Duschen fühlte ich den Höhepunkt der Droge. Meine Augen waren etwas weiter und mein Körper wurde immer euphorischer. Geladen. Ich trocknete mich ab, sprühte etwas Deo, irgendein Zeug für meine Haare, welche mittlerweile so lange waren, dass sie meine Augen berühren konnten. Ich rasierte mich, trimmte meinen Schnurrbart, zog mir meine weißen Boxershorts und schwarze Diesel Jeans an, ein graues T-Shirt. Ich steckte meine Rasierklinge wieder in die Scheide an meinem Rücken, wo mein schwarzer Gürtel war, dann zog ich meine schwarzen Rockports an.

Bereit zu gehen.

„Bitch."

Blondie stand vor dem Herd, als ich in die Küche lief,

und hielt eine Bratpfanne. Das Omelette war riesig, die Eier brutzelten zusammen mit Pilzen, Paprikas, Zwiebeln, Käse und Tomaten. Sie machte den Herd aus, nahm sich einen Pfannenwender, zerteilte das Essen in Portionen – ein Drittel für sie, zwei Drittel für *moi* – und verteilte es auf blauweiße Keramikteller. Sie gab einen davon mir.

„Guten Morgen," schnurrte sie, dann küsste sie mich. Sie gab mir eine Orange und eine Gabel.

Ich lächelte *danke*, gab ihrem Hinterteil einen Guten-Morgen-Klapser und setzte mich auf einen Hocker hinter der Inseltheke. Ich stellte meinen Teller hin. Wir nippten Milch und nahmen uns Zeit, unsere Omeletts zu genießen, während wir uns die Wellen am Strand durch das Fenster hinter dem Waschbecken anschauten. Die Eichen schwankten im Zentrum der vollen Straße zwischen unserer Wohnung und dem Deich. Wir aßen an den meisten Morgen zusammen und fast jeden Abend, um den stillen Trost der Anwesenheit des anderen zu genießen.

Wir konnten unsere Wagen aus der Garage holen und sie später wieder öffnen, nachdem ich mit den Hancock County Sheriff's Detectives geredet hatte und sie davon überzeugt hatte, dass wir nichts mit dem Bandenkampf, der hier stattgefunden hatte, zu tun hatten. 211? OBG? Wer sind das? Nein Sir, wir wussten nicht, dass sechs asiatische Gangster mit einem Militärgewehr abgeschossen wurden. Oh mein Gott! Sind sie gestorben? Nein? Na Gott sei Dank!

Ich interessierte mich nicht wirklich für Gulfport, aber in Harrison County war die Coast dieselbe, egal ob du in G-Town oder in B-Town warst. Ein Casino oder Wohnhaus sah aus wie der Rest. Die Schlichtheit und die Bekanntheit hier waren ermunternd. Ich könnte hier ohne Probleme leben.

Ich lief ins Parkgelände unter dem Gebäude, während ich meine Jacke anzog. Ich kletterte auf die Suzuki, hob meinen Helm vom Lenker und verfluchte mich ein wenig dafür, dass ich ihn über Nacht hier gelassen hatte. *Erstmal keine Bong mehr...* Ich schaute den Highway runter auf eine Regionalbank. Auf dem Schild draußen stand, HEUTE IST 8 SEPTEMBER 2014. TEMP 11 °C.

Durch den unaufhörlichen Meereswind fühlte es sich viel kälter an. Ich würde lieber im Ford mit meinem Mädchen fahren. Aber hier sitze ich, genial wie ich bin, auf einem Motorrad und friere mir den Hintern auf dem Highway ab, weil ich eine Wette gegen Blondie verloren habe. Ich schwöre, ich bin ein sturer MFer. Ich konnte es nicht lassen. Ich musste einfach wetten, dass sie mich nicht übertrumpfen konnte.

Am Tag, an dem wir hierhin gezogen waren, fanden wir Pfeil und Bogen in einer Box in der Garage. Ein 25 kg Compoundbogen. Und wirklich nur einen Pfeil. Wir konnten beide verdammt gut damit umgehen, auch wenn wir schon ein paar Jahre nicht mehr geübt hatten. Aber wer war besser? Ein nicht so freundlicher Wetteinsatz motivierte uns dazu, das herauszufinden: Der Verlierer musste sich die Eier oder Brüste den gesamten Winter über auf 'Zuki abfrieren.

Wir stellten ein Papierziel im Wohnzimmer auf, ein Pappschild mit einem Sharpie Bullseye und einem dicken Kissen dahinter. Es hielt alle 20 Schüsse, die wir abfeuerten, aus. Best of Ten. Mit großer Konzentration und fokussiertem Atmen traf ich acht mal ins Schwarze. Sie neun mal. Ohne Mühe.

Du wurdest abgezockt, kicherte mein Unterbewusstsein.

Mag sein, antwortete ich vor dem kalten, salzigen Wind

zitternd. Ich stellte mich über die Hayabusa, drehte den Schlüssel und drückte den Startknopf. *Voom!* grüßte mich 'Zuki. Der Yoshimura Rennauspuff war besonders laut, wenn es kalt war. Ich ließ die Starterklappe an, was zweihundert Pferden ermöglichte, ihre Beine aufzuwärmen.

Blondie lief an mir vorbei, offensichtlich ein Lächeln unterdrückend. Ich runzelte die Stirn, keck wie sie lief, und schaute ihre Güter an. Sie hatte sich umgezogen und trug nun schwarze Strumpfhose und rote Puma Crosstrainers, Schuhe, die zu ihrem TRUST ME Shirt passten, und eine Sporttasche um ihre Schulter. Natürlich war meine Aufmerksamkeit bei ihrer Strumpfhose. Und das wusste sie, diese Füchsin.

Blondie blieb neben ihrem Truck stehen mit dem Gewicht auf einem Bein. Sie schmiss ihre Haare über ihre Schulter, steckte einen Scrunchie in ihren Mund und band ihre goldenen Locken zu einem lockeren Pferdeschwanz mit dem Scrunchie zusammen. Sie öffnete die Sporttasche, holte ihre Schlüssel raus, verlagerte das Gewicht auf das andere Bein und schloss die Tür auf. Ohne mich anzugucken sagte sie, „Ich hoffe, dass mein Arsch dich heiß genug für die Fahrt macht." Dann kletterte sie auf den Fahrersitz und schloss die Tür.

Ich kam nicht auf eine Antwort, bevor sie mich mit dem Brüllen des 429 Flowmaster betäubte. Ich setzte meinen Helm auf und schaltete die Starterklappe an, bediente die Gangschaltung, den Fuß steif, mein Bein immer noch am verheilen. Ich bummelte auf die Avenue und bremste mit Blick auf den Highway 90. Blondie fuhr raus, hielt neben mir an und kurbelte das Beifahrerfenster runter. Der frische, dunkellilafarbene Lack des Fords war mit nassem Schleifpapier geschliffen und poliert worden, sodass er spiegelnd war und den Hayabusa und den Fahrer in schwarz zeigte. Sie grinste mich an, dann hielt sie ihre Hände vor der Armaturenbrettentlüftung und seufzte theatralisch. Dann kurbelte sie das Fenster wieder hoch.

Wir waren immer noch dabei, unsere Nachbarn anzulernen. Du weißt schon, Revier markieren. Unsere Morgentradition war mein Lieblingsteil des Tages. Wir ließen unsere gemeinsamen 800 PS aufheulen, dann, als wären wir eins, betätigten wir die Kupplungen und traten aufs Gas. Die bebende Erde und die schwelenden schwarzen Spuren, die wir hinterließen, waren sooo lass-es-mich-Doggy-machen aufregend.

Der Highway 49 war nur einen kleinen Trip vom Strand entfernt. Wir fuhren dort rechts und schlängelten uns durch den abnormalen Verkehr, sahen das Fitnessstudio und bogen ein. Shockers El Camino und Aces Scion glänzten sauber auf den vorderen Parkplätzen bei etwa fünfzehn anderen Wagen. Wir parkten und betraten das Fitnessstudio.

Meine Hände und mein Gesicht tauten auf, als ich die verschwitzte, warme Luft aufsaugte. Ich rieb meine Finger und schaute böse auf Blondie. Sie nickte mit dem Kopf zur Musik, die den Raum voller Trainingsgeräte durchdrang. *Too Close* von Alex Clare sorgte bei den frühen Morgen Gymnastikratten für Motivation. Gewichte und Hanteln klangen und klirrten. Die Laufbänder summten und die Füße trampelten auf die Förderbänder. Männer und Frauen grunzten und atmeten schwer. Es fühlte sich an wie zu Hause.

Blondie nahm meine Hand und führte mich durch das Labyrinth der Geräte. Sie grüßte den muskelbepackten Typen, der hinter einer hohen Theke einen Proteinshake trank, während er telefonierte. Doug war riesig, mit einem rasierten Kopf und zu viel Selbstbräuner. Er schaute mich ohne zu blinzeln an und redete weiter, als gäbe es mich gar nicht. Seine Augen wanderten zur blonden Göttin in ihrer Strumpfhose und sein Mund klappte zu, seine Zähne klackerten und seine Augenbrauen rasten auf Höhe seiner Haarlinie. Er stellte sich gerade hin, um sicherzugehen, dass sie wahrnahm, wie groß er war, grinste und winkte ihr mit seinem Shake. Seine Augen folgten ihrem Arsch, während wir an ihm vorbei in den hinteren Raum liefen.

„Kommt schon! Bewegt eure Ärsche!" schrie Shocker aus der Ecke des Boxrings. Sie sah uns, lächelte uns grüßend an und schaute auf die Stoppuhr in ihrer Hand. „Zeit!" sagte sie den Jungs im Ring, zwei schwarzen Teenagern, die durchnässt nach Luft schnappten, kaum stehen bleibend nach dem Tempo, das die Biestfrau ihnen aufgezwungen hatte. „In eure Ecken Jungs. Ihr müsst noch eine weitere Runde," grölte sie, unseren alten Coach in ihren Gedanken.

Sie nickten, liefen in ihre jeweilige Ecke und nahmen tiefe Atemzüge, als würden sie gleich sterben. In den Ecken standen Hocker, die andere Boxer dahin gestellt hatten, ein Mexikaner und ein weißer Typ, die darauf warteten, dass sie dran waren mit boxen. Die erschöpften Kämpfer setzten sich hin und schielten aus ihren Helmen, um zu sehen, wer ihnen bei ihrem Kampf zuschaute. Im Raum waren etwa ein Dutzend Menschen, die meisten davon Männer und drei Mädchen, darunter Shocker und Blondie. Verschiedene Springseile wirbelten wie peitschen herum und schwere Boxsäcke knallten wie Bass Tubes. Viele Leute waren eher auf Shocker fokussiert als auf ihr eigenes Workout. Sie hatte das Trainieren voll drauf, was merkwürdig ist; talentierte Boxer werden fast nie gute Trainer. Die Überzeugung und das *Aussehen* dieser Frau strahlten Alpha Bitch auf eine sehr intensive

Art und Weise aus. Und währenddessen sah sie großartig aus.

Die Kämpfer im Ring bemerkten Blondie gleichzeitig. Sie schaute von ihnen weg und dehnte sich, während sie sich mit Bobby und Ace unterhielt, ihr statuenhafter Körper fesselte ihre Aufmerksamkeit und dann, einer nach dem anderen, die Aufmerksamkeit aller Männer. Diejenigen, die nicht auf Shockers befehlende Präsenz achteten, waren voll und ganz in die drehenden, beugenden Formen meiner Freundin interessiert.

Shocker starrte ihre Schüler an und drehte sich um, um zu sehen, was sie so sehr fesselte. Sie sah, wie ich es nahm. Ich zuckte mit den Achseln, *Kommt mit dem Beute*, und wir lachten zusammen.

Sie schrie mein Mädchen an, „Hey Blondie! Du siehst wie ein nacktes, schwarzes Mädchen aus in der Strumpfhose. Komm doch hierher zum Ring, damit meine Jungs sich mehr Mühe geben?"

Blondie drehte sich um und winkte Shocker, immer noch mit ihrem Arsch auf die Männer zeigend. „Näh, es gibt bereits genug Testosteron in diesem Raum. Lasst uns niemanden zusätzlich aufregen. Es könnte passieren, dass wir diesen Typen wehtun müssen."

Das dritte Mädchen, eine Anfang-zwanziger Brünette mit übermütiger Haltung, verschränkte die Arme und machte ein *Her damit!* Gesicht, während alle anderen im Raum lachten. Manche der Männer hielten ihre Hände ergebend auf.

Shocker zeigte auf die Uhr und coachte die letzte Runde der beiden Jungs. Ich nahm Blondies Sporttasche und ging damit in die Umkleide. Ich zog meine Shorts und mein Tanktop an, beide grau, und ein Paar alte Grant Boxschuhe, die halbglänzend waren. Sie waren weiß mit roten Sohlen. Ich brachte die Tasche mit meiner Kleidung in einen Spind und ging wieder in den Saal, um mich ums Geschäft zu kümmern.

Bobby arbeitete mit Ace vor einer Wand mit Spiegeln. Beide trugen schwarze Trainingshosen und blaue Camouflage-Shirts, passend zu Shockers Outfit. *Was ist denn mit dieser Trainingsuniform?* Bobby stand hinter dem Geek und brachte ihm vernünftigen Umgang mit Hanteln bei. Ace war an der Seithebemaschine, zähneknirschend, seine Schultern brannten, der große Muskelprotz betrachtete seine drei letzten Wiederholungen. Ace seufzte erleichtert und ließ die Gewichte auf die Gummimatte fallen. „Verschmorter Schaltkreis!" fluchte er und griff nach seinen Schultern.

Ein paar Meter weiter war Blondie am Schattenboxen und schaute sich selbst im Spiegel an. Sie war sich der starrenden Augen im Hintergrund bewusst und liebte die Aufmerksamkeit. Ich stellte mich neben sie und machte ein paar Jabs, um meine Arme und meinen Torso zu strecken, dann machte ich weiter, indem ich die Scheiße aus meiner Reflektion im Spiegel rausprügelte.

Mir gefiel das Schattenboxen nicht besonders; es war etwas langweilig. Aber es war ein essentieller Bestandteil des Trainings eines jeden Boxers. Du musstest das machen, wenn du deine fundamentalen Techniken und deinen Rhythmus behalten wolltest. Eddy war diesbezüglich ein Pedant. Er sagte seinen Boxern immer, „Wenn du nichts anderes machst, renn und mache Schattenboxen." Er wollte, dass wir vor und nach jedem zermürbenden Training schattenboxten, ob wir für einen Kampf trainierten oder nicht. Die Disziplin ist nach all den Jahren irgendwann da. Jeden Morgen, sechs Tage die Woche, renne ich

und boxe meinen Schatten. Normalerweise als Aufwärm-
programm, aber manchmal ist das auch alles.

Mein Spiegelbild war schnell. Ich erhöhte das Tempo
und war bei jedem Schlag gleich mit ihm. Ich machte einen
Schritt bei jedem Schlag, zentrierte das Gewicht, dann verlagerte ich es nach vorne als ich ausfiel, um Jabs und Haken zu
schlagen. Ich wechselte den Winkel, wich nach links und
schlug einen Jab, duckte mich und machte einen doppelten
Uppercut auf den Körper. Ich wich nach rechts und warf
schnelle rechte Geraden und Overhands. Als ich vor
meinem Spiegelbild nach hinten wich, waren meine Hände
oben, um Phantomschläge abzublocken, mein Kopf neigte
sich, ich rutschte. Ich schlug Jabs in die Luft und harte,
schnelle rechte Geraden direkt hinterher. Dann komplizierte Kombos auf den Kopf und den Körper, oben/unten
Variationen, die sich dauerhaft veränderten, damit mein
Gegner nicht wusste, was er zu erwarten hatte. Zwei auf den
Kopf, eine zum Körper. Drei oben, zwei in den Bauch. Ich
knallte einen Jab ins Gesicht, eine kraftvolle Rechte in den
Bauch, mein Schultern drehten sich explosiv, meine Beine
schmissen mich nach vorne, eine Millisekunde bevor ich
meine Faust gegen die Form meines Schattens ballte.

Nach etwa zehn Minuten atmete ich schwer, der
Schweiß lief an meinen Seiten runter, ich war genügend
aufgewärmt. Ich hörte auf und hüpfte auf meinen Zehen,
das unangenehme Brennen und *Zerren* in meiner linken
Wade deutlich spürbar, welche noch nicht im Ansatz
wieder bei 100% war. Ich glaube, dass da ein paar Nerven
verletzt wurden. Solche Verletzungen brauchen sehr lange
zum Verheilen, wenn sie das überhaupt tun. Die neuro-
nalen Verbindungen müssen neue Wege zwischen dem
Gehirn und den Muskeln finden. *Gut, dass es nicht meine*

rechte Wade ist, dachte ich. Ich kämpfe von meinem hinteren Bein aus. Ein schwacher hinterer Fuß ist verheerend für einen Boxer.

Blondie schrie bei ihrer letzten Kombo, hörte auf und nahm sich ein Springseil. Ohne Pause sprang sie von einem Fuß auf den anderen, die Plastikschnur auf beeindruckende Art schwingend, der verschwommene blauweiße Fleck pfiff über ihren Kopf und unter ihren Zehen mit perfektem Timing und meisterhafter Auge-Hand-Fuß Koordination. Die Spiegel zeigten wie ihr langer Pferdeschwanz hinter einem entschlossenen Gesicht hoch- und runtersprang, ihr Atem rhythmisch, ihre Brüste hüpften schmackhaft. Sie machte schnelle Schritte, geschmeidig, und zeigte ihre Tanzschritte, die sie in Tanzclubs gelernt hatte. Ihr müheloser Charme in Kombination mit ihrer kurvigen Form war berauschend.

„Starr weiter und Bobby muss dich schon wieder fangen," sagte Shocker plötzlich an meiner Seite stehend. Ich schaute sie an. Sie schlug mir auf meine Schulter. „Komm schon, du Hengst. Du sagtest, du wolltest heute an die Arbeit."

„Will ich auch," sagte ich, meinen Blick widerwillig von der schwitzigen Göttin abwendend. 'Arbeit' bedeutete Sparring mit Boxen. Wir liefen auf den Ring zu, an den Muskelprotz und Ace vorbei. Sie waren immer noch mit den Gewichten beschäftigt. Einarmiges Kurzhantelrudern. Großartig, um an Masse zuzulegen. Bobbys krasse Unterarme schwollen an, sein linker deutlich kleiner, ein Resultat von seiner Speiche, die er gebrochen hat, nachdem er meinen bewusstlosen Körper aufgefangen hatte.

Ich konnte es nicht fassen, dass ich bewusstlos geworden war, während ich die Garage runtergefallen bin. Es waren gefühlte 5 Meter. Das eine Mal war ich froh, dass

Blondie nicht auf mich gehört hatte und gewartet hatte, statt jeden zu unserem Notfalltreffpunkt zu führen. Sie sahen, wie ich fiel. Der große Muskelprotz war nah genug und stark genug, um mich aufzufangen. Wahrscheinlich hat er mir damit das Leben gerettet. Auf jeden Fall vor einer Zukunft mit Rollstuhlrennen.

Ich fühlte mich seitdem unwohl in seiner Nähe. Nicht nur, weil ich in seiner Schuld stand, sondern auch, weil er nicht mehr an dem Bodybuildingwettbewerb teilnehmen konnte, für den er so hart trainiert hatte. Und schau auf seinen Arm. Es konnte gerade so wieder ein Gewicht tragen. Mein altes Ich hätte dem absolut keinen Gedanken gewidmet. *Denk weiterhin so lahm und die Biestfrau wird dich in einen schwulen Bogen einwickeln...*

„An die Arbeit," sagte ich der Boxlegende. Ich begann mir unseren Kampf zu visualisieren, bereitete meinen Kortex vor und nahm langsame, tiefe Atemzüge, um meine Muskeln mit Sauerstoff zu versorgen. Die Droge kam stark an und verschärfte meine Sinne hin zu einer laserfeinen Präzision. Ich duckte mich unter die Seile und stieg auf das Kampfpodest.

„Bitch!" spottete sie, ihre persönliche Kombo in die Luft werfend. Ihre Hände hatten Tracer, als sie mir einen übertrieben bösen Blick gab. Sie nickte, *Das geht ab*, und kletterte die Stufen hoch, sich unter die Seile hinter mir duckend.

Blondie und Ace nahmen eine Pause, um nach unserer Ausrüstung zu sehen. Die roten Ringside Products Handwickel waren schnell an den Händen, Blondies erfahrene Finger wickelten das knochenunterstützende Material um meine Knöchel, durch meine Finger und kompilierten den Rest um meine Handgelenke. Ace war anscheinend ein Wickel-Veteran; er war eher fertig als Blondie.

Der Typ hat sich dafür wahrscheinlich eine Formel kalkuliert, scherzte mein Unterbewusstsein.

Shocker und ich stiegen in die Jockstraps, die eine fette Schaumschicht über unsere Kleidung bildeten und unsere Hüften und Beine sicherten, was meinen Pimmel klaustrophobisch machte.

Dieser Scheiß wieder? Mein Schwanz verschob sich beschwerend.

Shockers Schüler kamen aus einem Geräteraum mit zwei Paaren 10 Pfund Ringside Handschuhe, blau mit Velco Handtragriemen. Sie gaben sie Blondie und Ace. Unsere besseren Hälften steckten sie an unsere Hände und zogen die Riemen stramm. Ich liebte das Gefühl von meinen gebundenen, harten Fäusten in den engen Handschuhen.

Ausrüstung... Ich liebe meine Ausrüstung.

Als nächstes kam der Helm, auch blauer, dicker Schaumstoff, der unsere kompletten Köpfe mit beschützendem Polster bedeckte. Die Polsterung war tief an der Stirn und hoch an der Kiefer, was die Sicht einschränkte, aber Platzwunden verhinderte. Ich konnte Helme nicht ab und würde sie normalerweise auch nicht tragen. Aber im Ring mit einem Meister wie Shocker musste ich meinen Stolz über Bord werfen und Blondie erlauben, meinen arroganten Kopf in seine Schutzschicht zu stecken.

Blondie gab mir ein Erfolgszwicken auf die Nase. Es tat total weh – meine Augen wurden wässrig. Sie legte den Mundschutz rein und ging aus dem Ring raus in „meine" Ecke. Ich schaute über den sechs Meter viereckigen Ring und sah, wie Ace seiner Frau den Mundschutz einlegte. Er duckte sich unter die Seile, stellte sich hinter den Eckpfosten, hielt seine Stoppuhr hoch und friemelte mit den Knöpfen rum. Die Biestfrau hopste auf ihren Zehen hoch und runter und schüttelte ihre Arme aus. Ich tat das gleiche und nahm tiefe Atemzüge, um die Heidenangst in meinem Bauch zu bezwingen. Warum bin ich so nervös?

Weil dieses Mädchen dir sehr wohl den Arsch versohlen könnte, sagte die Stimme irgendeines Arschlochs.

Shocker starrte ihre Schüler an. Sie blickten mit reiner Bewunderung zurück. Sie würden sich die Hosen vollscheißen, wenn sie wirklich wüssten, wer sie war. Sie streckte einen Handschuh in ihre Richtung, *Seht und lernt, wie es gemacht wird, Jungs*, dann schrie sie mich an, „Einhundertzehn Prozent, Mister President! Wir müssen die Latte setzen für diese Jungs."

„Zehn Prozent Körper, einhundert Prozent Kopf," antwortete ich.

Sie schaute die vier jungen Männer, die an der Seite des Rings standen, an. „Wisst ihr noch, dass ich euch gesagt habe, dass Boxen mehr mental als physisch ist?" Sie bejahten. „Was ihr hier feststellen werdet, ist, dass ich diesen Mann nicht mit roher Gewalt schlagen kann." Sie lehnte sich über das oberste Seil zu ihnen und zwinkerte verschwörerisch. „Ich muss ihn mit gutem *Denken* schlagen."

Bobbys donnerndes Lachen übertönte das der jüngeren Männer.

Oh-oh. Sie sah sehr selbstsicher aus. Dieses Chic hatte jahrelange Erfahrung, mit den Profis zu kämpfen, auf einem weltklasse Level. Ihre Referenzen waren einschüchternd. Unser vorheriges Match war ein echter Kampf und man könnte behaupten, dass sie ihn gewonnen hatte. Ich bin zehn Zentimeter und zwanzig Kilo größer als sie. Aber sie ist kein Mensch. Ich habe schon Kämpfe verloren und ich habe auch nicht wirklich Angst vor ihr. Ich befürchtete nur, dass es peinlich wäre, zu verlieren gegen... *Was? Was ist sie für mich?* Hoffentlich werde ich nicht zu sehr umhergeschlagen, bevor ich mich an ihr Level angepasst habe.

Ace schaute mich an. „Bist du bereit?" sagte er mit einem gespannten Lächeln. Ich nickte. Shocker drehte sich um und warf ihm ein Küsschen zu. Er drückte auf die Uhr. „Zeit!"

„Komm schon Baby!" ermutigte mich Blondie. „Schmeiß dein ganzes Gewicht in deine Jabs! Halt sie auf Abstand!"

Der Teil meines Hirns, der immer auf die Musik aufmerksam war, signalisierte mir, dass die Werbepause im Radio zu Ende war. Ich hörte einen Moment zu, die motivierende Rockmusik erwartend. Aber irgendjemand hatte den Sender gewechselt. Die Begeisterung war vorbei, als Alicia Keys das Intro zu *This Girl Is On Fire* spielte.

Wie ihr wisst, finde ich alles besser, wenn es einen Song gibt, der zum Setting passt. Ich mag diesen Song. Aber er passt zu *ihrem* Setting.

„Bitch," sagte ich, meine Chancen verfluchend.

Wie ich befürchtet hatte, beherzigte Shocker den Song und mit ihrem Gewinn kam mein Verlust der Eier. Sie legten sich Rennreifen an und rannten irgendwo in meinen Bauch. Ich realisierte, dass ich auf ihre Handschuhe und auf ihren Kopf schauen sollte, ihre „Box", auf ihre Hände, um verteidigend reagieren zu können und auf ihren Kopf, um offensiv planen zu können. Allerdings war meine Aufmerksamkeit bei ihrer Kompressionshülse. Es war, als würde sie aufleuchten wie schillernde Schuppen als Reaktion auf ihre Energie. Wie eine Exoskin. Shocker stieg in den Ring mit einer Reihe von Jabs, die wie eine verwischte Masse an Reptilienschlägen aussahen. „Ich liebe diesen Song," nuschelte sie mit ihrem Mundschutz, ein rosafarbenes Gummihufeisen mit kleinen weißen Zähnen, die wie Blitze aussahen.

Sie kam aus dem Nichts. *Pap-pap-pap-pap!* Ihre Geschwindigkeit war so hoch, dass ihre Kombi wie ein einzelner Knall war. Ich schlug eine Rechte und blinzelte, als sie an ihrem ausweichenden Kopf vorbeiflog, meine Augen schlossen sich fest, als sie einen Uppercut unter meinen Arm hindurch in mein Kinn rammte. *„Mmm!"* Das war raffiniert.

Ich wich nach hinten, damit ich meine Reichweite ausnutzen konnte und versuchte, die rasende Frau von mir zu halten. Ich täuschte ein paar Jabs vor, um zu sehen, in welche Richtung sie ausweichen würde und mein Timing besser planen zu können. Dann täuschte ich noch einen Haken dahin vor, wo ich ihren Kopf vermutete. *Bam!* Der schnelle, leichte Schlag berührte ihren Helm. Das Gefühl der Erfüllung war von kurzer Dauer. Sie feuerte eine Rechte zurück und schlug mir auf die Nase mit einer gekonterten Overhand. Als ich meine Arme hob, um sie abzublocken, war sie schon unter ihnen und rammte eine Dreierkombo in meinen Bauch und auf meine Rippen.

„Uff! Aaarrgghh!" schrie ich, Spucke flog dabei aus meinem Mund.

„Bist du dein Vietnamesisch am Auffrischen?" scherzte sie atemlos und knallte ihre Boxhandschuhe auf meine Arme und Schultern, ohne ernsthaft zu versuchen, eine Öffnung zu finden, sie wollte es einfach nur Schläge regnen lassen. „Das war ziemlich gut. Das bedeutet 'Au,' stimmt's?" Sie wich zurück, um sich zu erholen.

Ich folgte ihr, ihren Trash-Talk belächelnd. *Sie hat sich das Recht verdient*, gab ich zu. Das muss ich ihr lassen. Ich sagte, „Hinter diesem frustrierten, auf-keinen-Fall-macht-mich-ein-Mädchen-fertig Gesicht bin ich eigentlich sehr beeindruckt. Ich habe seit Jahren keine Kombos wie deine gesehen."

„Was soll ich sagen?" Sie drehte sich zu Ace um und stützte einen Handschuh in ihre Hüfte. „Ich gebe gute Kombos."

Er wurde rot. Bobby und Blondie waren hörbar amüsiert, auch wenn der Mann in seinen Teenie-Jahren mit Starren und unverständlichem Murmeln reagierte, seine Verliebtheit schaltete einen Gang höher. Shocker legte eine Show hin und es fühlte sich cool an, ein Teil davon zu sein.

Schwuler Typ, lächelte mein Unterbewusstsein. *Schwuler. Typ.*

„This girl is on FIIIRRRE!" schrie Alicia wunderschön, die nächsten Attacken meiner Gegnerin vorhersehend. Ich schmiss einen Jab superschnell in ihre Richtung, jagte sie, suchte ein Ziel für meine rechte Hand. Sie duckte sich, rutschte weg, schlug meine Fäuste weg und musste sich sehr anstrengen unter meinen Attacken. Ausrufe von Nebenstehenden übertönten Blondies und Aces Beistand aus den Ecken.

Plötzlich flechtete sie sich durch meine Arme und war unter ihnen, dann an meiner Seite, schoss von ihrem hinteren Fuß nach vorne und knallte eine Rechte auf mein gepolstertes Ohr. Sie brachte den Schlag im letzten Moment und nahm sich ihre Zeit, um mich wissen zu lassen, dass sie mich hätte verletzen können, wenn sie gewollt hätte. Sie spielte mit mir, versuchend, mich zu irritieren und mich aus meinem Rhythmus zu bringen. *Es funktioniert*, dachte ich, dann kam der Gedanke, *Wie kann eine Frau sich so schnell bewegen???* Es war unnatürlich.

„Zeit!" schrie Ace und stellte einen Hocker für seine Frau hin. Sie setzte sich. Er wischte ihr Gesicht mit einem

Handtuch ab und gab ihr etwas Wasser, während sie ihren Handschuh zur applaudierenden Menge ausstreckte.

„Du musst einen neuen Kampfstil wählen," sagte Blondie mir, als ich mich hinsetzte. Sie nahm mir den Mundschutz raus. Ich trank das Wasser voll mit Adrenalin. „Sei nicht so offensiv wie normalerweise. Lass das Jagen sein. Lass sie kommen und konter."

„Aber das ist ihr Stil," sagte ich.

Sie wischte mir das Gesicht mit einem dicken Badehandtuch ab. „Das wird es nicht sein, wenn du auch so kämpfst. Glaub mir." Ich schaute auf die Worte auf ihrem T-Shirt. Sie grinste. „Wenn du wartest, wird sie offensiv werden. Verpasse ihr einen Haken."

Das alles sagte sie mir mit der Überzeugung weiblichen Instinkts, eine ernste Angelegenheit. Es klang besser als der verwirrte nicht-Plan, den ich hatte. „Bitch," Ich stimmte ihr zu. Ich brachte die Handschuhe zu ihren Brüsten, klapste sie oben, unten in der Mitte. Sie schlug mich am Kopf und kletterte samt Hocker und Wasser aus dem Ring.

Wir standen auf. Ace schrie, „Zeit!" Wir schlurften in die Mitte der blauen Matte und berührten unsere Handschuhe. Runde zwei. Wir umkreisten uns, der Schweiß stand auf unseren Armen und Gesichtern. Es war scheiße, einem Chic unterlegen zu sein. Es verletzte mein Ego am schlechtesten Tag. Aber von Shocker geschult zu werden war nicht komplett unerfreulich. Eigentlich machte es Spaß, bemerkte ich. So stellte ich es mir vor, von seiner Schwester ausgetrickst zu werden. Eine Ladung euphorischer Amphetamin-Energie raste durch meinen Körper und hob meine Hände an.

Mit Blondies instinktivem Rat bewaffnet, kreiste ich umher und täuschte ein paar Schläge vor, statt mit aggressiven Schlägen auf sie zuzugehen. Geduldiger Schach-spieler statt *Blitzkrieg* Hitzkopf.

Shocker schaute mit einem verdächtigen Blick von meinen Handschuhen zu meinen Augen hoch. *Du kannst mich nicht reinlegen*, verriet ihr penetrantes Starren. Sie blieb stehen, dann duckte sie sich hinter ihren erhobenen Armen und schritt langsam in meine Richtung, schlei-chend, ineinanderfließende Bewegungen, eine große Katze, die sich ihrer Beute annähert, bevor sie zuschlug. Ihr explo-siver Eins-Zwei begann auf ihrem hinteren Fuß, ihre gebeugten Beine federten wie ein Katapult, das ihre Faust-schüsse auf mich abfeuert.

Ich wartete schon auf ihre Attacke, aber war fast zu erstaunt von ihrer Attacke, um selber noch eine auszuführ-ren. Ich konterte sobald sie nach vorne stürzte, ich wich nach links aus, ihre Handschuhe streiften meine rechte Wange und ich warf einen linken Haken, der auf ihrem Stirnschutz landete. Es war ein Spiel, indem ich sie im Schlagen schlagen musste.

Schnell! *Go! Go! Go!*

Ich drehte mich nach links, während ich schon einen Uppercut warf. Er streifte ihre Nase, ihr Uppercut streifte meine. Ich drehte mich zurück nach links, täuschte eine Rechte vor, dann drehte ich mich leicht nach links und warf gleichzeitig einen Haken. Er landete auf ihrem Kiefer-schoner mit einem befriedigenden Luftgeräusch.

Wir wichen beide nach hinten, um uns zu erholen.

Ich war so sehr auf die Biestfrau fokussiert, dass ich die Menge um den Ring erst spät bemerkte. Sie war größer geworden. Die Information unseres Matches war im nächsten Raum angekommen. Sieben oder acht weitere Menschen, inklusive dem Spray-Tan-Hulk Doug, standen zusammen außerhalb der Seile an der anderen Seite als

Shockers Schüler. Sie hatten ein breites Lächeln auf ihren Gesichtern, manche feuerten Shocker an, welche sie als Anastasia kannten. Nur Blondie war auf meiner Seite. Ein paar schauten in stiller Bewunderung, da sie niemals zuvor Menschen gesehen haben, die sich so bewegten wie wir.

Shocker salutierte mir mit dem Handschuh und erkannte mich als Sieger dieses Austausches an, dann winkte sie denselben Handschuh mit einem anderen Glitzern in ihren Augen. *Diesen hast du gewonnen, aber du wirst keinen weiteren mehr kriegen.*

Das werden wir sehen, mimte ich zurück.

Wir kontrollierten unsere Wildheit. Ich stürzte auf sie los mit glühenden Händen und schmiss Kombos mit fünf Schlägen pro Sekunde. „Schuhpolieren," wie der alte Coach es genannt hatte. Meine leichten Schüsse *prallten* an ihren Handschuhen und Armen ab, nur einer von zwanzig Schlägen drang durch ihre Verteidigung durch. Sie sah aus wie ein Mungo, der sich um die Kobra schlängelte, den Todesschlag abwartend. *Mann sie ist gelenkig...*

Ich pausierte, die Verteidigung oben, spürte ihre unmittelbar bevorstehende Attacke und bereitete mich auf einen Konter vor. In der Millisekunde, bevor sie auf mich losstürzte, entspannte ich meine Schultern und leerte meine Gedanken, da ich meinem viel schnelleren Unterbewusstsein vertraute, um ihre Bewegungen abschätzen und darauf reagieren zu können. Ein blauer Tracer flog mit einem doppelten Jab auf meinen Kopf zu. Ich bewegte mich schnell, auch wenn ich es viel langsamer wahrnahm. Ich ging nach hinten, sprang mit beiden Beinen gleichzeitig und meine linke Hand schlug ihre rechte Gerade nieder, die Arme und Beine entspannt und die Augen weit aufgerissen, um alles auf einmal sehen zu können. Eine ekstatische Energie durchströmte meinen Bauch und meine

Gliedmaßen. Ich war voll dabei. Bereit ihr Feuer auszulöschen.

Ihre slow-mo Schläge flogen auf mein Gesicht und meine Rippen zu, ich blockte oder wehrte sie einfach ab. Sie täuschte einen Jab vor und ich wusste intuitiv, dass ein rechter Cross darauf folgen würde. Er düste auf mich zu mit hitzigem Frust und für einen kurzen Moment jauchzte ich aufgrund der Fähigkeit, die Legende zu verwirren. *Oh-oh, hast sie aus ihren Rhythmus gebracht, Motherfucker!* Als ihr Schlag einen Zentimeter von meiner Nase entfernt zu Ende war, feuerte ich eine rechte Hand zurück, ihrem zurückziehenden Arm folgend, der Handschuh landete auf ihrem Stirnschoner.

„Äh-*ähm!*" keifte sie.

Ich machte keine Pause, um mich vernünftig hinzustellen. Sie war auf mir drauf wie ein Zuhälter, der seine Hure zusammenschlägt. Ich duckte mich und bekam ihre Schläge auf meine Schultern und Arme, ihr Angriff war so dynamisch und operativ, dass ich gezwungen war, auf verzweifelte, unorthodoxe Taktiken zurückzugreifen. „Es tut mir Leid Baby!" schrie ich mit einem Ghetto-Akzent, eine schreckliche Nachahmung einer erschlagenen Prostituierten. „Ich mache es nicht noch mal. Ich bring dir dein Geld!"

Sie wich zurück, ließ ihre Verteidigung runter, schmiss den Kopf nach hinten und brach in Gelächter aus. Ich drehte mich um und spazierte auf den Zehenspitzen an den Seilen entlang als hätte ich Stöckelschuhe an und zog meine Shorts eng an meinen Arsch, als hätte ich einen Rock an. Ich schaute furchtsam über meine Schulter zum zornigen Pimp. Sie hatte wieder Luft und lachte mit den Zuschauern gemeinsam.

„Zeit!" kicherte Ace.

Shocker lief in ihre Ecke. Sie setzte sich hin und zeigte ein humoristisches Lächeln. „Du bist ein Arsch!" rief sie.

„Danke, dass dir das aufgefallen ist." Ich rieb meine Gesäßmuskeln, drehte mich um und zeigte sie ihr. „Ich mache Kniebeugen." Sie schmiss ihre Wasserflasche durch den Ring. Ich duckte mich kurz bevor sie mein Gesicht getroffen hätte. Die Evian Flasche sprang vom mittleren Seil zurück, das Wasser spritzte überall hin.

Blondie wischte sich die Tropfen aus dem Gesicht. „Hab ich doch gesagt," sagte sie als ich mich hinsetzte.

„Ja. Hat funktioniert. Gutes Coaching, Magerfleisch." Ich trank gierig aus der Flasche, die sie an meine Lippen gepresst hatte. „Jetzt muss ich anfangen, *dich* Strategos zu nennen." Sie steckte mir den Mundschutz ein und ich hob meine Handschuhe, um ihre Brüste zu berühren. Sie schlug sie nach unten und knallte ihre Faust gegen meinen Helm in derselben Bewegung.

Wir tapsten in die Mitte und schlugen unsere Fäuste aneinander. Es dämmerte mir, dass wir dreiminütige Runden kämpften. Die meisten weiblichen Kämpfer boxten zwei Minuten pro Runde, sowie Blondie es bevorzugt. Ich erinnere mich an verschiedene Zeitschriften, die Shocker als einen Kreuzritter, eine Pionierin für Gleichberechtigung innerhalb des Sports beschrieben. Durch sie wurde das Frauenboxen in die Olympischen Spiele aufgenommen und, wenn ich mich recht erinnere, war sie eine der ersten Frauen, die dreiminütige Runden im Kampf um den Titel kämpfte.

Frag sie später, läutete mein Unterbewusstsein ein. *Du weißt schon, nachdem du sie besiegt und unser Mojo wiederhergestellt hast.*

Wenn jemand Punkte zählen würde, wäre es jetzt Gleichstand, jeder gewann eine Runde. Ich hatte nicht vor, den ganzen Tag zu kämpfen. Ich war mir peinlicherweise bewusst, dass sie mir stark überlegen war. Sie trainierte immer noch wie eine professionelle Athletin. Wenn ich sie zu einem Kampf von sechs Runden herausforderte, würde sie mich fertig machen und damit bei jedem angeben. *Das hier wird die entscheidenden Runde sein,* entschied ich vernünftigerweise.

„Letzte Runde?" fragte ich.

„Klar. Aber wenn du mich wieder wie einen bösen Zuhälter darstellst, schwör ich dir werde ich jedem davon erzählen, wie du wie eine Memme gewimmert hast, als Perry dein Bein genäht hat."

„Hab ich nicht!"

„Hast du wohl."

„Das hast du bloß jedem erzählt!"

„Hab ich nicht."

„Hast du wohl!"

Ace rief zur nächsten Runde auf, aber wir lachten beide so viel, dass wir uns kaum bewegen konnten. Die Menge amüsierte sich über die Show. Genau dann, als ich mit den Witzen aufhören und mein Pokerface wieder aufsetzen wollte, verwandelte sich das Ziehen in meiner Wade in einen schneidenden, reißenden Riss. Ich fiel auf meinen Hintern, das Bein in die Luft gestreckt und wimmerte wie eine Memme. „Aua au au!"

Die Mädchen sofort an meiner Seite. Blondie schaute akut auf die Narben an meinem Bein und rieb zärtlich über sie. Es brannte höllisch, unter ihren langen, dünnen Fingern machte sich eine Entzündung spürbar. Shocker schaute mir in die Augen und schüttelte den Kopf mitleidig. Sie sagte, „Das Bein war für solch eine Belastung noch nicht bereit. Schade drum." Sie lehnte sich über mich und schlug mit der Faust in meinen unbeschützten Bauch.

„Armm-*grrrr!*" zischte ich eklatant.

Ungeachtet meiner Unbehaglichkeit redete sie weiter. „Ich hätte deinen geilen Kniebeugen-Arsch fertiggemacht. Das weißt du, oder?" Sie stand auf und tanzte im Kreis mit den Handschuhen über dem Kopf, ein gekrönter Champion. Sie schmiss eine lodernde Kombo. „This girl is on FIIRRRE!" sang sie erstaunlich gut und schlug ihre Fäuste rasch in der Luft.

„Hättest du nicht," wimmerte ich.

„Hätte ich wo-ooohl," war ihre melodiöse Antwort.

„Boss, soll ich ihn tragen?" Von seinem Workout verstärkt, donnerte Bobbys Stimme lauter als normalerweise.

„Ja," sagten die Mädchen gleichzeitig, sie versuchten gar nicht erst zu verstecken, wie gerne sie mich wie eine Bitch rumgetragen sehen wollten. Blondie nahm mir den Helm ab.

„Nein. Was?! Nein. NEIN." Ich schlug ihre Hände weg, griff ein Seil und zerrte mich hoch. Ich benutzte meine Zähne, um meine Handschuhe auszuziehen und murmelte, „Meinem Bein geht es gut. Ich habe es bloß nicht gut genug aufgewärmt."

Die Mädchen schauten mich nur an. *Jaja*, implizierten ihre erhobenen Brauen und verdrehten Lippen.

Hurensohn. Ich wusste, was das Brennen in meiner Wade bedeutete: Ich hatte etwas, was ich wirklich brauche gezerrt, eine Sehne oder ein Band, das an einem Faden fest war. Ich hatte das Gefühl, das ich operiert werden musste und verfluchte mich selbst dafür, meine Wade so belastet zu haben. Ich wusste es besser, aber ich konnte vor meiner Crew keine Schwäche zeigen. Ich schaute runter. „Du jämmerliche Bitch," beschuldigte ich die Verletzung. Dann zuckte ich mit den Achseln und forcierte ein Lächeln auf meine Lippen. Ich ließ den Schmerz Teil des Highs werden.

Blondie bemühte sich, die enge Kompressionshülse über meine Wade zu ziehen, stand auf und gab mir einen Klaps auf die Schulter. Sie gab mir die Wasserflasche. Shocker stolzierte durch den Ring und gab ihrem Mann einen schwitzigen Kuss, beide lächelten anständig. Ace kletterte durch die Seile, küsste sie nochmal und lief zu mir herüber. Er zeigte auf mein Bein. „Ich kann dir dafür eine bessere Hülse erstellen."

Ich starrte ihn penetrant an. „Ohne Scheiß? EAPs wie an ihrem Arm?" Ich schaute auf Shockers Armhülse.

Er nickte. „Ich habe sogar bereits einen Prototyp. Meine erste Beinhülse." Er legte eine Hand aufs Kinn. „Wir müssen noch alles anpassen und das Programm zum Laufen bringen, aber das wird nicht lange dauern."

Er sagte das alles sehr bescheiden, aber für mich war das etwas Großes. Solche Technologie wird in zehn Jahren noch nicht auf dem Markt sein. „Also, wie jetzt, ich laufe einfach mit dem Teil an meinem Bein rum?"

„Genau. Es merkt sich, wie du läufst, rennst, springst – genauestens – und kontrahiert, um die Bewegung zu unterstützen. Es wird von einem kleinen Prozessor mit sehr moderner Software kontrolliert."

„Du hast noch ein Power Felt Top?"

Er schüttelte den Kopf. „Ein Top würde bei einer Beinhülse nicht sinnvoll sein. Ich habe dir eine Boxershorts erstellt, damit das Stromkabel kurz bleibt." Er schaute mich an. „Sie wurde schon getestet, also solltest du sie vielleicht waschen."

„Danke für den Tip. Wie lange braucht es, bis es meinen Gang versteht?" Ich humpelte zu den Stufen. Ich musste einen Stuhl finden und diese Wickel von meinen

Handgelenken an meine Wade zu bringen. Ich schaute mich um und stellte fest, dass die Menge ihr Interesse verloren hatte und wieder zu ihren Workouts zurückgekehrt war.

Ace schaltete ab, als würde er über eine Rechnung auf einer unsichtbaren Tafel nachdenken. Er blinzelte und war wieder bei mir. „Eine Stunde vierzig."

Ich lächelte ihn an, *Großartig.*

„Oh mein Gott. Das ist nicht wahr," widersprach Blondie in hohem Ton.

„Doch ist es," behauptete Shocker. Sie bewegte sich im Beifahrersitz des Scion hin und her und schaute den Fahrer stirnrunzelnd an. Ace behielt die Augen auf der Straße und sein Lachen für sich.

Blondie und ich genossen den engen Komfort auf dem Hintersitz. Oder besser gesagt, ich tat das. Sie konnte nicht vor mir wegrennen. Die Bombe bemerkte fast geistesabwesend, wie meine Hand ihr Bein hochrutschte und kniff sie fest, genau dann, als ich die Hitze ihrer blonden Schamhaare spüren konnte. Sie griff die perverse Hand und legte sie auf ihr Knie, ohne mich anzugucken. Sie war voll in der Diskussion mit ihrer Freundin. „Wenn dreiminütige Runden so viel besser sind, wieso trainieren und kämpfen die meisten Kämpferinnen dann immer noch für zweiminütige Runden?" wollte sie wissen.

Shocker rutschte im Sitz umher, verärgert, dass jemand ihre Autorität in diesem Thema anzuzweifeln wagte. „Weil es mehr Arbeit für dasselbe Geld wäre."

„Was???" Mein Mädchen sah mehr als süß aus, wenn

sie verwundert war. Sie musste ihre Hand-kneif-wegleg Routine wiederholen.

„Wenn du Veranstalter der Profis kennengelernt hättest, wüsstest du, was ich meine. Die Typen sind scheiße. Ein Veranstalter bezahlt einer Frau nicht mehr, nur weil sie dreiminütige Runden kämpft. Von Anfang an bekommt eine Kämpferin zweihundert Dollar pro Runde. Eine zweiminütige Runde. Wenn man plötzlich dreiminütige Runden einführt, bezahlen die Veranstalter trotzdem keine dreihundert pro Runde. Das wird nicht passieren."

Blondie verschränkte die Arme stirnrunzelnd. „Ist das dann nicht ein Argument für zweiminütige Runden?"

Shocker atmete laut aus. Ihre Leidenschaft für das Thema zeigte sich, eine alte Emotionsquelle, die seit langem nicht mehr auf diese Art angezapft worden war. Sie nahm einen geduldigen, erfahrenen Professor-Ton an. „Nein. Das ganze System muss überarbeitet werden. Ich wünschte, du könntest mit ein paar Frauen reden, die ich kenne. In 2006 war Layla McCarter die erste Frau, die einen Kampf mit dreiminütigen Runden gewonnen hat."

„Sie hat gegen Belinda Laracuente gekämpft," sagte Blondie.

„Mmm-hmm."

„Ich dachte du warst die Erste," sagte ich.

Shocker schob sich wieder in ihrem Sitz umher und schaute mich neugierig an. „Ich hatte dich nicht für einen Leser gehalten."

Ich antwortete, indem ich einen bestimmten Finger vor meine angemessen gerunzelte Stirn hob.

Sie lächelte, *Spaß*. „Ich war eine der ersten." Sie schaute meine Freundin an. „In 2007 kämpfte Layla gegen Donna Biggers in Las Vegas im ersten Frauenkampf von zwölf dreiminütigen Runden. Sie ist die Pionierin. Ich sprang auf den Zug, weil es eine Chance war, es den Vertretern zu zeigen und ein paar Frauen ins Fernsehen zu kriegen mit höheren Gehältern."

„Worin liegt der wirkliche Vorteil von dreiminütigen Runden gegenüber den zweiminütigen?" fragte ich. „Mehr Zeit, seine Schläge vorzubereiten?"

Sie nickte. Ace verfluchte den Verkehr um uns. Es war kurz nach Sonnenuntergang, der Himmel über uns war dunkel, aber rechts von uns noch blau, grün und orange, die Farben am schwarzen Gulf waren heller. Die verwirrende Anordnung an Lichtern, die vom Stoßverkehr kamen, zwinkerten und leuchteten um die vielen Motoren, rollenden Reifen und gelegentlichen Hup- oder Sausgeräuschen. Die Auspuffgase sickerten durch die geöffneten Fensterscheiben.

Shocker lachte über Aces Anspielung auf durchgebrannte Elektronik, dann schaute sie wieder zu uns. „Innerhalb von zwei Minuten ist es schwer, dein Können als Kämpfer zu beweisen. Du musst eigentlich hingehen und ein paar Schläge werfen für Punkte oder eine Unterbrechung. Wie bei den Amateuren. In einer dreiminütigen Runde können Frauen zeigen, dass sie ebenbürtig kämpfen können wie Männer." Sie schaute mich gezielt an. „Oder besser…"

„Pfff," antwortete ich, die Mädchen glucksten.

Shocker redete weiter. „Zweiminütige Runden stören den Flow im Kampf. Glaub mir. Wenn du in einem dreiminütigen Rhythmus kämpfst, fühlst du dich mehr wie ein Profi."

„Aber weniger und kürzere Runden sorgen für weniger Verschleiß, sodass man häufiger kämpfen kann." widerlegte Blondie. „Und zwei Minuten beinhalten ein höheres Tempo. Das macht die Kämpfe spannender."

„Das ist ein gutes Argument, das viele Frauen bringen," gab Shocker zu. „Aber es wird uns keine Gleichberechtigung innerhalb des Sports geben oder den Kämpfern die Chance geben, Anerkennung zu erlangen. Wenn wir wirklich gleichberechtigt wären, hätten wir vielleicht die Chance, auf HBO oder Showtime zu kämpfen und mindestens halb so viel Geld wie die Männer zu bekommen."

Blondie nickte gedanklich. Ich sagte, „Babe, Geld gewinnt jede Diskussion. Shocker: Vier. Blondie: Drei." Ace schmunzelte mit mir, bis wir durch Starren zur Stille gezwungen wurden.

Blondies Bein spannte sich unter meiner Hand an. In einem verstörend leisen Ton fragte sie mich, „Also ihr zählt unsere Punkte?"

Ich schaute ihr in ihre wunderschönen Augen mit einem überheblichen Grinsen. „Ja das tun wir."

„Ich, äh..." murmelte Ace.

Shocker starrte aus der Windschutzscheibe und sagte ihrem Mann, „Okay, dann wirst du heute abend wenn wir zuhause sind nicht mehr punkten können."

Ace schaute mich im Rückspiegel an. Es ist möglich, dass ich ihn mit einem Nimmst-du das-einfach-so-hin? Blick ermutigte. Er schielte nach rechts und erwiderte, „Nicht schlimm. Ich haben eine neue Freundin auf *World of Warcraft*."

„Ich hoffe sie ist heiß," sagte Shocker. Ich konnte ihr Profil sehen, ihre Lippen versuchten, ein Grinsen zurückzuhalten. Seine humoristischen Versuche konnten scheinbar alle Probleme mit seiner Frau lösen.

„Sie ist ein Troll," sagte er auf seiner sachlichen Art.

Ich sagte, „Ich würde mich ranmachen."

Blondie schlug mich. Shocker fand das eine gute Idee

und schlug Ace. Wir rieben unsere Arme und grinsten unsere Frauen an, aufgeregt, dass wir gerade unser erstes, Jungs-Gegen-Mädchen Match gewonnen hatten. Sie grinsten zurück, zweifelsohne denkend, dass sie gewonnen hatten.

Wir fuhren den Highway runter, dann auf die Oak Street, mitten in das Ostende von Biloxi. Sekunden später erreichten wir unser Ziel. Der buddhistische Tempel war ein ungewöhnlicher Ort für vier junge Kaukasen, aber wir hatten einen Freipass, weil wir zu einer Feier von *Anh Long* eingeladen worden waren. Und ich meine eine richtige Feier. Das Herbstfest ist eine ernste Angelegenheit für Vietnamesen. Sie gingen alle aus mit festlichen Dekorationen und farbenfrohen Kleidern, Tischen voller Essen, Tanzen und Wettbewerben. Es war ein riesiges Familienevent, der Teil mit „Familie" wurde mir von Blondie und Shocker extra betont, aus welchem Grund auch immer. Es war mir egal. Ich war dabei, um mich ans Dragon Dancing ranzuwagen. Ich hatte keine genaue Idee, was das beinhaltete, aber es klang wie etwas, was ich schon mein ganzes Leben hätte tun sollen.

Die lahmarschige Kirche nebenan sollte sich ein Beispiel nehmen: Der Tempel nebenan weiß, wie man Religion zu etwas Tollem macht.

Das Tempelgelände war eingezäunt, an der Vorderseite waren zwei Tore für Auffahrten geöffnet. Ace fuhr auf die Erste und schlängelte uns durch die Reihen an Autos auf dem Parkplatz. Er war voll. Ich sah, dass die Autos fast alle importiert waren, im Werkszustand. Die meisten Leute hier waren konservative Vietnamesen, Eltern und Großeltern, Arbeitsklasse und vielleicht ein paar ehemalige Gangster. Und viele Kinder. *Verdammt. Kinder. Blondie wird die ganze Zeit uuh und aah machen.* Wo zur Hölle ist Big

Guns? Wir wollten uns treffen und einen rauchen vor dem Reingehen.

Ace fand einen Platz neben dem einzigen getunten Auto auf dem Parkplatz, einem roten Mitsubishi Evo. Ich schaute den Wagen analytisch an in der Hoffnung, dass die Besitzer cool genug waren, mit uns zu feiern, bis Big Guns auftauchte.

Der Fahrer ist wahrscheinlich ein fünfzehnjähriger Ticker der Royal Family, meinte mein immer optimistisches Unterbewusstsein, in die Höhe getrieben von einer frischen Dosis Dexadrien. *Zehn zu eins, dass er einer der Drachentänzer ist.*

Ace schaltete in den Parkmodus und stellte den Motor ab. Er und Shocker öffneten die Türen, die warme, frische Luft wehte an den Vordersitzen vorbei, während sie die Sitze nach vorne klappten, damit wir aussteigen konnten. Ich sah meinem Mädchen zu, wie sie zuerst ausstieg, legte ihr wie ein Gentleman eine Hand an den Körper, wo ich es für angebracht hielt. Sie kreischte und drohte mir, wandte sich ab von der grapschenden Hand und stand auf dem Bürgersteig. Sie warf ihre langen Locken umher. Die Lichter des Parkplatzes ließen ihre enganliegende Jacke teueraussehend glänzen, purpurnes Leder, das fast schwarz aussah. Ihre Designerjeans waren schwarz und eng, zeigten ihre verdammt heißen Beine, lange, schwarze Lederstiefel die kurz unter ihren Knien endeten, die Hacken klackten mit Autorität. Sie nahm ein paar Sachen aus ihrer scharlachroten Handtasche und steckte sie in die Hosentaschen, schmiss die Tasche auf den Rücksitz und schloss die Tür. Sie schaute sich um. „Wo ist Big G?"

Ich kletterte hinter Ace raus. „Vielleicht ist er mit wem anderes mitgefahren?" spekulierte ich.

Sie zuckte mit den Achseln, *Ach was solls.*

Ace schloss die Tür, dann starrte er auf seine Frau während er mit seinen blonden Spikes spielte, um sie zu richten. Sein warmes, blaues, langärmliges Utility-Shirt zusammen mit seinem Hybrid aus Skinny Jeans und Cargohose stand ihm. Sehr Techno-nerdy. Er hatte Gadgets an seinem Gürtel, seinen Hosentaschen und seinen Armtaschen, die ein unbekanntes Design hatten. Ein gelbes Light leuchtete neben seinem Knie. Poliertes Metall blinkte an seiner Hüfte und seinen Oberschenkeln.

Was zur Hölle???

Ich schaute zu Shocker hinüber. Zuallererst war ich davon überrascht, dass sie die Kompressionshülse zu dieser Angelegenheit trug. Aber nachdem ich Aces Ensemble gesehen hatte dachte ich, dass es einfach eine Cyborg-Paar Sache war. Sie schaute ihn über das Dach an und kratzte ihren bionischen Arm. Sie trug ein anderes, viel stilvolleres Power Felt Top. Es war weiß mit einem langen Ärmel und dicken, schwarzen Nähten, der linke Ärmel fehlte. Die seidenartige Kompressionshülse war an ihrem Platz. Es gab eine Lücke zwischen Top und Hülse, sodass Kabel und gebräunte Haut sichtbar waren. Ihre Shorts gingen bis zur Mitte des Oberschenkels, waren weiß und hatten Cargotaschen auf jedem der beiden muskulösen Beine, die voll ausgenutzt wurden: In ihnen waren ihre Schlagringe. Sie tastete ihre Taschen sicherheitshalber ab, ein guter Mechaniker verlässt sein Haus niemals ohne seine Werkzeuge.

Shockers Wanderschuhe waren weiß und grau, aus gebürstetem Leder, hoch genug, um zu betonen, dass Waden keine Hilfe brauchen. Ihre überentwickelte Wadenmuskeln waren schon ohne Schmuck ein aussagekräftiges Statement. *Ich kann dich schlagen – und DICH – in allem,* erklärten die krassen, wunderschönen Teile.

Solange Ace neben ihr steht, wird sich niemand über ihn lustig machen, prognostizierte ich.

Sie nahm meinen Blick wahr und zeigte auf sich selbst. „Ja, er war mal mit Gewinnen dran." Sie zuckte die Achseln. „Entweder das hier oder ihm helfen, eine riesige Laterne bauen, die staubsaugen kann." Sie richtete ihren Rücken, verstellte ihre Stimme und ahmte das schielende Auge ihres Mannes nach. *„Das Herbstfest wird auch das Laternenfest genannt."*

„Nicht schlecht," sagte ich.

„Ja. Laternenfest," sagte Ace, der den Sarkasmus total verfehlte. „Teil der Zelebration ist es, Laternen anzuzünden. Es gibt einen Wettbewerb und sie schreiben Rätsel auf die Papierlaternen." Er schaute uns an. „Wollt ihr meins hören?"

Ich schaute ihn mit einem gespannten Gesicht an und sagte, „Erzähl mir weniger."

Blondie schaute mich missbilligend an, dann den Geek. „Hast du das Herbstfest gegoogelt?"

„Gebingt," entgegnete er. „Was? Ihr nicht?"

Ich drehte mich mit dem Rücken zu ihm und versuchte, mein Gesicht zu kontrollieren.

Blondie sagte ihm, „Wir führen gerade keinen Auftrag aus Schätzchen." Sie nahm eine Puderdose und ihren Lippenstift aus ihrer Vordertasche und öffnete beide. Ich konnte ihre rundlichen, pinken Lippen im Puderdosenspiegel sehen als sie sich kurz nachschminkte. „Außerdem, wenn wir etwas über dieses Fest oder die Leute hier hätten wissen sollen, hätte ich es nicht nachschauen müssen." Sie steckte ihr Make-Up ein.

„Genau, es gibt hier genug alte vietnamesische Player, die sich an dich ranmachen werden," sagte ich. „Sie werden dir alles was du über das Herbstfest wissen willst erzählen. Und über ihr Wurstfest."

„Ihh! Wenn einer dieser alten Player seine Wurst irgendwo in meine Nähe bringt, werde ich seinen Arsch als Gong benutzen." Sie schlug ihre Hände zusammen und schlug mich heftig dafür, dass ich so ein ekliges Bild in ihren Kopf gesetzt hatte. „Wichser." Sie schubste mich.

„Hey. Wann immer du angeekelt bist, denk einfach hieran." Ich schwang meine Hände an meinen Seiten herunter und streckte meine Brust arrogant raus. Ich steckte meine Hände über den Kopf zusammen und wackelte mit meinem Gesicht von einer Seite zur anderen, während ich hockte und hüpfte, und beatboxte einen Bollywood Jam. Die Mädchen brachen in Gelächter aus und schauten sich meine lächerliche Kapriole an.

Meine Hose war aus schwarzem Leder, aber dünn und abgetragen genug, um wie eine Jeans auszusehen. Ich trug ein dunkelrotes Thermalshirt, welches ich in meine Hose gesteckt hatte, die Gürtelschnalle war zu einer Rasierklinge geformt. Sie war aus Chrom und leicht geöffnet. Da es später kalt werden sollte, trug ich eine weiße Motorradlederjacke mit roten Streifen an den Ärmeln. Sie war offen. Ich trug keinen Schmuck. Meine Haare und mein Schnurrbart schimmerten. Mein Schwanz war angezettelt. Wir waren bereit, reinzugehen.

Meine Bitch ist krasser als deine, sagte mein stolzes Lächeln den beiden Männern, die an dem Scion vorbeiliefen, zwei mittvierziger Viet Einwohner, die ihre Augen nicht von den Mädchen wegnehmen konnten. Sie drehten ihre Köpfe komisch, ihre Beine marschierten sehr gerade, sie waren von Blondies Hintern und Shockers gebräunten, muskulösen Beinen gefesselt. Wir liefen hinter ihnen her. Sie schauten nach vorne und lachten über etwas. Die Kurven der Mädchen schwangen und streckten sich auf Weisen, auf die ihre asiatischen Frauen es niemals hinkriegen würden. Ihr Starren machte mich nicht sauer. Hey, ich konnte es verstehen.

Ich bin jahrelang an diesem Ort vorbeigefahren, dachte aber nie, dass ich jemals einen Grund hätte, hier zu sein. Der Tempel war am hinteren Ende des Grundstücks, ein Gebäude in fast spanischem Baustil mit weißen Pflastern und einem Dach aus roten Ziegeln. Seine Fassade war optisch gefällig und bestand aus offenen Torbögen, nicht aus Säulen. Eine große, steinerne Statue stand auf einem Sockel vor dem Gebäude und davor ein asiatisches Chic in einer Robe.

Die Mitfühlsame Mutter, dachte mein Unterbewusstsein.

Woher zur Hölle wusste ich das? Das ganze unnötige Wissen in meinem Kopf könnte die Kongressbibliothek füllen.

Neben dem Tempel stand ein modulares Haus mit einem weißen Gehsteig aus Vinyl und einem Kiesdach. Davor stand ein grauer KIA geparkt. Wahrscheinlich war es das Zuhause des Hausmeisters. Allerdings war keines dieser Gebäude im Moment wichtig. Die Feier fand draußen auf dem Pavillon statt.

Mehr als einhundert Leute drängten sich durch die Torbögen, um die roten Ziegelmauern und in dem Zementinnenhof rund um den stylischen Pavillon herum. Das Dach war fast so schön wie das des Tempels, rote Ziegel mit herausragenden Ecken, die an den Spitzen etwas hochgebogen waren, eine architektonische Mischung aus modernem und altem Oriental-Stil. CHUA VAN DUC stand oben auf dem mittleren Torbogen in großen roten Buchstaben, darunter BUDDHISTISCHER

TEMPEL. Tempel einer Million Reichtümer bedeutete das glaube ich. Auf der Spitze des gewellten Daches waren drei Flaggen: Die Flagge der USA, die von Vietnam und eine, die ich nicht kannte. Um sie herum standen Gras, Blumenbeete und sorgfältig angelegte Pflanzen, farbvolle Lichterketten hingen über den Tischen mit Essen und Trinken, ein helles rotes Funkeln, das meine Sicht einschränkte. Die meisten Leute trugen reguläre Kleidung, auch wenn manche schöne Anzüge oder traditionelle Roben anhatten. Jeder lachte und redete auf vietnamesisch.

Der Drachenältere stand zwischen mehreren Männern und Frauen, alle in Roben gekleidet. Die Trachten der Männer waren goldgelb oder orange-gold, die der Damen hellblau oder hellgrau. *Anh Long* sah wie ein König aus, der seine Staatsbürger besucht. Er bewegte sich langsam, redete mit allen, sein Augenkontakt perfekt getimt, händeschüttelnd und sich vorbildlich verbeugend. Ich konnte sehen, weshalb er so verehrt wurde. Der Mann hatte ernsthaftes Charisma.

Der Großteil der Masse hieß uns mit freundlichen 'Hallos' willkommen, auch wenn ein paar ältere Frauen stark die Stirn runzelten, als sie Blondie uns Shocker sahen. Wir waren total fehl am Platz. Den Konservativen ein unbehagliches Gefühl zu geben erfüllte mich mit einem perversen Stolz, als *Anh Long* zu uns lief und unsere Hände schüttelte.

„Willkommen. Ich bin so froh, dass ihr es geschafft habt," sagte er und schaute jeden von uns an. Seine faltigen Augen glänzten hinter seinen Brillengläsern, sein Lächeln war authentisch und behaglich auf seinem alterslosen Gesicht.

„Ich bin wegen des Dragon Dancings hier," sagte ich

ihm, dann zeigte ich auf meine Crew. „Die sind hier für den spirituellen Mist."

„Verstehe," entgegnete er, der Humor brachte seine Augen noch mehr zum Glänzen. „Verstehst du den Sinn dieses spirituellen Mists?"

„Na klar," sagte ich höhnisch angegriffen. „Es ist ein Grund, eine Party zu schmeißen."

„*Hmmpt,*" stimmte Blondie zu.

„Als bräuchtest du einen Grund, eine Party zu schmeißen," sagte Shocker mir.

„Brauch ich nicht." Ich zeigte auf sie, sehr ernst. Ich gab meiner Stimme einen bedeutsamen Ton. „Aber du. Ich bin hier, um euch Leuten dabei zu helfen, euer inneres Partytier rauszulassen." Ich atmete tief ein und wieder aus. „Es ist eine höhere Form des Zens."

Blondie rollte mit den Augen. Ace grinste. Shocker zeigte sich gekränkt von meiner Aussage. *Anh Long* legte eine Hand auf meine Schulter und wandte sich wieder meiner Ernsthaftigkeit zu. „Und wir sind dir dankbar für deine Hilfe. Fühl dich frei, uns zu zeigen, wie wir dieses höhere Level erreichen können."

„Das sollten Sie sich vielleicht noch mal überlegen," sagte Blondie sehr besorgt. „Ihre Gemeinde könnte ihre Religion verlieren, nachdem er hier eine Nacht rumgetobt ist."

Der Drachenältere lächelte nur. „Ich vertraue ihm, dass er sich in der Nähe der Kinder benimmt und unseren Glauben respektiert."

Oh Mann. Ich blickte Blondie an, dann ihn. Er hat gerade quasi gesagt, dass er mir vertraut. Ich hasse es, wenn Leute das tun. Jetzt musste ich mich benehmen. „Großartig," murmelte ich.

Blondie und *Anh Long* warfen sich wissende Blicke zu.

Sie gab ihm einen Daumen hoch. Er erwiderte die Geste, dann nahm er Shocker beiseite. „Erinnerst du dich an Cung Le?" fragte er sie.

„Der Kickboxer?" sagt sie. „Ja. Bad Boy. Er kämpft jetzt MMA." Er nickte, dann zeigte er auf die vietnamesische Flagge oben auf dem Pavillon. Sie riss ihre Augen auf und sagte, „Oh ja! Cung trägt das auf seiner Hose."

Auf seinem Gesicht waren Aufregung und Leidenschaft zu sehen. „Die drei Streifen stehen für Nord-, Zentral- und Südvietnam..."

Bei dem Geräusch von Gelächter drehte ich mich um. Eine Gruppe junger Mädchen in weißen, grauen und roten Silkkleidern waren laut am Reden und standen zusammen um ein Handy, auf dem ein OMG-LOL Video zu sehen sein musste. Mädchenhaftes Lachgerede auf vietnamesisch war nichts, was ich jeden Tag erlebte. Es klang ziemlich cool. Die frustrierten Blicke der Frauen hinter ihnen sagte, dass es nicht sehr lange besonders war.

„Ich brauche einen Drink," entschied ich schmatzend.

„Kannst du nicht," sagte Ace laut, sodass ich ihn über den Spaß hinaus hören konnte. Ich schaute ihn einfach an. Blondie grinste, *Wie auch immer*, und lief zum Essensstand hinüber. Ace schaute ihr beim weggehen zu, schaute mich wieder an und zuckte die Achseln. „Also, du solltest nicht. Kein Alkohol auf dem Tempelgelände. Das ist sakrilegisch.

„Das hätte ich wohl bingen sollen, was? Wir trinken," Ich zeigte auf ihn, mit einem Daumen auf mich selbst, „und dann übernehmen wir den Drachen. So steht es geschrieben, so wird es geschehen."

„Uh," antwortete er.

Ich winkte ihm, mir zu folgen. Wir versuchten, nicht so auszusehen, als hätten wir ein bestimmtes Ziel, also ließen wir es wie ein Versehen aussehen, als wir in den alten

Gangster reinliefen. Hong sah altertümlich aus in einem dunkelgrünen, langärmligen Shirt mit schwarzer Krawatte, sein kahler Schädel dunkelbraun mir grauen Haaren am Rand über seinen haarigen Ohren und molligem Gesicht. Er verkaufte Crack auf dem Point und ich half ihm beim Transport. Meistens. Wir lernten einanders Sprache ein wenig und machten einen Haufen Geld. *Ich war damals wie ein Dirt Bike Ninja*, erinnerte ich mich stolz.

„Mein Freund, mein Freund!" sagte Hong auf nahezu unverständlichem Englisch, seine rheumatischen Augen waren von sozialer Freude und qualitativem Alkohol erstrahlt. „*May kheo khong?*" Wie geht es dir?

„*Tao kheo,*" Mir geht es gut, antwortete ich und griff seine starke, stummelige Hand. Ich lehnte mich näher an ihn und flüsterte neben sein Ohr. „Wo ist der Schnaps, du verdammter Gangster? Nie im Leben werde ich diese Feier nüchtern genießen."

„Oh, ha-ha! Komm. Wir reden." Er sagte etwas zu seinen Freunden, zwei vornehme Männer in Anzügen mit Frauen auf den Armen, die Abendkleider trugen und entschuldigte sich. Er drehte sich um und sah Ace, er wurde ganz komisch beim Anblick vom Geek. „Wer das?" verlangte er zu wissen.

„Julian," sagte Ace, die Hand ausstreckend.

Hong schaute auf sie runter, dann auf sein Gesicht und blinzelte nochmal. Er verbeugte sich ungeduldig, zuckte mit seinem Kopf und wir folgten dem hockenden alten Mann durch die Menge auf den Parkplatz. Wir hielten neben einem geil aussehenden kastanienbraun-silbernen Acura RDX. Hong öffnete den Kofferraum des Crossovers, die Hydraulik zischte. Der Laderaum hatte eine schwarze Abdeckung mit einem kleinen Fenster in der Mitte, welches wie ein Geldzeichen geformt war. Hong betätigte einen Schalter neben der Verriegelung der Abdeckung und gelbgrünes Licht schien durch das Fenster, bedampftes Glas mit kalten Kondensationströpfchen. Er betätigte einen zweiten Schalter und der Riegel öffnete sich, ein Kühler ging langsam auf und klickte, als er ganz auf war. Vor uns stand der Heilige Gral des Alkohols. Likörflaschen standen neben den Weinflaschen, manche mit Eis, manche trocken eingepackt. Große Heineken und Michelob Flaschen glitzerten aus dem Eiswasser. Das grüne Licht schimmerte von jeder freien Stelle heraus, das farbige Glas brach das Licht wie eine blendende Schatztruhe. Ein kleiner Raum rechts hatte Platz für Zubehör. Verschiedene Arten Flaschenöffner winkten uns aus der schattierten Innenbeleuchtung.

Ich klopfte Ace auf die Schulter. „Blondie hat den hier gebaut."

„Ja?" Er lehnte sich nach vorne und betrachtete die Materialien genau. „Hmm. Ein einfacher Glasfaser und und Polycarbonat Job. Elegant. Das Geldzeichen hat einen netten Touch." Er stellte sich wieder hin und ich nahm uns ein paar Bier heraus.

„Uh-uh." Hong griff mein Handgelenk. „Mein Freund, wir haben Spezialgetränk. Hier." Er lehnte sich ins Fahrzeug und holte eine Flasche roten Wein raus, drehte sie um und schaute auf das Label. „Ah! Das ist sie!"

„Was ist es?" fragte Ace.

Hong war einen Moment still und schaute ihn dann finster an. „Weiß ich nicht. Ich kann kein Englisch lesen."

Ich schielte auf die Flasche. „Das ist Französisch."

Er wandte seinen finsteren Blick mir zu und blinzelte wild. Er fuchtelte mit seiner Hand herum. „Willst du Drink oder nein? Das ist sie."

„Ich will Drink," sagte ich.

Ace inspizierte immer noch das Werk meiner Freundin. „Warum ein Kühler?" fragte er Hong.

Er zeigte ihm sein verstörendes, gummiartiges Lächeln. „Manche Leute mögen Lautsprecher in Box." Er nahm sich einen Korkenzieher und öffnete den Wein laut grölend. *Pop!* Der starke Geruch des qualitativen Merlots griff meine Nase an. Hong roch am Korken. „Ich mag Schnaps in Box."

Der Alkoholhändler gab mir den Wein und lehnte sich wieder in seine Schnapsbox und griff mehrere Gatorade Flaschen aus einer Ecke mit Getränken, um Drinks zu mischen. Softgetränke, Wasser, Saft. Er gab jedem von uns eine 0,9 Liter Kanne und nahm den Wein zurück. Wir stießen an und kippten sie leer.

„Haltet ihr Idioten einen Pinkelwettbewerb?" fragte Blondie hinter uns.

Ich drehte mich um und tat so, als würde ich meine Hose zu machen. „Nein."

Sie schaute auf den Fluss auf dem Boden und hob ihre Augenbrauen. „Das ist viel Pisse. Hey Hong." Sie lächelte ihn an.

„Uh," sagte Ace.

„Blondie! Meine Freundin." schrie Hong glücklich, ihr mit seiner Flasche zuwinkend. „Komm zu uns." Er schlug meinen Arm und beschuldigte mich, „Warum bringst du nicht deine Lady für Drink?"

Ich hielt einen Finger hoch. „Zuallererst, lass mich eines klarstellen: Sie ist keine Lady." Jetzt schlug Blondie meinen Arm. „Und sie war nicht eingeladen, weil sie meckern wird, wenn ich trinke."

„*Sie wird meckern wenn ich trinke*," mimte sie mich. Ace und Hong lachten aus irgendeinem Grund. Meine Hand zuckte auf der Suche nach ihrem Nippel. Sie stützte eine Hand in ihre Hüfte, ihre enge Jacke krackte an ihren

Schultern. „Ihr könnt machen, was ihr wollt. Aber," sie zeigte auf mich, „wenn ihr den Kindern etwas gebt..."

„Jaja, verstanden." *Man. Immer geht es bei ihr um Kinder in letzter Zeit. Kinder Kinder Kinder. Sie schafft es heutzutage, sie jeden Tag anzusprechen.*

Mit einem letzten strengen Blick machte sie auf der Ferse kehrt und schritt zur Party zurück. Hong und ich schauten ihr nach, der Alkohol war kurz vergessen. Ace versuchte sein Bestes, nicht zu starren.

Mit unseren Krügen voller Merlot hielt ich meinen hoch für eine Ansprache. „Auf das Herbstfest! Komm schon Trauben Gatorade. Mach die Frauen heißer und die Kinder erträglicher."

„*Do!*" prost, bellte Hong.

„Prost," sagte Ace. Wir stießen an und tranken. Danach sagte Ace, „Trauben Gatorade. Ha."

Wir machten uns auf den Weg zurück zur Masse, nippten fröhlich und blieben bei einer Prozession von Menschen stehen, die sich alle über einen Tisch mit Essen beugten. Freiwillige Helfer standen auf der anderen Seite der Tische und verteilten Softdrinks und Reiswaffeln, eine leckere Auswahl von kandiertem und getrocknetem Obst und etwas, das aussah, wie irgendein Tofu-Scheiß oder so. „Bah. Veganes Essen." Ich schauderte.

Hong nickte reg zustimmend. „Mann sollte Tier essen." Er spannte seinen Bizeps an, dann ergriff er meinen. „Kein Tier, kein Mann."

„Hörst du Ace?" sagte ich.

„Ich esse Fleisch," sagte er verteidigend und blickte auf seinen schlaksigen Körper runter. Selbstgefällig schaute er mich an und blinzelte mit geheimem Wissen. Er tippte auf seinen Tempel. „Mein Gehirn verbraucht nur einfach mehr als der Rest meines Körpers."

„Hmm," entgegnete ich. Er versuchte zu scherzen, aber wahrscheinlich hatte er recht. *Der Typ ist gruselig schlau*, stimmte mein Unterbewusstsein zu.

Hong schaute ihn schief an. Er zeigte auf einen Kuchen auf dem Tisch zu unserer Rechten. „Ich bring das. Frau macht es. Sehr gut, du probieren?"

„Wer zur Hölle würde dich heiraten?" fragte ich. Hung gab ein kratziges Lächeln von sich und bewegte seine Lippen und Zunge so, dass wir verstanden, wie er seine Frau für sich gewinnen konnte. Seine epikanthischen Augen rundeten sich und glänzten lebhaft. Ich schüttelte den Kopf und stellte meinen Krug auf den Tisch. Mit einer Serviette nahm ich ein kleines Stück vom Kuchen und biss ab. „Es ist gut," sagte ich und zwang mich dazu, das Stück runterzuschlucken. Das Speed hatte meinen Appetit und meinen Speichel entfernt. Dieser Kuchen brachte ihn nicht zurück.

Ace schaute mich an, dann auf den Kuchen. „Hmm."

„Mungbohnenkuchen," sagte Hong uns. „Traditionell. Wie Weihnachtsfrüchtekuchen."

Ich tauschte den Kuchen gegen meine Flasche aus und trank einen großen Schluck. *Mungbohnenkuchen???* Ich schaute mich um und sah die Menge, die sich auf eine Präsentation vorbereitete. Neben dem Pavillon war eine kleine Bühne aufgebaut. Auf der Empore formten sechs junge Frauen in Silkkleidern eine Linie und hielten sich kleine, hölzerne Fächer an ihre Wangen, auf die Musik wartend. Eine ältere Frau in einer verblassten grauen Robe, wahrscheinlich die Lehrerin der Frauen, drückte Play auf einem Radio und grinste matronenhaft stolz als ein orientalischer Song ertönte.

Die kleinen Frauchen lächelten niedlich, ihre roten, grauen und blauen Silkkleider glänzten im Licht. Sie bewegten sich synchron, hielten die Fächer hoch, dann tief und danach wieder an ihren Wangen. Sie drehten sich im Kreis, das Holz und Papier flatterte, und übten simple Bewegungen aus, die sehr langweilig anzuschauen wären, wenn die Tänzerinnen nicht so bezaubernd wären. *Wow wow wow! Bezaubernd??? Ich bin froh, dass du das nicht laut gesagt hast,* lachte mein Unterbewusstsein. *Damit hast du dir ein schwul-und-lahm eingebrockt.*

Jubel und Applaus ertönte von verschiedenen Männern, als Blondie und Shocker mit Fächern in der Hand auf die Bühne liefen und dem Tanz beitraten. Ich sah verschiedene hochangesehene Frauen, die den beiden und den glotzenden Männern böse Blicke zuwarfen. Ein unverhinderbares Lächeln bewegte meine Gesichtsmuskeln. Die kleinen Frauen kicherten, als Shocker einen Fehler machte indem sie sich in die falsche Richtung wendete. Sie lachte sich selbst aus und zuckte ihre muskulösen Schultern.

Der Tanz ging noch ein paar Minuten weiter und endete zeitgleich mit dem Song. Applaus folgte der Performance, die Kinder auf der Bühne waren in Ekstase, Blondie und Shocker gaben ihnen High-Fives. Sie alle liefen von der Empore hinunter und die Menge wandte ihre Aufmerksamkeit wieder dem Essen oder ihren sozialen Kontakten zu.

Meine Flasche tropfte über meiner herausgestreckten Zunge leer. Ich machte sie zu und wollte sie in kurzer Zeit wieder auffüllen. Der Merlot war spektakulär, ein perfekter Ausgleich zu den Amphetaminen, die mein System immer noch aufheiterten. Eine angenehme Wärme wurde in meinen Gliedmaßen spürbar und vertrieb den Schmerz, der immer noch versuchte, von unter meiner Kompressionshülse an meinem Unterschenkel hervorzukriechen. Der Wein sättigte mich und machte meinen Atem schwer. Der Nachgeschmack erweckte den Wunsch zu tanzen in mir. Ich drehte mich zu Ace. „Es ist Zeit."

„Wofür?" entgegnete er.

„Zu tanzen. Komm, lass uns Big Guns suchen. Wir brauchen drei Mann."

„Woher weißt du, dass wir drei Mann sein müssen?"

Ace war nicht wirklich mit meinem Plan vertraut, aber er folgte mir trotzdem und schaute sich etwas auf seinem grünen Tablet an, was er in seiner Tasche hatte. Wir fanden den asiatischen Gangster neben seiner Crew in der Näher des Parkbereichs. Die Royal Family, ein Underclan der Dragon Family, bestand zumeist aus erfahrenen Gangstern, die eigene Geschäfte besaßen und jungen Dealern, die hofften, irgendwann in ihre Fußstapfen zu treten. Diese eine Clique, Big Guns Leutnants und persönliche Security, bestand aus älteren Mitgliedern. Erwachsene, gutgekleidete Männer, die die jugendliche, runtergezogene Hosen Phase ihrer Gangster Karriere bereits hinter sich hatten. Ich erkannte ein paar von ihnen und nickte ihnen ein *Wie geht's* zu als wir auf sie zuliefen. Ich stieß den Rücken ihres Anführers etwas zu fest und brüllte, „Schau wo du hinläufst, kleiner gelber Mann."

Big Guns drehte sich bereit für einen Kampf um, eine Hand in seiner Hüfte, die andere geballt in der Luft. Sein Mund entspannte sich. „Eines Tages erschieße ich dich deswegen."

Ich zeigte auf mein Gesicht und zeigte all meine Zähne. Meine Eckzähne fühlten sich wie Dolche an. „Du siehst, ich mache mir Sorgen."

„Ace," sagte er dem Geek, gab ihm eine Faust und ignorierte meinen Versuch, verängstigt auszusehen. „Wie lange seid ihr schon hier?"

„Ein paar Stunden," sagte Ace. Er hielt seine Gatorade

Flasche hoch. „Auch wenn die Zeit geflogen ist." Er trank noch etwas.

Big Guns schüttelte den Kopf und lachte. Seine kurzen, muskulösen Arme wölbten sein schwarzsilbernes Shirt, sein Haar war gestylt und an einer Seite gegelt, es glänzte mit Klasse. Er schaute mich an. „Hong?" Ich schaute ihn unschuldig an, *Keine Ahnung was du meinst.* Er sagte, „*Anh Long* wird ihn Buddha opfern, wenn er das herausfindet."

„Ich dachte wir wollten einen rauchen und dann am Drachentanz teilnehmen," drängte ich, da ich noch etwas lustiges in diesem Rausch machen wollte, bevor ich wieder ernüchterte.

Er schaute seine Crew an, scheinbar schaute er auf ihre Handgelenke. Er stoppte seinen Scan beim Kopf eines kleinen Kindes, der zwischen den Beinen zweier stämmigen Gangster herausguckte. „Tho! *Lai day*," komm her, sagte Big Guns streng.

Thos kleine, knochige Wangen wölbten sich, ein Lächeln zeigte, dass ihm mehrere bleibende Zähne wuchsen. Er quetschte sich durch die Männer und stoppte vor seinem *Anh Hai*, viel besser gekleidet als das letzte Mal, das ich ihn sah bei den Hahnenkämpfen. Seine Jeans und sein Saints Trikot hoben ihn von den anderen Kindern ab, welche viel elegantere Kleidung trugen. Das mochte ich. Ich hatte das Gefühl, das dieser Junge einen ernsthaften Wutanfall kriegen würde, wenn ihn jemand in solch schicke Kleidung zwängen wollte. Die Kühnheit, die er vor der Dragon Family hatte, war beeindruckend. Er war ein anderes Kind als der bescheidene Diener, der *Anh Longs* Hahn pflegte. „Was?" fragte er grob, seine hohe Stimme versteckend.

Big Guns schaute über den Jungen hinweg und schüttelte den Kopf, als hätte ihn das an jemanden erinnert. „Solltest du heute abend nicht tanzen? Du solltest jetzt mit Dong und Tran am üben sein."

Tho verschränkte die Arme. „Ich bin bloß der blöde Schwanz. Der Drachentanz ist dumm." Er senkte den Kopf und stampfte mit seinem Sneaker auf den Bürgersteig.

Das Chrom glänzte zwischen den Lippen von Big Guns. Ich schaute ihn mit erhobener Augenbraue an, *Darf ich versuchen?* er grunzte, *Warum nicht?* und ich winkte mit einer Hand vor dem Gesicht des Jungen. „Hey kleiner Mann." Er schaute mich an, nicht im geringsten schüchtern, ein frecher, intelligenter kleiner Hurensohn. „Du findest den Drachentanz also dämlich, huh?"

„Es ist blöd. Es macht nicht mal Spaß." Er verschränkte die Arme fest und warf mir einen dunklen Blick zu.

Ich lehnte mich zu ihm hinüber und sagte in diskretem Ton, „Hast du jemals von Godzilla-Tanz gehört?"

Tho öffnete seinen Mund leicht, seine Augen voller Verwunderung. „Godzilla so ähnlich wie ein Drache," sagte er

Ich nickte ernst. „Außer dass Godzilla weiß, wie man mehr Spaß hat. Er fliegt nicht einfach herum und sieht freundlich aus und erwartet dann, dass jeder sich regellos fühlt – er zerstört Sachen und setzt sie in Brand!"

„Echt? Wow!" rief Tho aus. „Können wir das machen? Wo kommt Godzilla her?"

„Kennst du die Leute, die PlayStation gemacht haben?"

„Sony."

„Ja, die Typen. Also weißt du, dass er cool ist."

Big Guns schaute mich kurios an. *Wo soll das hinführen?*

Ich hielt einen Finger hoch und sagte Tho, „Bist du gut genug, um Godzilla zu spielen?"

Der Junge dachte intensiv nach, er wollte auf jeden Fall behaupten können, dass er würdig war. Plötzlich wurden seine Augen riesig und er platzte heraus, „Ich habe einmal bei *Mario Kart* mit Yoshi gespielt. Yoshi ist ein bisschen wie Godzilla."

Ich klatschte einmal scharf in meine Hände. „Du bist dabei!" Er zeigte allen sein schnautziges Lächeln und wedelte wild mit seinen mageren Armen.

Big Guns schnaubte mich an. Er schaute Tho an. „*Em Chai*, du musst um Erlaubnis fragen, wenn du den Drachen tanzen willst. Hast du Frau Nguyen nicht schon gesagt, dass du das nicht machen willst? Du weißt, was sie von Leuten hält, die sich nicht entscheiden können."

Thos übermütiges Lächeln schwand. Er drehte sich um, um eine Gruppe älterer Frauen in Roben anzuschauen, seine Augen waren missgünstig. Ich folgte seinen Augen zur Dame, die vorhin den Fächertanz der jungen Frauen geleitet hatte und nahm an, dass sie Frau Nguyen war. Sie sah furchterregend aus. Ich konnte verstehen, warum Tho plötzlich nicht mehr angeberisch war.

Pep talk, schlug mein Unterbewusstsein vor.

Ich kniete mich vor Tho hin, auf Augenhöhe. „Also Kleiner. Wenn du Godzilla sein willst, kannst du keine Angst vor älteren Damen haben."

Er schielte auf Frau Nguyen, dann flüsterte er mir zu, „Aber sie ist verrückt."

Wegen dem Gekicher der Royal Family blickte Tho finster drein. Ich konnte mir das Lachen gerade so von meinem Gesicht halten. Ich sagte dem Jungen, „Du kannst Verrückte überlisten," Ich tippte mit einem Finger auf seine Stirn, „damit." Er schaute mich fragend an. Der Wein und die Amphetamine entschieden, dass ich diesem jungen Respekt beibringen musste, wie man Leute austrickst. Ich holte tief Luft und erklärte ihm das ABC des Herangehens. „Vergiss, wie verrückt sie ist. Du musst wissen, wie du auf sie zugehen musst."

„Wie?" Er streckte seine Hände mit den Innenflächen nach oben aus.

Wenn immer du einen großen Gefallen von einer Person willst, musst du erst dafür sorgen, dass sie dir einen kleinen erfüllt." Ich pausierte, damit er das erstmal verstehen konnte. Er nickte. Ich redete weiter, „Zum Beispiel, wenn du von deinem Onkel Big Guns ein neues Videospiel willst, musst du mit ihm erst über etwas reden, was *ihn* interessiert."

„Wie Pistolen," sagte Tho sofort. „Ich werde auch in der Royal Fam' sein." Er legte eine Hand auf seine Brust und nickte wichtig mit dem Kopf. Die Männer schmunzelten.

„Wie Pistolen," stimmte ich zu, dann bemerkte ich, dass Blondie und Shocker hinter mir standen, ihr Parfüm warnte mich. Ich blickte auf sie und sah Ace und Bobby neben einer gigantischen schwarzen Dame, die wohl Frau Großer Muskelprotz sein musste. Zwei junge Mädchen in Ösen-kleidern, ihre Töchter, standen ein paar Meter weiter hinten und schauten auf die Erwachsenen. Ich tat so, als würden die Frauen mich nicht anschauen, als hätten sie mich gerade bei etwas Bösem erwischt. „Wasserpistolen. Genau. Wenn du weißt, dass Onkel Big Guns Super Soakers mag, kannst du sagen, dass du sie magst, damit er dir zustimmt. Du könntest mit ihm über sein Auto reden. Sag ihm, dass du seinen Honda mehr magst als den Toyota." Ich zeigte auf einen weißen Supra. „Er wird dir mehr und mehr zustimmen."

„Dann frage ich ihn nach einem neuen Spiel?"

„Jap."

Er schaute gedanklich. Dann sah er zu Big Guns

hinauf. „Ich werde dich dazu bringen, mir das neue *Halo* zu kaufen!"

Big Guns schnaubte zweifelnd. Seine Crew lachte wieder.

Ich sagte Tho, „Und du bist ein Kind. Also nutze das auch."

„Wie?" Handinnenflächen oben.

Ich wackelte mit meinem Finger vor seinem Gesicht. „Berührung. Wenn du jemanden auf die richtige Weise berührst, stärkt das die Beziehung und ist ein Zeichen von Nähe, welches wir instinktiv wahrnehmen. Berühre ihre Schulter, reibe ihren Unterarm, und du setzt einen Prozess in Gang.

„Huh?"

„So funktioniert es: Wenn du Mechanorezeptoren in der Haut stimulierst, senkst du die Ausschüttung von Stresshormonen." An diesem Punkt bemerkte ich, dass ich den Jungen komplett verloren hatte. Er war wieder dabei, die Royal Family böse anzugucken, dafür dass sie über ihn gelacht hatten. Außerdem bemerkte ich, dass ich zu high war, um nicht weiterzureden. „Gleichzeitig stimulieren warme Berührungen die Oxytocinausschüttung, was Vertrauen und Verbundenheit aufbaut."

„Oxy..." stotterte er.

„Tocin. Äh."

„Das Kuschelhormon," ergänzte Ace. „Man kann es in vielen Situationen erfahren. Wie beim Frisör. Ein Frisör berührt deine Kopfhaut und deinen Nacken und das fühlt sich gut an. Eine gute Umarmung von jemandem, den du magst, wird jedes mal funktionieren."

Ich grinste ihn an, *Danke*. Thos Augen wurden groß. Scheinbar verstand er die Macht des Kuschelns. Er sagte mir, „So muss Trinh sein neues Auto bekommen haben!"

51

Die RF brach in Gelächter aus. Die Mädchen genauso, nachdem Blondie ihnen erzählt hatte, dass Trinh Big Guns Freundin war. Der Viet Anführer warf ihr einen vielversprechenden Blick zu. Er zeigte mit dem Finger auf Tho und redete schnelles Vietnamesisch, das den Jungen dazu brachte, mit einem riesigen Lächeln im Gesicht wegzurennen.

„Also du belehrst Kinder jetzt über Psychologie?" fragte Blondie und hakte ihren Arm in meinen ein während ich aufstand. „Ich schätze davon sollte ich mehr erwarten, wenn wir Kinder bekommen."

„Ich weiß nicht, wovon du redest," entgegnete ich voller Unschuld. „Ich versuche bloß zu tanzen. Ich muss eine Testfahrt machen mit diesem neuen Bein." *Wenn wir Kinder bekommen???* Sie gab mir ihr Ganz-Genau Grinsen.

„Du musst Razor sein," sagte Bobbys Frau mit starker Stimme und einem Ton, der mir klarmachte, dass ich meine Identität nicht leugnen sollte. Ihr dunkelbraunes Gesicht war ohne Make-Up, hübsch wie ein Oversize-Model, ihre Wimpern und kurzen schwarzen Haare künstlich, aber schön. Sie stützte eine Hand in ihre Hüfte und schaute mich von oben bis unten an. „Du siehst nicht wie ein Held aus."

Ich schaute den großen Muskelprotz an und gestikulierte, *Was zur Hölle Mann?* Er hatte ein heimliches Lächeln aufgesetzt, stolz auf die Fähigkeit seiner Frau, es mir unangenehm zu machen. Der Riese sah prächtig aus in seinem bunten Hemd, Blau- und Lilatöne, die mit dem hellen Blumenkleid seiner Frau kontrastierten. Sie war fast so groß wie er, mindestens 1,90m und 110kg, gut in Form trotz des Gewichts, das die sechs Töchter ihr gegeben hatten.

Ich blickte auf Blondies Hüften und ihren flachen

Bauch, dann wieder auf sie. *Nein. Uh-uh.* Wegen eines Gelächters schaute ich in die Richtung der Esstische. Ihre vier anderen Töchter rannten herum und spielten Fangen mit den vietnamesischen Kindern, aufgedreht von Kool-Aid und Süßigkeiten.

„Ich bin Pearl," sagte die große Muskelprotzette und warf eine starke Hand in meine Richtung. Ich schüttelte sie, während ich immer noch über ihre Heldenbemerkung nachdachte.

„Es freut ihn, dich kennenzulernen," sagte Blondie, die für mich übernahm und mit ihrem Kopf in meine Richtung zeigte.

Die Frauen begannen ein Gespräch über das ein oder andere. Ich winkte Ace zu. Meine Augen sagten ihm, *Perfekt. Lasst uns verschwinden.* Der Geek folgte mir durch die RF Mitglieder und danach durch die Menge unter dem Pavillon. Wir näherten uns der Gruppe Frauen in Roben um Tho, blieben in Hörweite stehen und taten so, als würden wir die Dekoration an Pavillondach anschauen. Sie sprachen nicht auf englisch.

Ace fragte, „Kannst du verstehen, was sie sagen?"

Das Dexadrin in meinem Körper gab mir die kognitiven Fähigkeiten, ALLES zu verstehen. Ich hörte einen Moment zu. Der Kleine sprach gerade einen Rock an. Nein, ein Kleid." Wir schauten auf den Jungen. Er hatte alle Frauen zum Lachen gebracht, sie zogen an ihren Roben und machten zufriedene Geräusche. „Roben. Sie sind sich einig, dass die Farbe schön ist."

„Tho lernt schnell," sagte Ace.

Der Kleine redete noch ein paar Sätze weiter, erzählte etwas über Tanzen in einer Robe. Er beugte seine Beine und Arme und warf sie in alle Richtungen, als er rumtanzte. Die Frauen brachen in Gelächter aus. Der Schlingel drehte sich herum und blieb vor Frau Nguyen stehen, ihre Schulter ergreifend. Er berührte sie sanft, während er ihr erzählte, dass ihm das wieder Lust zum Tanzen machte, es tat ihm leid, dass er sich umentschieden hatte und er könnte den Drachentanz gebrauchen, um mit zwei *my trang* zu tanzen, weißen Jungs?

Ihr Lachen immer noch nicht beherrschend tappte sie auf seine Wange, von seinem guten Benehmen erfreut; er ließ sie vor ihren Freundinnen gut darstehen. Sie gab ihm die Erlaubnis, mit seinen Freunden zu tanzen und er rannte so schnell weg, ich schwöre er machte Road Runner Sound-effekte. *Meep-Meep! Bvvv-vooomm!*

„Ich bin am Halluzinieren," schmunzelte ich. „Hervor-ragend." Ich winkte Ace zu. „Endlich. Lass uns abgehen."

„Ich kann nicht tanzen," erwiderte er stirnrunzelnd. „Und der Drachentanz benötigt nur zwei Leute." Er tippte auf sein umhülltes Tablet.

„Es ist mehr wie spielen. Hab einfach Spaß. Tho und ich werden die Show übernehmen." Ich winkte seine Entschuldigung ab. „Je mehr Leute desto besser. 'Zilla sind ein Paar Extrabeine gewachsen, seitdem er New York atta-ckiert hat."

Wir liefen auf den Tempel zu. Unter dem mittleren Torbogen war der Drache. Er lag auf dem Zement, bereits aufgebaut, etwa drei Meter lang und einen Meter breit, rot und gelb mit ein wenig blau und lila im Gesicht. Ein tradi-tioneller Drache mit einem breitlächelnden Maul und langen Schnurrhaaren aus seiner Schnauze herausstechend. Das Maul war weit offen, oben zwei Eckzähne drin, zwei unten. Tho kniete sich neben die Bambus-Pappmaché-Konstruktion, seine kleinen Hände fummelten an den Griffen an der Seite rum. Ich sagte ihm, „Warte, warte, warte. Ich bin der Kopf, Kleiner. Du bist der Schwanz."

Er sah aus, als wollte er auf den Boden spucken. „Der Schwanz ist blöd."

Ich hielt eine Hand hoch, „Nein, der Schwanz des *Drachen* ist blöd." Ich zeigte auf das farbige Biest. „Das hier ist Godzilla. Und Godzilla macht Sachen kaputt."

„Oh," sagte er, aufstehend und zum Schwanz hinüber-gehend, ein schelmisches Lächeln auf dem Gesicht, „*Godzillas* Schwanz,"

Ace schmunzelte. „Du wärst ein großartiger Vater."

Ich war beleidigt. „Woher willst denn du das wissen?"

„Ich habe einen Sohn und eine Tochter," antwortete er langsam, mich unsicher anschauend.

„Hmm." Nach dem unangenehmen Wortwechsel schaute ich auf die Gatorade Flaschen, die wir immer noch in unseren Händen hielten, herunter. Meine war halb leer, seine halb voll. Ich stellte meine auf den Beton und zeigte auf seine. „Trinkst du das noch aus?"

„Also, ich -"

„Gib mir." Ich riss ihm die Flasche aus den Händen, dreht die Kappe ab und trank den Merlot in großen Schlu-cken runter. Challenge, sagte der Alkohol den Amphetami-nen. Ich ließ die Flasche fallen, das Plastik klapperte, und ich rülpste laut. Ich bemerkte, dass viele Augen auf mich starrten. Ich schleckte mir die Lippen, um den Nachge-schmack zu genießen. „Guter Wein. Bereit?" Ich schaute Ace an. „Du bist der Bauch. Gedärme, Organe, Penis und so weiter."

Ich lehnte mich nach vorne und ergriff den Kopf des Drachen in seine menschlichen Augen hineinschauend. „Showtime Godzilla. Lass uns diesen netten Menschen hier zeigen, wie man eine Drachenparty auf Sony-Art schmeißt."

„Jaaa!" stimmte Tho zu. „Wir werden wie in einem Videospiel spielen!"

Schlauer Junge. Ich lächelte. Wir hoben das Requisit hoch und duckten uns darunter. Das Gerüst bestand aus rechteckigen Bambusstäben, die so angebracht waren, dass der Drache sich in verschiedene Richtungen wenden konnte. Er hatte keinen wahrnehmbaren Geruch außer der frischen Farbe vom Gesicht.

Ich stellte mich gerade hin, hob es hoch und hielt die Griffe, die mir ermöglichten, den Kopf zu bewegen und den Mund zu öffnen und zu schließen, vor meiner Brust fest. Ich schüttelte Godzillas Kopf, ein ungehaltenes, betrunkenes Biest, das von all den anderen asiatischen Drachen unrecht behandelt worden war und es für notwendig empfand, sich vor den ganzen Leuten anders zu beweisen. Ihnen zu zeigen, dass er der Beste darin war, die Leute in Ekstase zu versetzen.

„RAAAHRRR!" bellte Godzilla. „'Zilla stampf und mampf!"

„Stampf und mampf!" echote der Schwanz wedelnd. Aces Gekicher hallte dumpf durch den Bauch.

„Rah?" sagte Big Guns, als er zu uns rüber lief, zwei seiner Männer dicht hinter ihm, die Augen in alle Richtungen suchend. „Du klingst, als bräuchtest du noch mehr Wein."

„Oder sonstwas, stimmt's? Wo ist Blondie?" Ich spähte den weiten Mund auf und suchte die einzige anwesende goldene Frisur, an ihre Brüste und das Tütchen Dexedrin direkt neben ihnen denkend.

Er grunzte, *Ich achte nicht auf dein Mädchen,* dann kam er näher und zeigte mit dem Kinn auf einen Typen, der etwas weiter weg an der Seite des Pavillons stand, direkt neben dem Zaun, der den Tempel und die Kirche trennte.

Ich kniff die Augen zusammen, um zu erkennen, wer die Person in schwarz war. Seine total stille, sei-der-Schatten Haltung verriet es mir. „Loc," sagte ich verwundert. Ich schaute Big Guns an. „Was zur Hölle?"

Er grunzte. „Erinnerst du dich daran, dass ich dir von seiner Frau erzählte, die von der Two-Eleven angegriffen wurde?"

„Sie war schwanger. Sie verlor das Baby als Folge der Verletzungen und verließ ihn daraufhin."

Grunz. „Heute nacht ist es zehn Jahre her." Seine Stimme nahm etwas Melodrama an. „Vietnamesen sind abergläubisch, was den Tod eines Geliebten betrifft. Wir ehren sie am Jahrestag ihres Todes."

„Weiß *Anh Long*, dass er hier ist?"

Er grunzte bejahend. „Um ihm einen Gefallen zu tun, tun wir so, als sei er nicht da. *Thang Loc Khun dien*," Loc ist verrückt. Er zeigte sein Silber. „Auch das ehren wir."

Ich schüttelte Godzillas Kopf grölend. „Wie dem auch sei, ehre 'Zillas Nüsse hier, kleiner gelber Mann. Wir werden gleich verrückt."

„Verrückte Godzilla Nüsse!" rief Tho, den Schwanz hin- und herwedelnd.

Ace lachte. „Ich dachte ich bin die Nüsse."

„Lass das Kind sie schwingen," sagte ich. Ich nahm die Griffe fest in die Hand und Big Guns schritt rasch zurück, da er kein Teil von 'Zillas doppelzüngigen Intentionen sein wollte.

Ace und Tho waren auf dem Punkt. Wie ein sechsbeiniger Organismus schritten wir zum Pavillon rüber. Der Drachenältere erblickte uns und winkte einer Gruppe Männer und Frauen in Roben, dass sie sich unseren Tanz anschauen sollten, laut auf vietnamesisch redend. *Das ist der Mann*, sagte er ihnen.

Unter Godzillas oberen Zähnen durchschauend erkannte ich einige der Zuschauer als Geschäftsbesitzer aus D'Iberville, welche, die von der Two-Eleven und der OBG erpresst worden waren. Die Restaurantbesitzer, denen wir geholfen hatten, standen vorne und in der Mitte, zeigten auf uns und lachten uns an und erzählten ihren Freunden in ausgelassenem Singsang, wie meine Crew den Feind ausgeschaltet und den Schmuck ihrer Tochter wiedergebracht hatte.

Ich pausierte unbehaglich, Ace stolperte hinter mir. Ich bemerkte, dass die konservativen Gangster der Gemeinde mich nun mit freundlicheren Blicken anschauten, was mir ganz und gar nicht gefiel.

Nein! Tut das nicht klagte mein Unterbewusstsein. *Schaut mich an, als wäre ich der Bösewicht. Ein Barbar. Ich* schwöre *ich bin böse. Ich kann keine Zuneigung mehr ertragen!*

„Godzillas Schwanz!" rief Tho in einem hohen Kriegsschrei und rannte in einen Tisch mit Essen. Der perfekt ausgeführte Hieb mit dem Schwanz schmiss mehrere zweiliter Flaschen Limonade vom Tisch, das Plastick hüpfte und rollte unter die Tische. Von den Frauen ertönten verwunderte Kreische und eifrig sog ich ihre Missbilligung auf, welche mich dem Gefühl wieder näherbringen konnte.

„Tho!" lachte ich. „Nicht die Tische Junge. Die Mülleimer. Mach die Mülleimer kaputt."

„Okay," willigte er fröhlich ein, hoch- und runterhüpfend, aufgeregt nach links und rechts nach einem Mülleimer Ausschau haltend.

Ich hopste hoch und runter, um in den Rhythmus des Kleinen zu kommen, 'Zillas Bauch stand still, während der Kopf und der Schwanz sich schlängelten, wie eine

Schlange. Die Leute begannen zu lachen und zu klatschen, manche feuerten uns an. Frau Nguyen DJte für uns, ihre kleine Boom Box erwachte mit einem schnellen Song, donnerndem Schlagzeug und angeschlagenen Akkorden, die einen asiatischen Jam spielten. Ein melodischer Gesang erklang von den Fächertanzmädchen her, Frau Nguyen und ihre Mitgänger nahmen ihn wenige Sekunden später mit auf. Alle Zutaten waren vorhanden. Zeit, zu entertainen.

„Waaaah!" schrie ich. „Ich bin der Kung Fu Meister." Meine Lippen bewegten sich nicht mit meinen Worten synchron. „Ihr werdet mich nie besiegen!"

„Waaaah!" machte Tho mich taumelig nach.

Ich drehte mich schnell um, trat kurze, explosive Tritte nach links, rechts, vorne und nickte und wackelte jedem zu mit dem riesigen Kopf. Ace und Tho gaben ihr Bestes, meine Bewegungen mitzumachen, die Energie zu fühlen. Die Menge liebte es.

„Hey Kleiner," Ich drehte mich um, um meinen Schwanz anschauen zu können. „Du glaubst an Buddhismus, oder nicht? Reinkarnation?" Ich trat, nickte und wackelte weiter.

„Ja, sagte er, seine dünnen Beine schnell tretend.

Ich begann zu stampfen und zu springen, als würden meine Stiefel den Beton so fest treten, dass der Rückschlag mich in die Luft propellorte. Ich sagte Tho, „In seinem vorherigen Leben, war Godzilla ein Rodeostier." Ich hob meine Füße wie Hufen, die auf den Boden stampften. „Tritt wie ein Stier."

„Stier!" Er sprang und trat seine Beine hinter ihm, der lange, bunte Schwanz hüpfte lebhaft, seine Freudenschreie hallten über den Tempelgrund. Seine Aufgeregtheit brachte mir ein Lachen ins Gesicht, wovon meine Kiefermuskeln schmerzten, was meinen angenehmen Rausch noch weiter in die Höhe trieb.

Wie Stiere traten wir unseren Weg um den Pavillon und umkreisten die mitfühlsame Mutter. Die Fächertanzmädchen standen an unseren Seiten, ihre hellen Silkkleider flatterten spielhaft, ihre kleinen Beinchen traten und stapften.

„Es ist das Jahr des Pferdes, nicht das des Stieres," sagte Ace, schweratmend vom wilden Tanzen.

Ohne Pause bäumte ich 'Zillas Kopf auf und wieherte wie ein Hengst. Die Mädchen lachten und machten mit, ihre winzigen Arme schlugen in die Luft, ihr Gewieher war hoch, wie Show Ponys auf Zucker. Tho machte einen hammer Job, den Schwanz zu schwenken, er fand sogar zwei Mülleimer, in die er reinrennen konnte und stieß seinen quietschigen Kriegsschrei mit wilder Hingabe aus. Zu dem Zeitpunkt war unser Godzillatanz so packend geworden, dass der Müll, der überall verstreut lag, Teil der Show war, Konfetti. Lautes Gelächter und schockiertes Keuchen folgten dem knallenden Klang der umgekippten Mülleimer.

Ich drehte mich plötzlich und sah Frau Nguyen, wie sie sich über einen Tisch zur Boom Box bückte. Als sie einen neuen Song für uns abspielte, rannte ich hinter sie, 'Zillas riesiger Kopf warf einen Schatten auf sie und den Tisch und stieß einen triumphierenden Schrei aus, während er sie bestieg. Ich griff ihre Schultern und trockenfickte ihren großen Hintern, welcher die Robe eng um ihre beugende Form zog.

Es ist möglich, dass ich etwas zu weit ging, ich ließ sie eine gute Portion von Godzillas Knüppel spüren, mein Schwanz drückte fest in ihren warmen Spalt. *Das ist falsch,* er wedelte herum. Sie schrie verwundert, machte komischerweise aber keinen Versuch, mich wegzuschaffen. Ich brüllte und bumste noch ein paar mal für ein gutes Maß und genoss die groteske Reaktion des Publikums. Aus einer Ecke von 'Zillas Mund sah ich Blondie uns Shocker nebeneinander, wie sie sich die Show ansahen. Die Biestfrau hob ungläubig eine Hand vor ihren Mund. Mein Mädchen schüttelte bloß grinsend den Kopf und filmte die Belästigung mit ihrem BlackBerry.

Ich machte einen Abgang und klatschte ihre Backen, *Danke das war toll*, dann drehte ich mich um und sah die Fächermädchen ihre Lehrerin anstarren mit verdutzten O-förmigen Mündern. Frau Nguyen, immer noch auf dem Tisch liegend, hatte eine Röte im Gesicht, die wie ein schlimmer Sonnenbrand aussah. Sie atmete schnell, vor Unschlüssigkeit erstarrt, angenehm empört. Ich trat, wackelte mit dem Kopf, sprang, drehte mich und wedelte mit meinen Schnurrhaaren. Ace war die ganze Zeit, während Frau Nguyens Tortur Opfer des Kicher-Monsters gewesen. Sein Gelächter hatte sich in Schnauben, Keuchen und Husten gewandelt, er stolperte über seine Füße.

Irgendjemand in der Gemeinde schrie plötzlich. Ein schlimmer Schrei. Der Jubel und die Schreie verstummten sofort. Köpfe drehten sich, auf der Suche nach der Herkunft des Schreis. Frau Nguyen drückte sich vom Tisch hoch und machte die Musik aus. Godzilla drehte auch den Kopf, nicht mehr tanzend. In der tödlichen Stille wurde unsere Atmung in dem Drachen laut. Chaos folgte, als Schusse von der Straße zu hören waren, Kugeln trafen die Ziegel des Pavillondachs, rote Splitter flogen überall herum und regneten auf den Beton herab.

Ich fluchte, duckte mich aus dem Drachen raus und bekam Zement ins Gesicht, als der Arm der mitfühlsamen Mutter zu Scherben zersprang und schepperte, als er auf dem Boden aufkam. Die Schreie der Kinder waren am lautesten. Die Leute krochen weg vom Pavillon und rannten zur Sicherheit hinter ihren Tempel.

Kinder! Bring die Kinder hier raus, spornte mein Unterbewusstsein an.

Ich drehte mich um und zeigte auf Tho, welcher mit aufgerissenen Augen neben mir stand. „Geh in den Tempel, jetzt!" Er nickte und rannte.

Blondie und Shocker liefen auf mich zu. Mein Mädchen keuchte, „East End Boys."

„Wer?" fragte Ace, der neben seiner Frau halt machte. Er legte einen beschützenden Arm um sie, während er in die Richtung der Gang-Schlacht schaute.

„Sie leben auf der anderen Straßenseite in den Apartments da." Ich zeigte nach rechts. „Teil der Tiger Society."

„Sie sind Verbündete der Two-Eleven und den OBG," ergänzte Blondie.

„Wichser," grölte Shocker. „Hier sind *Kinder* anwesend."

„Wo ist Big Guns?" fragte ich. Ich überblickte den leeren Pavillonbereich und den Parkplatz. *Er wird mitten im Geschehen sein*, wusste ich. „Kommt!"

Meine Crew folgte mir zum Zaun, an dem Loc vorher im Dunkeln gestanden hatte. Ich fragte mich kurz, wie er in dieser Situation handeln würde. Wir sprangen über den niedrigen Zaun und schlichen durch den Kirchgarten. Wir fanden die Auffahrt, joggten die Straße runter und versteckten uns hinter einem großen Busch. Der Wohngebäudekomplex auf der anderen Straßenseite war zweistöckig, hatte nichts Schönes an sich, kleine, gelb-orangene Lichter beleuchteten die Türen und Treppen. Der Parkbereich an der Seite des Gebäudes war teilweise dunkel, aber ich konnte deutlich mehrere zuckende Körper in

Kampfhaltung sehen. Die Geräusche der Männer, die geschlagen und gewürgt wurden, waren wie ein verführerischer Duft in der kühlen, emsigen Brise. Eine Einladung.

Shocker öffnete die Taschen ihrer Shorts, holte ihre Schlagringe raus und legte sie an, die Fäuste eng geballt. Blondie schaute auf ihre Stiefel runter, teures, neues Leder, welches sie nicht auf diese Art zerstören wollte. Sie seufzte und runzelte ihre perfekt gezupfte Augenbraue. *Ihr Badass Gesicht zog mich sehr an.*

„Wo warst du?" fragte Ace Bobby.

Der große Muskelprotz hatte uns gerade erst eingeholt, sein riesiger Brustkorb weitete und schmälerte sich mit langsamen Atemzügen. Er schaute seinen geeky Freund genervt an. „Sichergestellt, dass Frau und Kinder in Sicherheit sind du Wheat Thin."

„Oh." Ace nickte.

„Schatz du blutest," sagte Blondie, die sich plötzlich umdrehte, um mein Gesicht mit ihren sanften Fingern abzutupfen. Sie wischte das Blut von meiner Wange. Wegen der Statue.

Ich zuckte die Achseln und nahm ihre Hand. Das Angesicht von Blut rührte den Teil von mir an, der die schlechten Emotionen zurückhalten konnte. In der schwarzen Dunkelheit war mein innerer Wolf plötzlich hellwach und zu stark, um ihn zurückhalten zu können. Ich schloss meinen Mund und bemerkte, dass ihr Daumen in meinem Mund war, meine Zunge leckte den roten Sirup von ihrem Finger ab.

Von unter meinen dunklen Augenbrauen her, schaute ich mein Mädchen mit raubtierartigen Augen an. Sie entgegnete den Blick sofort mit ängstlich-gespannter Erregung, bereit, die Rage der Jagd zu spüren. *Wir sind Wölfe,* meine Augen brannten. Wir können 500kg Bullen fertigmachen.

„Hey," sagte ich. Meine Crew schaute mich an. „Ich weiß nicht, was mit euch ist, aber mir ist nach Leuten Zusammenschlagen zumute." Es brauchte meine volle Konzentration, ein ruhiges Gesicht zu bewahren. Die Not, meine Eckzähne zu fletschen und zu knurren war fast übermächtig.

„MFer haben unsere Feier ruiniert," sagte Blondie leidenschaftlich. Aus ihrem Bizeps und ihrem Nacken stachen ihre Venen heraus. Sie ballte ihre Fäuste. Hinter ihren pinken Lippen zeigte sie ein bisschen von ihren leuchtend weißen Zähnen. Sie machte mich boshaft heiß.

Alle schienen einverstanden zu sein. Ich schnaubte, atmete tief ein und zeigte in die Richtung, in die wir zum Zerstören gehen würden.

„Es geht wieder los," sagte Shocker in einer Stimme, die nicht die ihre war. Wir rannten auf die Apartments zu.

IX. EINE LANGE FAHRT

„Vajazzling," erklärte ich und bewegte meine Hände, als würde ich einem Publikum ein Meisterwerk zeigen.

„Hör auf. Du hast deine Vajazzling Präsentation heute morgen bereits gehalten. Wir haben keine Zeit, das nochmal durchzugehen." Blondie schaute auf meine Knie herunter, das Waschbecken drückte ihre nackten Arschbacken auf lusterweckende Art an die Seiten, was ihre perfekte Haut hervorhob. Sie schaute sich ihre blonden Schamhaare kritisch an. „Ich weiß nicht. Ich glaube ich bevorzuge das Ausrufezeichen." Sie versuchte, mich mit ihren nackten Füßen wegzudrücken, da sie sich anziehen wollte.

Ich nahm ihre Knöchel in meine Hand und nuckelte auf einem heißen, orangefarbenen großen Zeh. Ich sagte, „Gefallen dir die Blumen nicht?" Ich schaute auf das Design, dass ich diesen Morgen auf sie rasiert hatte: Zwei Sonnenblumen, beide etwa sieben Zentimeter lang, komplett mit Stamm und Blättern, die sich verflochten. Meine vertraute Rasierklinge und ich hatten sie abgeschnitten wie eine Buschskulptur von Edward mit den

Scherenhänden. Für mich war es unbezahlbare Kunst, für die man mit größter Genauigkeit arbeiten würde und es dann der Königin präsentieren. Ich widersprach ihr. „Diese hier sind *viel* vajazzelnder als das einfache Ausrufezeichen."

Sie schnalzte. „Es hat zu lange gedauert." Sie trat mich von ihr weg, sprang runter und hob ihre Strumpfhose vom Boden.

„Warte. Warte warte warte." Ich stand auf und legte meine Arme um sie. *Noch mal!* Mein Schwanz stellte sich auf, bereit, noch eine Runde zu machen. *Überzeuge sie!*

„Nein! Raz, wir haben Besuch." Sie steckte ein Bein in ihre Strumpfhose.

Ich nahm die karibische blaue Unterwäsche zwischen meine Zehen und zog sie wieder runter auf den Boden. „Die können warten. Ich nicht..." Ich drückte sie hinten am Nacken und presste meine Lippen an ihren Hals. Ich ließ meine Zunge durch ihre Oh-Yeahs gleiten, griff sie leicht, drückte, küsste weiter nach unten...

Sie griff mein Haar mit beiden Händen fest, so dass es weh tat. Sie schloss ihre Augen. Ein Stöhnen kam aus ihrem Mund.

Ja, freute sich mein Schwanz. *Hab sie!*

Ich stand auf und legte ihre Beine um mich, um sie wieder auf das Waschbecken zu heben. Dann entschied ich mich um. *Diesmal von hinten.* Jaaaaa.

Sie öffnete ihre Augen, als ich sie hochhob, um sie umzudrehen. Sie schaute auf meine Erektion runter und platzte aus dem Zauber heraus. Sie schubste mich von sich weg. „NEIN. Wir haben kein Kondom mehr."

„Na und?" murmelte ich und lehnte mich vor, um die Seite ihres Nackens zu küssen.

Schubs. „Nein Mann. Kein Schlamassel. Du kennst die Regel."

Ich stöhnte besiegt. Grölte. Ich bemerkte, wie mein Schwanz schrumpft, auch wenn ich ihm versprach, an einem anderen Tag weiterzukämpfen. Ich sagte, „Wenn nicht zuhause, hab ein Kondom oder keine Vagina-Action." Ich atmete aus und ließ sie los. „Scheißregeln."

„*Hmmpf.*"

Also gut. „Dann lass uns unter dem sozialen Kontakt leiden gehen."

„Schnauze." Ihr Ton ließ mich wie eine weinerliche Muschi aussehen. Sie schlug meine Schulter. „Wenn alle weg sind, werden wir nach Hause gehen und eine weiter Cardiositzung machen." Sie zog ihr Kleid über ihren Kopf. Es glänzte blau im Schatten ihrer goldenen Haare, silber im strengen Licht vom Badezimmer.

Ich half ihr mit den Trägern, lächelte bei ihrer Phrase über unsere Sex-Marathon Sessions und freute mich darauf. Ich drehte mich um, um nach meiner Unterwäsche zu suchen und erinnerte mich, dass wir Gesellschaft hatten und ich mit ihnen reden würde. „Hast du Mundspülung?"

„Na klar, Señor Mumu-Atem." Sie zeigte auf ihre Handtasche während sie auf ihren schwarzen Peeptoes zu ihr hin rutschte. Sie wischte mit ihrer Zunge über ihre oberen Lippen. „Ich brauche das auch."

Ja das tust du, zuckte die Vorderseite meiner Boxershorts.

Ich zog meine Jeans und meine Stiefel an, schnallte meinen Gürtel zu und schlüpfte in ein weißes T-Shirt. Ich drehte mich zum Spiegel, um meine Frisur zu richten. Blondie retuschierte ihr Gesicht und ihre Haare in einem rasanten Tempo und wir liefen aus dem Badezimmer raus, um wieder Gastgeber für unsere Freunde sein zu können, die auf dem Garagendach zu Mittag aßen.

Wir liefen die Rampe hoch ins sechste Obergeschoss, die Betonsäulen sahen im fluoreszierenden Licht wie riesige Kreidestäbe aus. Die Tresortür war geöffnet, ein blauer Himmel und fluffige Wolken waren das erste, was sichtbar war, als unsere gerade-einen-Orgasmus-gehabt Schritte uns auf das frischgeputzte Dach führten. Die Sonne war hell, aber nicht heiß. Ein perfekter Nachmittag. Meine Crew plus Perry, den Drachenälteren und Big Guns saßen an den Picknicktischen zwischen den beiden Schuppen, die Markise war aufgerollt und erlaubte dem Herbstlicht, uns seine sonnigen Strahlen für unsere Grillparty zu geben. Es war das erste Mal, dass wir diesen Bereich für Besuch benutzt hatten und jetzt wurde mir bewusst, warum Blondie immer auf mehr als einen Tisch bestanden hatte. *Sie hat so etwas schon die ganze Zeit geplant,* dachte ich, einen verdächtigen Blick auf sie gerichtet.

Wir starrten auf die Polierfarbe und glatten Räder meiner Hayabusa, Blondies Truck und Aces und Big Guns Imports. Aus den offenen Türen von Perrys '49er GMC ertönte leise Classic Rock. Der Bruder unseres Coaches stand vor meinem Gasgrill, der rostfreie Deckel aufge-klappt, Steaks, Hamburger und Hot Dogs zischten auf dem Rost. Dicke Fleischgerüche schwebten um die Tische. Shocker, die neben ihrem Mann auf einer Bank saß, hielt ihre Babytochter auf ihrem Schoß mit der einen Hand, während sie ihr mit der anderen half, einen Hot Dog mit einer Gabel zu schneiden. Die fast Zweijährige hatte moppelige Wangen, braune Zöpfe und eine süße Schweins-nase wie die ihrer Mutter.

„Barbie-Q Dog!" sagte das kleine Mädchen und stach in ein Stück von Oscar Mayer von einem Pappteller, dippte es in 'Barbie-Q' Soße, dann malte sie die Schulter ihres lilafarbenen Kleids und beide Wangen an bevor sie es in den Mund nahm. Die Gabel sah riesig aus in ihren klitzekleinen rosafarbenen Fingern.

Shocker bejubelte den Erfolg ihrer Tochter, dann schaute sie mich und Blondie an, als wolle sie etwas sagen. Stattdessen schnappte sie erstaunt nach Luft und schaute auf den Soßendurchtränkten Hot Dog, den ihr Kind auf ihr enges, weißes Sportoberteil fallen gelassen hatte. Blondie fand das total süß und *aah*te. Bobby und Big Guns unterließen es, ihren Humor laut auszudrücken, während die beiden älteren Männer in Gelächter ausbrachen. Shocker warf ihnen finstere Blicke zu. Ace nahm seine Tochter, während die Biestfrau mit den Armen an ihrer Seite aufstand und fluchend zum Badezimmer stürmte.

Ich schaute meine Mädchen an und nickte in Shockers Richtung, *Das willst du in deinem Leben?*

Sie rollte ihre Augen weg von mir, *Was denn Mann!*

Blondie setzte sich neben ihren stämmigen vietnamesischen Kumpel während ich mich auf die Bank neben *Anh Long* hinflezte. Sie achteten auf den Grillmeister. Perrys weißes Hot-Rod-Magazine Shirt und seine Khaki Shorts flatterten in der lieblichen Meeresbrise, während er eine Geschichte erzählte. Ich nahm einen Pappteller von einem Stapel neben den Burgern und Beilagen und hörte seinem grollenden Ton zu während ich mir mein Essen nahm.

„...Und ich wurde angehalten! Ich hatte gar nicht bemerkt, wie schnell ich gefahren bin," sagte er, sein Gesicht mit Sonnenbrille wechselte zwischen seiner Aufgabe, das Fleisch umzudrehen und uns hin und her. „Also hielt ich an und der Polizist kam zu meinem Fenster. 'Wieso so eilig?' sagte das Arschloch. Ich lehnte Arm und Kopf aus dem Fenster, um mir den Typen richtig anzusehen." Er schaute

Anh Long an. „Er war ein muskelbepackter Riese mit einer High-And-Tide Frisur und einer Aviator Sonnenbrille."

Anh Long grunzte. „Polizei Akademie Ausstechform."

Das brachte uns zum Lachen. Perry zeigte seinen Unterkiefer beim Grinsen und redete weiter. „Ich sagte ihm, 'Also, ich bin Krankenpfleger. Ich wurde zur Notaufnahme gerufen. Sie müssen sich etwas beeilen.'" Er drehte die Zange in seiner Hand herum. „Es könnte jemand sein Leben verlieren." Er ahmte die Körpersprache des Polizisten nach, die Hand auf seiner Waffe, skeptisch. „Aber der Typ wollte nicht hören. Das Arschloch verhielt sich, als hätte ich gelogen."

„Hast du gelogen?" fragte ich bevor ich ein Viertel meines Cheeseburgers in einem Bissen inhalierte.

„Nein." donnerte er finster blickend. „Der Bulle wollte wissen, was ich im Krankenhaus tat. Zu dem Zeitpunkt war ich schon sauer, also antwortete ich ihm, 'Ich dehne Arschlöcher aus.'"

Ace schmunzelte. Blondie schaute das Baby an, überlegend, ob sie ihn ermahnen sollte, weil er vor einem Kind geflucht hatte. Ihr Hass Polizisten gegenüber war stärker, also hörte sie auf zu zappeln und hörte dem Ende der Geschichte des Bros unseres Coaches zu. Ich rülpste leise und sagte, „Dann wollte er also wissen, was zur Hölle das zu bedeuten hatte."

Perry nickte. „Ich sagte ihm, 'Ich nehme einen Finger nach dem anderen, dann eine Hand nach der anderen. Ich dehne und dehne bis die Arschlöcher ganze 1,80m geöffnet sind.'" Er hielt seine Hände weit auseinander.

Der Drachenältere und Big Guns sahen beide verwirrt aus, als wäre das weißer Humor, den sie nicht verstanden. Ich hatte aufgehört zu kauen und fragte mich, wo das hinführen sollte. Ace war gespannt und bekam scheinbar nicht mit, dass seine Frau sich neben ihn hinsetzte und das Baby zurücknahm.

Perry legte mehrere Hot Dogs auf einen großen Teller neben dem Grill. „Der Typ wusste, dass ich ihn am necken war. Er war sauer. Wir beide waren sauer. Er fragte mich 'Was zur Hölle macht man mit einem 1,80m Arschloch?'" Perry zog seine Sonnenbrille runter und schaute uns über die Gläser an. „Ich sagte ihm, 'Wir geben ihnen einen Ausweis und einen Streifenwagen.'"

Die beiden asiatischen Männer brachen in Gelächter aus und nickten energisch. Die Pointe kam so unerwartet, dass wir alle riesige Lach-Krampf-Keuch Anfälle bekamen. Meine Bauchmuskeln brannten, die Augen tränten und das Essen fiel runter. Ich hatte den Burger in meinem Mund vergessen und stickte daran. Das wahr wohl der beste verbale Schlag in die Fresse eines Polizisten, den ich je gehört hatte.

Anh Long war der erste, der sich wieder eingekriegt hatte. Er gestikulierte Perry auf eine Art die zu bedeuten schien, *Danke für das Entertainment. Jetzt hör meiner Geschichte bitte zu.* Er winkte dem Rest von uns, seine nach unten gezogenen Mundwinkel und sein finsterer Blick warnten uns, dass es jetzt ernst werden würde.

Der alte Mann lehnte sich vor auf seine Ellbogen und blickte seinen *Em Hung* an. Big Guns schaute verunsichert zurück. *Anh Long* sagte uns, „Ich habe euch viel zu erzählen, manches weiß ich selber erst seit Kurzem. Aber zuerst möchte ich euch im Namen des Tempels danken." Er legte die Handflächen aneinander und verbeugte sich leicht vor uns. „Die problematischen jungen Männer hätten bei unseren Leuten viel mehr Schaden anrichten können, wenn ihr unserer Security nicht geholfen hättet." Er winkte Big Guns.

Ich zuckte mit den Achseln, *Kein Problem*. „Die East End Boys waren einen Tune-Up überfällig. Es war so oder so nur eine Frage der Zeit, bis wir ihnen einen Besuch abgestattet hätten."

Er winkte meine Nonchalance ab. „Ihr habt eure Leben riskiert."

„Sie haben jedes aufgeplatzte Auge und jeden gebrochenen Knochen verdient," sagte Shocker giftig. Das Baby nahm ihren plötzlichen Emotionswechsel wahr und fing an zu weinen. Ace nahm sie, beruhigte sie und streichelte ihr über den Rücken.

Ich lächelte bei der Erinnerung daran. Wir waren Badass bei den Buddhas, die unbarmherzigen Schlachtherren, die ihre Schlägeropfer zerrissen wie drei schrecklich hungrige Wölfe, die eine Gruppe räudiger Kojoten angriffen. Obwohl sie vor lauter Horror aufgaben, wusste ich, dass es noch nicht vorbei war. *Darum werden wir uns kümmern*, sinnte ich mit arrogant angehobenem Kopf.

„Hmm," *Anh Long* legte einen Finger auf seine Lippen und wechselte seinen Blick zwischen mir und der Biestfrau hin und her. „Wann immer es möglich ist, versuche ich zu verstehen, was das Verhalten derjenigen, die mich angegriffen haben versursacht hatte. Mit Verständnis kommt Vergeben und das Leben geht weiter, ohne von Blutrache geplagt zu sein. Die East End Boys sind Beiboote, die an einem Schiff mit einem unstabilen Kapitän festgebunden sind. Diep hat nur begrenzt Kontrolle über sich selbst und die Art, wie er mit den niederen Rängen der Tiger Society umgeht reflektiert das."

„Wo ist er überhaupt?" fragte Bobby hinter seinem großen Eisteeglas. Sein hellgelbes Tanktop passte zu seiner

Stretch-Hose, Bodybuilderkleidung, die auf seiner dunklen Haut glänzte.

„Dazu kommen wir gleich," sagte Big Guns ihm.

Der Drachenältere nickte dem Muskelprotz mit einem Lächeln zu, *bitte habe Geduld.* Er sagte mir, „Alle waren, ähm, fasziniert von eurer Art, den Drachentanz auszuführen." Er zog am Ausschnitt seines Oberteils, ein orientalisches Hemd, weiß, ohne Kragen.

„Godzillatanz," stellte ich klar.

„Godzilla? Das erklärt die Mülleimer," murmelte *Anh Long.*

„Ich habe Frau Nguyen gesagt, dass das Teil der Show gewesen sei," Blondie schaute entschuldigend. Sie drehte sich mit boshaftaussehenden Augen zu mir. „bevor ich das aufräumte, was die Show hinterlassen hatte."

„Hey, das war der Schwanz. Tho hat geholfen mit dem Aufräumen." Ich zeigte allen meinen #1 Good Guy Blick. „Mein Ziel war es, die Herzen schneller schlagen zu lassen." Ich legte eine Hand auf die Brust, ganz unschuldig. „Ich habe das Gefühl, dass ich meinen Job erledigt habe."

„Pfff." Shocker schwang ihren Zopf. „Du hast die Herzen nicht nur ein bisschen schneller schlagen lassen."

Ich zeigte ihr all meine Zähne. „Doch habe ich."

„Deine Herzenstaktik mal beiseite," sagte *Anh Long,* Shocker anlächelnd. Er schaute mich an. „Wir glauben, dass es sehr wohl beabsichtigt war und ziemlich unterhaltsam- Manchmal ist ein Traditionsbruch, das was alle brauchen." Er nickte leicht zur Betonung.

Ich schaute die Mädchen an, *Ha! Was wisst ihr schon?*

Wir aßen alle langsam und nippten am Tee, während der Drachenältere aufstand, um seinen Rücken zu strecken. Er faltete seine Hände hinter sich zusammen, uns alle adressierend. „Diep ist kein toller Gegner. Macht keinen

Fehler. Er wird wiederkommen, um für noch mehr Probleme zu sorgen."

„Er ist gerade in Houston," sagte Ace. Ich bemerkte, wie er seine Hand an die Seite seines Beines rieb, wo eine große Tasche mit Klettverschluss war, in der ein modifiziertes Galaxy *Note* steckte. Er schaute Bobby an, welcher ihn vorwurfsvoll anblickte, *Warum hast du mir das nicht gesagt?*

Anh Long guckte nachdenklich. „Unsere Quelle sagt, er wird jeden Augenblick in New Orleans sein und ein Team Vollstrecker nach Biloxi schicken, um dich zu suchen." Er rieb eine Narbe auf einer seiner langen, braunen Finger. „Diep will nicht mehr hierherkommen, da die Polizei ihn sucht und ihn verhören will."

„Ist eure Quelle vertrauenswürdig?" fragte Shocker. „Sind sie eng mit Diep in Kontakt?"

Anh Long nickte lächelnd mit geschlossenen Augen. „Vertrauenswürdige Informationen gewinnen den Krieg. Die Tiger Society mag Schlachten mit Waffen und Muskeln gewinnen, aber Information, wenn strategisch benutzt, wird am Ende triumphieren."

Die 'Quelle' war Big Guns augenscheinlich neu. Er sah seinen *Anh Hai* flehendlich an. „Jemand, den ich kenne?" Der alte Mann nickte ohne zu zögern. Big Guns spannte seine Kiefermuskeln an.

Ich zeigte auf die Biestfrau. „Irgendjemand, den sie schon geschlagen hat?" Sie presste ihre Lippen zusammen und kniff ihre Augen bis auf einen Schlitz zu, *Nimm das hier ernster du Idiot.* Ich streckte mein Kinn zu ihr hin und flickte einen Finger von unter dem Kinn in ihre Richtung.

„Ja, einer von Dieps persönlichen Bodyguards," sagte *Anh Long* mir. „Ich glaube, ihr habt euch schon gesehen. Er hat den Auftrag bekommen, für Diep zu kämpfen. Deshalb habe ich es *Em Hung* verboten, auf jemanden zu schießen.

Einige unserer Männer sind in deren Organisation, Männer mit Familien." Er hob seine uralten Fäuste. „Wir können ihnen mit diesen hier wehtun." Er machte eine Fingerpistole. „Aber Kugeln müssen wir nur riskieren, wenn absolut nötig."

Big Guns zeigte, wie sehr es ihn nervte, den Gegner nicht töten zu dürfen. Shocker streichelte das sanfte Haar ihres Babys und lachte sie an. In einem lieben, fast musikalischen Ton sagte sie, „Diep darf es gerne nochmal versuchen." Irgendwie machte ihre melodiöse Stimme die Aussage viel stärker. Das Baby grinste zu seiner verrückten Mutter hoch.

„Das wird er," sagte *Anh Long* ihr. „Diep ist eigensinnig und sehr rachsüchtig. Seine Treulosigkeit ist anrüchig. Und er zögert nicht, diejenigen zu verfolgen, bei denen er das Gefühl hat, dass sie eine Gefahr für die Tiger Society sind. Jeder, der ihn konfrontiert hat ist nun entweder tot oder unter seiner Kontrolle und hat mit Blut oder Schweiß dafür bezahlt. Er wird abwarten, einen Plan schmieden und dann angreifen, wenn du es am wenigsten erwartest. Der Mann ist unbeständig, aber sehr schlau."

„Haben die Two-Eleven oder die OBG versucht, D'Iberville wieder zu überfallen?" wollte Blondie wissen und tippte mit einer Serviette auf ihre Lippen. Sie stand auf, um die Teller wegzuräumen und die Getränke nachzufüllen.

Anh Long schüttelte den Kopf. „Sie werden es vielleicht eines Tages wieder versuchen. Die Erpressungen waren der Tiger Society nicht sehr wichtig. Sie waren bloß etwas zu tun für die *thang ca chon*." Er zuckte die Achseln. „Ohne einen kompetenten Anführer sind die Two-Eleven und die Oriental Baby Gangster unfähig, einen erfolgreichen Überfall zu planen. Ihre Einschüchterungstaktiken sind verschwenderisch, sehr ineffizient. Die oberen Staffeln der Tiger Society nutzen sie, erlauben ihnen aber, ihre eigenen Ausbeutungen ohne viel Aufsicht auszuführen."

„Womit machen sie ihr hauptsächliches Einkommen?" fragte ich. „Wenn sie mit den Leih-und-Nehm Spielen nicht viel verdienen, wo kommt dann ihr ganzes Geld her? Diese Jungs haben mehr als nur ein wenig Kleingeld." Ich aß meinen Burger zu Ende auf und schluckte etwas Tee runter, den alten Mann vorsichtig anschauend.

Der Drachenältere sah verstört aus. Er schaute das Baby auf eine Art an, die mein Rückgrat sofort gerade machte. Er sagte, „Etwa die Hälfte ihres Einkommens kommt von Dealen mit Kokain und Ecstasy. Die andere Hälfte vom Handel."

Blondie schaute verwirrt. „Ich wusste nicht, dass sie es selbst verkauften."

„Nein Schatz." Ich blickte ihn an, dann das Baby. „Ich glaube er meint Menschenhandel."

Er bestätigte meine Annahme, indem er mir nicht widersprach. Shocker und Bobby kamen mit den Neuigkeiten schwer klar. Unbewusst legte sie einen beschützenden Arm um das kleine Mädchen. Der große Muskelprotz atmete wütend aus und stand auf. Er lief zur Kante des Daches und starrte auf den Highway und den Strand runter. Mein Mädchen und ich schaute einfach den alten Mann an. Er sagte, „Ich kannte Dieps Vater in Vietnam. Ich habe nie jemanden so unmoralisches kennengelernt. Er klaute und verkaufte Kinder an Sexhäuser in Thailand." Er sah aus, als wollte er spucken. „Es ist bekannt, das Diep dem selber ausgesetzt war."

„Ausgesetzt?" fragte ich. „Wurde er misshandelt?"

Er nickte, als wäre ihm schlecht. „Als Diep sechs Jahre alt war, verkaufte sein Vater ihn den Thai Piraten."

Blondie griff meinen Arm entsetzt. Scheiße. Plötzlich hatte ich Mitleid mit dem traurigen MFer. Und etwas sagte mir, dass die Geschichte noch viel schlimmer werden würde. „Piraten," murmelte ich. „Das erklärt sein Gemüt." Ich rieb mir über das Bein und erinnerte mich an Dieps psychopathischen Fußballtritt.

„Ich denke der Grund dafür ist der Verlust seines *schlongs*," sagte Ace. „Sie machten ihn zu einem kastrierten Sexsklaven für die Männer auf den Booten."

Anh Long schaute den Geek überrascht an. „Du bist gut informiert."

„Ich fand ein paar Transkripte von der Immigration Control aus den Achtzigern," entgegnete er. Seine Frau schaute ihn an, *Warum hast du mir davon nichts gesagt? Er* zuckte mit den Achseln, *Sorry*.

Ich werde noch mit ihm darüber reden müssen, wie man als Team kommuniziert, seufzte ich mental.

Der Drachenältere sagte, „Einige Vietnamesen erzählten sehr traurige Geschichten, um Mitleid von den US Offiziellen zu erlangen, in der Hoffnung, die Staatbürgerschaft zu bekommen. Allerdings waren die meisten dieser Geschichten wahr. Diep hatte es schlechter als die meisten von uns, die Asien verließen, hatte es in Amerika aber besser als wir alle. Er wurde in eine reiche Familie aufgenommen und genoss eine gute Bildung."

„Wodrin hat er einen Abschluss?" fragte ich nach. „Arschlochtum?"

Der alte Mann schaute mich stirnrunzelnd an. „BWL."

Alle fanden mein Gewitzel lustig, außer der Biestfrau. Sie seufzte verzweifelt, dann sagte sie *Anh Long*, „Was ist mit Ihnen? Letzte Nacht erzählten Sie mir, Sie seien vor den vietnamesischen Kommunisten mit Ihrem Boot geflohen. Ist Ihre Familie mit Ihnen mitgekommen?"

Er nickte und räusperte sich. Er legte seine Finger aneinander auf den Tisch und starrte auf die Kondensierung in Glas vor ihm. „Meine Frau und ich wussten, dass wir in Vietnam sterben würden, wenn wir das Land nicht verließen. Wir wussten auch, dass man uns umbringen würde, wenn man uns beim Fliehen erwischte. Der Gedanke an wahre Freiheit übertrumpfte unsere Gedanken an die Folgen, die es haben könnte, also liquidierten wir unseren ganzen Besitz in einen Goldbarren, welchen ich auf meinem Boot versteckte. Wir packten nur das Nötigste ein und hofften, dass das bisschen Essen und Wasser, das wir mitnahmen für die zweitägige Reise nach Thailand reichen würden. Sechs andere Leute aus unserem Dorf kamen mit. Zwei davon Kinder. Waisen. Eine war eine ältere Frau; sie starb fast vom Stress, zum Boot zu wandern. Zwei waren Männer in meinem Alter, einer mit seiner jungen Ehefrau. Wir flohen eine Nacht und kamen weg. Am nächsten Tag, weit weg von jeglichem Land, wurden wir von Thai Piraten angegriffen. Wir wussten alle, dass das passieren konnte. Leider war es keine Seltenheit. Sie schlugen mich und die anderen Männer zusammen. Sie zerstörten unseren Motor und nahmen uns unser Essen und Wasser. Dann nahmen sie zwei unserer Frauen."

Er räusperte sich wieder. „Ich war bewusstlos zu dem Zeitpunkt, als sie meine Frau vom Boot nahmen. Als ich wieder zu mir kam, wusste ich nicht, was passiert war. Die alte Frau pflegte meine Kopfwunden. Die anderen weinten. Ich konnte Schreie im Wind hören." Seine Stimme brach. „Die Schreie meiner Frau. Sie kämpfte, während sie sie vergewaltigten. Danach erschossen sie sie und sie ließen ihren Terror verstummen."

Wir waren geschockt von seiner Geschichte. Er nahm einen Drink, wir nahmen einen Atemzug. Dann redete er weiter, „Der Strom brachte ihre Leiche wieder in unsere Richtung. Ich benutzte den Anker und das Seil, um ihren Körper an Bord zu ziehen, ich stieß die anderen weg von mir, um das machen zu können. Ich erschreckte die Kinder. Hysterisch vor Schmerz."

Ich blickte auf das Baby, welches sich an Shockers Nacken festklammerte, die Augen groß und bange, als sie den alten Mann anschaute, die Emotionen der Erwachsenen sensibel aufnehmend. *Du erschreckst die Kinder auch jetzt,* dachte ich. Dann, *Mann, zum Glück haben die Piraten die Waisen nicht genommen.*

Shocker sah sehr bereuend aus, dass sie ihn nach seiner Flucht gefragt hatte. Es war unwahrscheinlich, dass sie auch noch nach dem Schicksal der alten Frau fragen würde. *Anh Long* schaute sie mit neuen Emotionen an, seine Augen wässrig. Sein uncharakteristisches Auftreten sorgte bei uns allen für Unbehagen. Mit stockender Stimme flüsterte er, „Als ich meine Frau auf das Boot zog, fehlten ihre Beine."

Er legte seinen Kopf in die Hände, sein Nacken angespannt, und hielt sein Weinen zurück. Den Mädchen schossen Tränen in die Augen und sie liefen rüber, um ihn zu trösten. Er winkte sie ab, dann signalisierte er dem stoischen Big Guns, etwas zu sagen, während er sich wieder einkriegte.

Ich schaute mein Mädchen an und ihre Beine, die sie gerade um mich geschwungen hatte.

Was würdest du tun, wenn ein Haischwarm sie aufgefressen hätte? traute sich mein Unterbewusstsein zu fragen.

Ich zitterte als Antwort.

Jeder war nach der heftigen Geschichte am Limit. Shocker wischte ihre Augen trocken und machte glückliche Mutter Geräusche, um das Weinen, dass das Gesicht des Babys vorhersagte, abzuwenden. Big Guns schaute mich an mit einem Blick, der sagte, *Scheiße Mann. Das ist das Leben.* Er war in einer tiefen Hose und einem langärmligen, dunkelroten Hilfiger Shirt gekleidet, trug eine Goldkordelkette und Ringe, die genauso hell glänzten, wie das Silber in seinem Mund. Er war voll im Geschäftsmodus und lenkte das Gespräch wieder auf das Relevante. In seinem leicht schroffen Akzent sagte er, „Diep hatte eine schwierige Kindheit, aber das ist kein Freipass, dass er jetzt so ist, wie er ist. Er hatte viele Chancen, alles geradezustellen, aber da kann er nicht. *No ac lam,*" er ist böse. Er holte ein Oaket Newports aus seiner Tasche, steckte eine an und atmete den Rauch mit einem nachdenklichen Ausdruck ein.

Ace war gierig nach mehr Informationen. Die Festplatte seines Hirns surrte hinter seinen Augen, von denen eins mit abnormaler Intelligenz schielte. Er war eifrig, sich nach unserem nächsten Job zu erkundigen. „Erzähl uns mehr über den Menschenhandel," flehte er den Gangster an.

Big Guns schaute in die Runde, um festzustellen, ob jeder das letzte Gespräch verarbeitet hatte. Wir wendeten uns ihm zu. Er sagte, „In den letzten vier Jahren ist die Anzahl der vermissten Kinder an der Coast angestiegen. Die meisten von ihnen sind illegal, den Autoritäten unbekannt, daher werden sie nicht vermisst. Die Eltern sind auch illegal, daher melden sie das Kind selten als vermisst."

Die Mädchen schauten ihn mit Gesichtern an, die dem Nicht-Vermisst Sein stark widersprachen. Er winkte besänftigend mit seiner Zigarette. „Sie werden nicht von der *Regierung* vermisst, die sich da nicht einmischt, weil sie keine Bürger sind."

„Uncle Sam bemüht sich nur um US Bürger, weil sie Angst vor schlechter Presse haben," sagte ich, ein wenig Anarchie in meinen Worten.

Er nickte ernst. „Die meisten Kinder, von denen ich spreche sind Vietnamesen und Mexikaner, manche erst Babys. Das Interessante daran ist, dass eine andere Zahl in derselben Zeit ähnlich angestiegen ist." Grunz. „Dieps Bankkonto."

Ace nahm sein Galaxy *Note* in seine Hand und las vom Bildschirm. „Drei Konten auf den Kaimaninseln. Zwei in Houston, wo die Tiger Society ihren Hauptsitz hat. Desweiteren macht er kleine Geschäfte in Oakland und Baltimore. Er ist Vorsitzender der vierzehn Firmengebäude der Society in den Vereinigten Staaten und besitzt ein Gebäude in Toronto. Dazu mehrere Häuser und Komplexe. Alle unter Alias natürlich, von einer Scheinfirma, die auf Papier völlig legitim ist. Er hat brillante Berater, das muss ich ihm lassen." Er schüttelte den Kopf und sah dabei aus wie ein Gamer, der seine Skills leicht angetastet hat, um ein Level zu beenden.

„Aber nicht zu brillant für meinen Mann." Shocker lehnte sich zu ihm und gab ihm einen Kuss. Das Baby zerrte an ihren Haaren und ließ dem Kuss nur eine kurze Dauer.

Anh Long, Perry und Big Guns schauten den Geek mit abergläubigen Gesichtsausdrücken an. Der Rest von uns war beeindruckt, aber schon an seine außergewöhnlichen Fähigkeiten gewöhnt. Ich sagte, „Wo werden die Kinder hingebracht?"

Big Guns atmete eine lange Rauchwolke aus, immer noch auf Ace und sein Tablet schauend. „Die Tiger Society hat in den meisten Großstädten Fraktionen. Die Kinder werden überall hingebracht. Manche werden dazu gezwungen, Gangs beizutreten, aber die meisten werden an die Arbeit gesetzt."

„Sklaven," grölte Bobby. Das eine Wort transformierte ihn. Die Venen in seinen Armen und seinem Nacken schwollen an, das sensible Thema brachte Falten um seine dunklen Augen und seinen Mund. Er ballte die Fäuste, seine Knöchel knackten unheimlich.

Big Guns nickte von plagenden Gedanken. „Wenn sie Glück haben, enden sie als Bodenwischer und Wäschewascher. Wenn sie kein Glück haben... Ich muss euch nicht erzählen, was dann aus ihnen wird." Er grunzte dunkel.

Shocker konnte nichts Schlimmes mehr hören. Sie hatte stürmische Kraft in sich, heftig wütend. Sie stand auf und gab Ace das Baby, mit zugebissenem Kiefer um den Grill laufend. Perry beäugte sie besorgt, als er den Grill mit einer Stahlbürste säuberte. Sie drehte sich mit dem Gesicht zu den asiatischen Männern, die Sonne warf einen Heiligenschein um ihr dunkles Haar. *Oder ist das Dampf aus ihren Ohren?* Sie sagte, „Ich kann euch sagen, was aus Diep wird..." Sie presst die Lippen aufeinander und schloss ihre Augen fest.

Perry streckte langsam eine Hand zu ihr hin, um sie tröstend auf ihre Schulter zu legen, überdachte das allerdings noch mal. Die Frau fletschte ihre Zähne und ich hatte das Gefühl, dass es ihr ihren ganzen Willen kostete, die dunkle Seite ihrer Persönlichkeit nicht rauszulassen. *Kampfjunkie nannte sie diese Seite.* Sie bellte ein frustriertes Grölen aus, machte auf einer Ferse kehrt und lief rüber, um sich neben Bobby hinzustellen. Der Riese hatte sich wieder dem Highway zugewendet und hörte der schockierenden Nachricht zu, während er sich den verstauten Verkehr beim zentimeterweise Voranfahrend anschaute.

Ace wusste, dass er seine Frau nicht trösten sollte, wenn ihr das Fell im Nacken stand. Er schaukelte das Baby in seinem Schoß, schaute zu Blondie hinüber und gab sein Bestes, die negative Stimmung aufzuhellen. „Hast du ihr neues Tattoo gesehen?" Er deutete mit dem Kopf auf Shocker.

Blondie nickte, ein wenig lächelnd, und schaute sie an. „Sie sagte es sei aus Juarez."

Die linke Schulter der Biestfrau hatte eine glänzende Salbe, eine Feuchtigkeitscreme für die frisch getintete Haut. PERNICIOUS stand in einer schönen Schrift auf einem Bogen über mehrere Blumen und Weinreben, die sich durch goldene Schlagringe flochten. Darunter war eine große, dicke Narbe, offensichtlich eine Schusswunde. Blondie grinste neidisch. Sie sagte. „Ja. Bad MoFo. Passt perfekt zu ihr."

„Pernicious?" Big Guns sah fragend aus. Er schaute mich an und lächelte. „Ich habe das neue Tattoo gesehen, aber jedesmal, an dem ich es sah, sah sie zu sauer aus, als dass ich mich getraut hätte darüber etwas zu fragen." Er grunzte humoristisch. „Was bedeutet das? Du weißt, Gangster lesen nicht viel." Ein breites Silbergrinsen.

„Es bedeutet verderblich, bösartig," antwortete ich. Die kunstvollen Buchstaben und Blumen tarnten die forsche Bedeutung des Worts. So wie ihr hübsches Aussehen ihre gewaltvolle Persönlichkeit tarnte. Blondie hatte recht. Das Tattoo passte noch besser zu ihr als die Champion Zündkerze. Sie nannte ihre linke Faust „Seek" suchen, ihre rechte Faust „Destroy" zerstören, und sie waren sicher beide sehr verderblich, bösartig.

„Scheiße," murmelte Ace. Er schnüffelte an seiner Tochter und schmunzelte. „Wortwörtlich." Er schaute uns an, griff unter den Tisch und kramte eine große, pink-weiße Wickeltasche hervor, stand auf und schwang sie über seine Schulter. Er hob das Baby hoch. „Ich komme wieder. Caroline muss etwas aufgefrischt werden."

Caroline. Das ist also ihr Name, dachte ich. Blondie

lachte den Geek und das Baby an. Sie schielte mich bedeutungsvoll an. *Frau, ich werde keine Windeln wechseln,* sagte mein schüttelnder Kopf ihr.

„*Hmmpt.*" Das werden wir sehen.

Bei dem Gelächter von Kindern drehten wir uns zum Dachaufgang. Tho und Carl schlurften durch die Tresortür mit Besen, die sie wie Schwerter hielten und schlugen sie zusammen mit „Yaw!"-Schreien. Tho sah mal wieder wie ein Straßenbengel aus, seine dünne, schmuddelige Hose und sein zerrissenes Shirt waren kaum tragbar, seine Sandalen sahen wie zerkaute Hundespielzeuge aus. Sein kicherndes Lachen und seine fröhlichen Schreie wurden von seinem neuen Freund nachgemacht.

Carl war schon ein viel selbstbewussterer Junge als der, den wir mit dem Schamschild um seinen Nacken am Highway fanden. Er war ein paar Jahre älter als Tho, aber nicht viel größer. Sein Spider-Man Shirt war genauso ausgebleicht wie seine Jeans, verstaubt vom ganzen Fegen auf den Parkplätzen. Ihr Dragon Ball Z Spielkampf *klackerte* seinen Weg bis vor dem Laborschuppen. Jeder grinste sie an. Die geschwungenen Besen so nah an 'Zuki machten mich nervös. Ich wollte ihnen etwas dazu sagen, aber der alte Mann kam mir zuvor.

„*Tho, troi nhieu qua. Quet don di!*" Tho, feg jetzt. Du spielst zu viel, schimpfte *Anh Long.*

Carl verstand die Sprache nicht, erkannte Geschimpfe aber, sobald er es hörte. Sein Lachen verschwand zeitgleich mit Thos. Sie standen mit den Besen vor sich, beschämt. *Oder sie tun so,* überlegte ich.

Blondie war zu ihnen gelaufen und sauste Carl durch die Haare. „Hattet ihr genug zu essen?"

„Ja Chef," entgegnete Carl sie ehrfürchtig anschauend.

„Jap," sagte Tho. Er schaute den Drachenälteren an

und verbesserte sich. „Ja Chef."

„Gut. Wenn ihr eure Arbeit für den Tag erledigt habt, kriegt ihr Eiscreme."

„Juhu!" schrien die Jungs. Blondie strahlte nach der Antwort der beiden Jungs.

Shocker brachte den arbeitenden Männern Gläser mit Tee. „Es kann sein, dass ich euch mal bei mir arbeiten lasse." Sie schien bereitwillig und dankbar für die Ablenkung.

Tho und Carl bedankten sich bei ihr, dann bewegten sie die Gläser zu ihren Mündern, ein Auge auf den jeweils anderen gerichtet, ein Rennen, wer zuerst ausgetrunken hatte. Sie leerten den kalten Tee und schnappten nach Luft. Tho stellte sein Glas auf den Tisch, nahm seinen Besen von seiner Schulter und stellte ihn mit einem Knall auf den Beton auf. „Ich habe gewonnen."

„Nein," entgegnete Carl. „*Ich* habe gewonnen."

„Zurück and die Arbeit," sagte Big Guns. Sie schauten ihn an. Er zeigte einen gebietenden Finger. „Bleibt, wo Cong und Tuan euch sehen können," befahl er, auf seine Sicherheitsführer, die nördlich und südlich der Garage positioniert waren, hinweisend. Es waren kompetente Männer, verantwortlich für acht weitere Männer, die einen weiten Umkreis im Block abdeckten. Die Jungs bestätigten und rannten davon, ihre piepsigen Stimmen echoten, als sie von der Rampe runterrannten und wieder ihre Dragon Ball Identitäten annahmen.

Shocker hatte ihre persönliche Balance wiedergefunden und hielt Caroline an der Hüfte. Der große nasse Fleck vorne auf ihrem Shirt – dasjenige, das sie sich gerade angezogen hatte – ließ mich das Kind finster anblicken. Ihre Mutter wehrte unbewusst nach Haaren grapschende Hände ab und lief rüber zur Seite des Tisches gegenüberliegend von *Anh Long*. Sie sagte ihm, „Locs Errungenschaften im Militär müssen Sie sehr stolz machen."

Der Drachenältere gab ein schwaches Lächeln. „Mein Sohn hat viele Talente. Die meisten sind sinnvoll, solange sie unentdeckt bleiben." Das Thema erwärmte ihn, seine Augen waren dankbar für den Stimmungswechsel. „Er konnte schon als kleiner Junge gut mit einem Gewehr umgehen. Er liebte Luftgewehre. Und er war immer gut darin, ohne Orientierungshilfen zu gehen, durch Wälder, Nachbarschaften, und so weiter."

Shocker presste die Lippen aufeinander. „Kein Wunder."

Sie redeten, während ich mich in meinen Gedanken verlor. In der letzten Nacht war Loc auf das Dach der Apartments geklettert, um uns Deckung zu geben. Er musste ein Nachsichtgerät gehabt haben. Er hatte Schüsse auf die Hände der Feinde gefeuert und schaffte es dann noch zusätzlich, mehrere Biloxi PD Maschinen von uns fernzuhalten, indem er ihre Reifen zerschoss. Die Polizisten waren drei Blocks entfernt, als ihre Cruiser angeschossen wurden. Sie sprangen runter und gingen in Deckung, was uns mehr als genug Zeit gab, mit den East End Boys fertig zu werden. *Wie ist Loc weggekommen?* Die ganze Polizeiwache war aufgetaucht. „Der Typ sollte einen eigenen Tom Clancy Roman bekommen," verkündete ich.

„Patterson," donnerte Bobby widersprechend.

„James Patterson?" hakte ich nach. „Warum?"

Alle schauten den Muskelprotz an. Er sagte, „Clancy macht nur Weiße. Patterson macht alle."

Ich zuckte mit den Achseln.

Ace legte sein Tablet auf den Tisch und drückte auf das Touchdisplay, um ein wenig Musik abzuspielen. Rick James, von allen möglichen Musikern. Bobbys breites

Grinsen und Nicken war ansteckend und schon bald machten wir alle funky Geräusche oder bewegten unsere Schultern zu dem Party Song. Blondie und Perry nahmen das Essen und packten es in den Kühlschrank im Labor, während ich alles mit Lysol abwischte.

Die Mädchen laberten, die Männer schwafelten. Tho und Carl spielten hyperaktiv. Das Sozialisieren war außer Hand geraten. Da ich nicht trinken oder mich zudröhnen konnte, musste ich dem einfach zusehen und wünschte, sie würden den Wahnsinn sein lassen. Hört auf, so viel zu *teilen.*

„*Mmmarrgh,*" grölte ich. *Scheißgefühle...* Was ist schon dabei? Ich lief rüber und drückte auf Pause auf das Tablet des Geeks, was jedermanns Aufmerksamkeit auf mich lenkte. Ich hielt meine Hände hoch, meine Fingerspitzen berührten sich, und versuchte, nicht finster zu gucken. „Schöne Feier Leute, danke fürs Kommen." Mein Mädchen schnaubte zynisch. Die Biestfrau machte ihre Augen enger. Wie von selbst formten meine Finger ein doppeltes Fick-Dich. Die Jungs kicherten. Ich sagte, „Ich denke wir sollten den Schwung behalten. Du weißt, dass du für den nächsten Auftrag von Seek und Destroy bereit bist." Shocker schaute mich mit einer Mischung aus Überraschung und unerwarteter Würdigung an. Ich nickte sie mit vollem Vertrauen in unser Team an. *Ja, so machen wir das jetzt.*

Anh Long schaute mich durchdringlich an. „Sag uns, was du vorhast."

Perrys GMC sah aus und hörte sich an wie ein Eisengott auf übernatürlichen Steroiden. Als Shocker Carolines Kindersitz in den monstermäßigen '49er einbaute, schien es

in seiner Statur zu schwinden, das „heiß" in seiner stangen-
haften Persönlichkeit zu verlieren. Es tat mir sofort leid.
„Ich werde mich gut um die kleine Prinzessin kümmern,
keine Sorge," versicherte Perry den Eltern auf seinen
winzigen Passagier runterschauend.

Der 454 schaltete sich an, der Beton vibrierte unter
unseren Schuhen. Die Einparkkamera machte Geräusche,
die darauf hinwiesen, dass der Truck sich seiner wertvollen
Ladung bewusst war und dem nicht zustimmte. Der Bro
unseres Coaches winkte jovial und fuhr weg. Shocker
schaute besorgt zu, wie die Hinterseite des Trucks die
Rampe runterfuhr bevor sie in den Scion einstieg mit ihrem
Mann und dem großen Muskelprotz.

Die Viet-Krimibosse sprangen in den Prelude und die
ausgetricksten Importe folgten Blondie und mir im Ford die
Garagenstöcke runter auf den Highway 90. Tho und Carl
winkten uns vom Eingang her, Cong und Tuan standen
hinter ihnen Wache, ihre Gesichter ausdruckslos und wach-
sam. Ich nahm an, dass die anderen Sicherheitsmänner von
Big Guns die Anführer ihrer Organisation an unser Ziel
bringen wollten.

Da Blondie das mit den Bildern im Internet verschissen
hatte, musste ich nicht mehr den ganzen Winter meinen
Arsch auf 'Zuki abfrieren.

Sie war kurz davor, das Überqueren ihrer Ziellinie
anzukündigen, als wir von einem Bauern in einem Kipper
abgeschnitten wurden. Die frustrierende Konzentrations-
störung und das panische Treten der Bremse brachten sie
zum Grölen und Fluchen und ihn zu beleidigen. Sie
schubste mich weg, kurbelte das Fenster runter und schrie
Beleidigungen durch den Wind und den lärmigen
Antriebsstrang des Kippers, ihn drohend, den Wichser
aufzusuchen und zu kastrieren. Dann schnitt sie *ihn* ab und

ich streckte ihm meinen nackten, weißen Arsch entgegen, um die Straßenwut meiner Freundin zu unterstützen. Wir hupten. Ich wackelte mit dem Arsch, während ich bei Three Days Grace mitsang, Cerwin Vegas donnerte hinter den Sitzen, mein Anus kribbelte angenehm vom 140 km/h Wind, der meinen Arsch lüftete. Der Fensterrahmen drückte wegen der Beschleunigung des 429ers in meine Hüfte.

Blondies Laden war ein kleines Geschäft in einem Einkaufszentrum nahe der Pass Road. Sie besaß das Gebäude und vermietete sechs der acht Einrichtungen an Ladenlokalinhabern, die alles von Maniküren bis hin zu feinen Sandwiches anboten. Die Kunden liefen aus dem Gebäude aus langen, weißen Steinen und Mörtel ein und aus. Ich sah zwei von Big Guns Leuten als wir auf den Parkplatz fuhren, welche an ihren rotgoldenen Infinity G37er erkennbar waren. Ich nahm an, dass sie sich um die Sicherheit der Crew kümmerten und aufpassten, bevor Big Guns und der Drachenältere den Highway verließen.

Die doppelte Glastür reflektierte uns coole Leute und die in der Sonne schimmernden Autos hinter uns. Ich öffnete eine und hielt sie für mein Team und unsere Viet-Verbündeten auf, die warteten, bis alle drin waren, um dann vom Prelude zum Eingang zu joggen. Ein finsterer, dreißiger Gangster genannt Gat trat eine Stellung auf dem Gehweg vor der Tür an vor dem zweiten Gebäude auf dem Platz, einer Mischung aus einem Maschinengeschäft und einem Restaurant und ignorierte meine Umsicht, während die Leute in und aus ihren Fahrzeugen direkt vor uns stiegen. Ich sah mir alles für ein paar weitere Sekunden an und fühlte mich auf eine Weise paranoid, die ich nicht rationalisieren konnte.

Du bist nüchtern du Genie, murmelte mein Unterbewusstsein, teils beschwerend.

Das kreidete ich ihm an und lief hinein, die Tür zischte hinter mir beim Schließen.

Nach dem Sonnenlicht gewöhnten sich meine Augen an das kühle leuchten der an der Decke angebrachten LEDs. Als ihr Freund konnte ich allein an den dargestellten Gegenständen sagen, dass das hier Blondies Laden war. Glasregale und Ständer waren an den Wänden und auf dem Boden plaziert, sodass die Gänge in dem äußerst femininen Raum wie glänzende, farbenfrohe, parfümierte Kunstwerke wirkten. Körbe mit Seifen, Kerzen und Badeperlen waren links vorne, frische Blumen thronten in der hinteren Ecke neben einer Theke mit Pink Viagra (aka „Schmuckstücke") und Kleidungsständer voller qualitativer Jacken, Portemonnaies und BH und Strumpfhosen Sets, bei denen jedem Mann das Wasser im Mund zusammenläuft.

In der Mitte stand ein riesiges Aquarium mit floral gefärbten Lichtern. Die Spiegelwand dahinter verdoppelte die Anzahl der Blumen und Fische verdoppelte, was den erwachsenen Kunden ein paradiesisches Gefühl gab und die Kinder, die gerne auf das Glas pickten und die Guppys neckten, mit Freude erfüllte während ihre Mütter Lingerie, Nagellack, mit Opal geschmückte Handtaschen und Hüte einkauften. Ich lief an einer Frau mit breiten Hüften vorbei, die einen kleinen Hund festhielt, schaute nach rechts auf die unbesetzte Kasse und eilte durch den kurzen Flur ins Café.

„Vorne ist ein Kunde für dich," sagte Blondie Crystal mit einem Lächeln, welches von Tadel gefärbt war. Sie wischte sich die Haare aus dem Gesicht, die kecke Nase nach oben gerichtet, schaute Shocker an, die auf einem Barhocker zwischen Ace und Bobby saß, ihre Ellbogen auf die glänzende Granitbar aufgestützt. *Anh Long* und sein

Protegé setzten sich auf eine der beiden Bänke und schauten die nervöse Teenagerin an, die unter dem Druck ihrer Chefin schwitzte.

Crystal brachte ihre Aufgabe, die Pappbecher neben einer Ansammlung glänzender Kaffeemaschinen aufzustapeln, eilend zu Ende. „Tut mir leid Chef. Ich bin heute alleine, Tommy ist gar nicht aufgetaucht." Sie huschte um die Bar, lächelte unsere Freunde lieb an, eine atemberaubende, platinblonde Siebzehnjährige in einem grünen Sommerkleid mit einem herzförmigen Namensschild. „Ich bin sofort zurück, falls ihr etwas braucht!" sagte sie jubelhaft, bevor sie durch den Flur eilte.

„Tommy," grölte Blondie böse und starrte auf ein Whiteboard, welches über den Kaffeemaschinen angebracht war. Der Dienstplan. „Kleiner Hurensohn."

„Musst du ihn feuern?" fragte Shocker sie.

Blondie lief hinter die Bar und nahm ein paar Espressobecher. Sie seufzte. „Nein. Seine Mutter ist eine Freundin von mir."

„Ooh! Ooh! Darf ich mit ihm reden?" Ich hob meine Hand für Erlaubnis.

Blondie rollte mit ihren Augen. „Mann." Summendes Seufzen. „Ich schätze ja."

„Oh, toppikarotti. Danke Schatz." Ich rieb meine Handinnenflächen aneinander. Ich hatte schon lange darauf gewartet, Tommys Haltung zurechtzubiegen.

Shocker drehte sich mit erhobener Braue zu mir. „Wag es ja nicht, einen kleinen Jungen fertigzumachen."

Ich schaute sie böse an, *Kümmer dich um deine eigenen Sachen, Bitch.*

„Keine Sorge," lachte Blondie. „Tommy ist fast so groß wie Bobby." Der Muskelprotz fühlte sich da verpflichtet, kurz seinen Bizeps anzuspannen. „Außerdem ist es nicht wirklich fertigmachen, sondern eher dynamische Motivation. Raz ist sehr gut darin, Leuten die Konsequenzen von Schwänzen näherzubringen. Er ist sehr überzeugend mit seinen Lektionen fürs Leben."

„Oh." Shocker presste ihre Lippen zusammen, nicht sicher, ob sie beeindruckt, überrascht oder immer noch in einer gemein-sein-Laune war.

Blondie servierte leckeren, heißen Espresso während ich Crystal dabei zuschaute, wie sie vorne ein paar Yuppies bediente. Immer wenn ich mein Mädchen in ihren Laden begleite, versuche ich, mit ihren Angestellten an ihrer Verkaufstechnik zu arbeiten. Prinzipien wie Umgang, Erwidern, Originalität und Beständigkeit waren wichtig für jeden Einzelhandel. Crystal lernte schnell, war aber nicht sehr eifrig, sich Verkaufstechniken anzueignen, die sie „eklig" fand. Aber das war schon okay; ich fand es nicht schlimm, sie dazu anzuspornen. *Sie muss lernen, dass es jeder gegen jeden war*, dachte ich mir. Dann winkte ich, „Pssst!"

Sie schaute mich an, *Huh?*

Ich rollte einen Finger, *Lass uns die Sache machen.*

Sie schüttelte den Kopf, *Uh-uh.*

Nachdrückliches Fingerrollen. Finsterer Blick. *Lass. Uns. Die. Sache. Machen.*

Verärgertes Seufzen, *Ach, schon gut!*

Einige Minuten später kam ein ende-vierzig Ego in einem engen Cadmium-gelben Shirt in den Laden und lief mit ihrer leuchtendgelben Handtasche auf die Theke zu. „Wieviel kostet diese?" fragte sie Crystal und schaute sie über die Achsel an.

„Oh, etwa, ähm, ich bin mir nicht sicher," sagte Crystal wie eine dumme Blondine. „Ich werde meinen Manager fragen müssen."

Arrogantes Seufzen. „Ich habe nicht den ganzen Tag Zeit, Mädchen." Sie tippte auf einen teuren Schuh und fingerte ihre dreihundert Dollar Frisur.

Crystal drehte sich um und schaute mich an. „Ähm, Chef? Wieviel kostet diese Handtasche?"

Blondie, mit dem Gesicht dicht hinter meinem Nacken und einem Grinsen, das ich ihr gerne nachmachen würde, aber unserem Ziel nicht zeigen konnte, flüsterte, „Neunundzwanzig Dollar."

„Zweiundfünfzig Dollar," sagte ich laut.

Crystal schaute verwirrt und sah die Kundin entschuldigend an. Dann schaute sie wieder zu mir. „Es tut mir leid. Ich konnte Sie nicht hören." Sie lehnte sich in meine Richtung, sich anstrengend, dass ihr unbeholfenes blondes Gehirn mich hören konnte.

„Zweiundfünfzig Dollar!" schrie ich.

Ich griff Blondies Hand und wir liefen mit unterdrücktem Gekicher um die Bar, wir winkten de anderen, mit uns die Kameraüberwachung anzuschauen. Auf dem Schirm sah man die Kasse und Crystal, die sich wieder der ungeduldigen, reichen Bitch zugewendet hatte. Sie lächelte und zwitscherte dumm, „Zweiundvierzig Dollar."

Der Fuß der Verkäuferin hörte auf zu tappen. Die Kameras zeigten sie, wie sie ihren Nacken über die Theke streckte, um ins Café zu gucken. Danach gab sie Crystal schnell ihre Kreditkarte, unterschrieb für den Kauf und stolzierte ihren krummen Hintern aus dem Laden mit einer neuen Handtasche, von der sie jedem erzählen würde, irgendeine Schwachmatin habe sie für zehn Dollar weniger verkauft.

Hmm-hmm-HMM! Freute sich mein Inneres Ich. *Du hast zu viel bezahlt, Bitch.*

„Was ist gerade passiert?" Shockers Mund stand offen. „Habt ihr die Frau gerade abgezockt?"

„Nope." Meine Eckzähne wurden sichtbar. „Sie hat uns abgezockt."

„Wie...*Was???*"

„Sie hätte die Tasche vielleicht nicht gekauft. Wir haben ihr lediglich einen Deal präsentiert, den sie nicht an sich vorbeigehen lassen konnte."

„Aber sie denkt, sie hätte..."

„Uns um zehn Dollar ausgetrickst?" Ich zeigte mich angegriffen. „Das Weib hat uns bestohlen. Ich hoffe sie kommt wieder und macht das noch mal."

„Razor glaubt daran, dass jeder dazu fähig ist, zu stehlen." sagte Big Guns Shocker, Ace und Bobby.

„Diebstahl steckt in jedem von uns," stimmte ich ihm zu und nippte an meinem Espresso.

Silbernes Lächeln. „Also bringt er immer wieder jemanden in eine Situation, die den stehlenden Affen in uns hervorbringt." Er grunzte. „Ich glaube, er pisst Leuten gerne ans Bein."

„Stehlender Affe," murmelte *Anh Long* gewitzt und schüttelte den Kopf.

Ich schmiss meinen leeren Becher in den Müll. „Jeder hat irgendwann in seinem Leben schon mal was gestohlen. Das liegt in unserer Natur. Selbst alte, christliche Omas tricksen gerne für ein paar Dollar das System aus. Die Frau," ich zeigte auf die Eingangstür, „hat mich sehr deutlich zweiundfünfzig Dollar sagen hören. Dennoch zahlte sie schnell zweiundvierzig Dollar und verließ das Geschäft bevor der Fehler ans Licht kam. *Giiiieeerr.*" Ich zerwuschelte Crystals Haare als sie an mir vorbeilief und löste die Klammern und den Krimskrams. „Ich liebe es! Gute Arbeit, Grashüpfer."

Crystal erstarrte in ihrem Gang und blinzelte ungläubig. Sie ballte ihre Fäuste und stampfte mit ihrer Sandale auf. „Herr Mann!" Ich habe *ewig* gebraucht, um das richtig hinzubekommen." Sie fühlte ihre Frisur. „Oh mein GOTT!"

„Du hast meine Erlaubnis, ihn zu schlagen, sagte Blondie, mit gewölbter Augenbraue ihrem Espresso nippend.

„Meine auch," fügte Shocker hinzu.

Die Männer schauten mich an wie, *Da bist du auf dich allein gestellt Kumpel.* Crystal *pahte* mich noch mal an und stampfte zur Toilette. Ich zeigte auf sie und rief, „Hey, ich habe dir gerade einen dreizehn Dollar Tip gegeben. Sei froh, dass ich dich nicht dazu bringe, ihn zu teilen!"

„Vergiss es Herr Mann!" ertönte ihre dumpfe Stimme aus dem Flur.

„Also. Nun. Das hat Spaß gemacht." Ich klatschte noch mal und schaute in den Raum. „Jetzt, da mein innerer Gauner eine Geschmacksprobe gekostet hat, will er mehr. Wollen wir ein paar weitere Zutaten zu unserer Kriminellensuppe hinzufügen?" Ich deutete allen an, mir zu folgen. Sie standen auf, die Männer schmunzelnd, die Frauen kopfschüttelnd, und folgten mir in den Flur.

Die Tür gegenüber dem Badezimmer führte zum Geschäft nebenan. Emotion Art. Ein weiterer genialer Betrieb meines Mädchens. Er war heute geschlossen, alle Termine abgesagt, da wir ein paar Sachen ohne Zeugen holen und machen mussten. Der Neue-Teppich-Geruch war stark, nachdem man die Parfüm- und Kaffeeluft des Geschäfts gerochen hatte. Blondie nahm Stellung. Ich schloss die Tür nachdem jeder eingetreten war.

Emotion Art war etwa genauso groß wie das Geschäft, das wir gerade verlassen hatten, aber es war anders gestaltet. Vorne stand ein Schreibtisch neben dem Eingang, welcher vier kleinen Kammern mit schallgedämpften Wänden und dicken Stahltüren zugewendet war, jede mit einem stylisch beschriebenen Schild, das ihren Zweck angab. Von links nach rechts: Kapelle, Sensorische Deprivation, Video, und Audio. Blondie gab uns eine Tour und arbeitete ihr Geschäftsmodell aus.

„Wisst ihr, was der Rorschachtest ist?" fragte sie, während sich alle neugierig die Kammern anschauten.

„Diese alten Tintenfleck-Kärtchen. Therapeuten haben sie immer ihren Patienten gezeigt und dann gefragt, was sie darin sahen," antwortete Ace.

„Die mag ich," sagte Bobby. „Kleine Miniatur Jackson Pollock Gemälde."

„Mmm-hmm," stimmte Blondie zu und lächelte den Riesen an. „Es sind Gemälde, die Gefühle hervorbringen. Was ich hier gemachte habe," sie winkte zu den Räumen, „ist, das Konzept umgedreht. Emotion bringt Gemälde hervor."

„Wie?" Shocker war total fasziniert.

Blondie öffnete den Audioraum. Die schwere Tür entriegelte sich laut, sie zog sie leise auf. Sie nickte in die Kammern. „Elektroenzephalografie."

„EEG? *Genial.*" Aces Augen waren wie Fernsehbildschirme, die die *Geek Show* zeigten. „Ich hatte ein EEG als ich zwölf war und mich mit Neurowissenschaften beschäftigte. Ich habe es benutzt, um die Gehirnströme von Hunden und Katzen zu messen, während sie aßen und schliefen, oder aggressiv spielten -"

„Pssst." Shocker legte einen Finger auf seine Lippen. Sie lächelte und schüttelte leicht mit dem Kopf.

„Ja Schatz." Er machte eine entschuldigende Geste in Blondies Richtung. Seine Frau gab ihm einen schnellen Kuss.

Blondies Augen strahlten ihre eigene Art Nerd TV aus. Wie ein Junge, der sich an seiner Chemielehrerin aufgeilt, achtete ich auf ihre schönen Bewegungen. Sie sagte, „Eine Elektrodenkappe wird auf dem Kopf des Kunden angebracht, so dass das EEG die Hirnrinde scannen kann. Jeder Gedanke, jede Handlung und jedes Gefühl hat seine eigene einzigartige Wellenlänge." Sie nickten verständnisvoll. Ich steckte eine Hand in meine Tasche, um die Erregung aus meinem Schwanz rauszukneifen.

Aber sie ist so heiß, wenn sie schlau redet! entgegnete er.

Ich kniff fester, *Später*, und er rutschte hin und her, versuchend, meinem Befehl zu widerstehen.

Sie redete weiter, sich meinem Elend nicht bewusst. „Diese Wellenlängen werden von einem Algorithmus in einen digitalen Code umgewandelt, der bestimmt, mit welcher Farbe, Form, Dichte oder Geschwindigkeit der Airbrushroboter malt."

„Warte," sagte Bobby mit verschränkten Armen, einen großen Finger auf sie gerichtet. „Es gibt einen Mal*roboter* dadrin?" Er zeigte auf die Kammer.

Riesiges, perfektes Lachen. „Ich habe vier davon. Schau." Sie schauten sich den Innenraum den Audiokammer an. Die Tür und die Wände waren mit reihenweise Pyramiden beschmückt, Schalldämpfer, die die Sinne eines Kunden von der Außenwelt isolierten. In diesem Raum hörten sich die Leute ihre Lieblingslieder an, während das Gerät Kunst aus ihren Emotionen machte. Schnellere Songs regen die Rinde an und kreieren Gemälde mit schnellen Bewegungen und lebhaften Farben, die die Energie von der Musik darstellen. Melodramatische Lieder produzieren düstere Bilder, voller Grau- und Blautöne. Und so weiter. Es war erstaunlich genau.

Vorne im Raum stand ein weißer Ledersessel mit der

Vorderseite zur Tür. Als natürliche Farbe hat weiß sehr wenig Effekt auf den Geist. Ein kleiner Ständer daneben mit Schubladen beinhaltete Kopfhörer und verschiedengroße EEG-Kappen. Die hintere Mauer war eine dicke Plexiglasscheibe, die den Roboter und die Staffelei dahinter präsentierte. Der Roboter war zylindrisch, aus Titanium, etwa so groß wie ein großer Feuerlöscher und sauber poliert. Er hatte fünf Arme: Zwei an jeder Seite, einen in der Mitte, dreifach verbunden mit kleinen Hydraulikschläuchen und Servomotoren und Spritzpistolen als „Hände". Jedem Arm war eine Farbe zugewiesen, Primärfarben, die gemischt werden konnten, um alle anderen Farben des Farbkreises zu kreieren. Blondie sagte stolz, „Das Plexiglas hält die Kunden von den Geräuschen und Dämpfen der Maschine fern."

„Oh yeah," keuchte Ace.

„Mir gefällt die Sensorische-Deprivations-Kammer," plauderte Big Guns.

Shocker nickte ihn an. „Während eines Trainingscamps in Colorado habe ich so eine ausprobiert. Ich trug eine undurchsichtige, schwarze Brille und hatte Stöpsel in meiner Nase und meinen Ohren, während ich in einem Tank voller Wasser trieb. Es gab keine Ablenkung von außen. Ich konnte einfach komplizierte Mathe-Aufgaben für mich lösen." Sie schaute wehmütig. „Mann, ich wünschte wir hätten so einen Tank zuhause. Dreißig Minuten in dem Ding und ich fühlte mich, als hätte ich die ganze Nacht geschlafen."

Big Guns lachte. „Bei mir dasselbe. Ich konnte klarer denken, tiefer und," silbernes Grunzen, „'malen'. Ich kann nicht mal ein Strichmännchen malen -"

„Allerdings hast du kein Problem, Bomben zu malen," äußerte Blondie, dann lächelte sie ihn an, weiterzureden.

„Ja. Ich habe schon gesagt, dass mir das leid tut." Er blickte auf mich. Ich zuckte die Achseln, *Zwischen dir und ihr Kumpel. Ich fand das, was passiert ist in Ordnung.* Er murmelte einen Fluch, dann wandte er sich wieder Shocker zu. „Mit ihrer Maschine kann ich abstrakte Szenarien malen, die tatsächlich gut aussehen."

„Clarice hat mir beigebracht, wie man auf einer Leinwand malt," erzählte Bobby uns, Shocker anschauend. Er sagte ihr, „Boss, du hast gesagt, Roboter würden alles übernehmen."

„Ich meinte bei der Herstellung von Autos," sagte sie verwundert und schaute Blondie an. „Wie weiß es, wie es zu malen hat?"

„Auch hier ist es ein umgekehrter Rorschach-Effekt." Sie lief in den Raum und streifte mit ihrer Hand über die Kopfstütze des Sessels. „Wenn du dir zum Beispiel ein Dreieck ansiehst, sendet dein Hirn ein bestimmtes elektrisches Signal aus. Farben machen dasselbe: Rot erregt die Libido oder stimuliert die Konkurrenzfähigkeit. So in etwa. Darüber wurde Jahrzehnte lang geforscht. Was immer du denkst, fühlst oder dir vorstellst, wird von der Software interpretiert und vom Roboter auf die Leinwand gemalt. Wir haben verschiedene Leinwände für verschiedene Zeitlimits."

Ich zeigte auf die Kapelle. „Leute, die ihre Gebete aufmalen wollen, nutzen für zehn Minuten eine kleine Leinwand."

„Die meisten meiner Gebete sind heutzutage voller Kraftausdrücke." Shocker starrte mürrisch. „Ich denke nicht, dass ich sie nutzen werde."

Anh Long war während Blondies Hostings stillgeblieben und stand leise hinter allen anderen mit immer ungeduldigeren Augen. Er brach seine Stille. „Das ist alles sehr beeindruckend, aber du hast uns nicht hierhergebracht, um unsere Gedanken aufzumalen."

„Stimmt." Blondie drehte sich um, um den alten Mann anzuschauen, ihre freundliche Stimmung schwindend. Ms. Geschäft; „Hier entlang."

Sie drängelte sich durch unsere Gruppe und ging mit stolzem Schritt den Flur entlang.

Shocker schaute den Drachenälteren stirnrunzelnd an bevor sie Aces Hand nahm, um ihn von seiner Inspektion mehrerer Emotion-Art-Gemälde wegzuzerren, die hinter dem Serviceschalter hingen. Große und kleine Leinwände waren in Titan eingerahmt, jede hatte eine goldene Plakette mit einem Titel. Meine Favoriten waren die riesige mit verdrehten Sprühern in grün und gelb mit dem Titel, „Gebet Es Zu Legalisieren" und die leere Weiße auf der stand, „Manns Gedanken Zur Ehe". Eine kleine Leinwand weit auf der rechten Seite mit hellen, pinken Streifen trug den Titel, „Kind mit Lolli".

...die Farbe wert, fand mein Unterbewusstsein, als ich mich hinten an unseren Zug anschloss.

Der hintere Raum hatte eine Stahltür mit einer dicken Dichtung, um den Lärm von Blondies innerer verrückten Wissenschaftlerin (die außerdem sehr heiß auf Hacken war) abzuschotten. Es war ein Arbeitsraum, um EEG-Konzepte zu erforschen und zu entwickeln. Zwei lange Stahltische bedeckten den ganzen Boden, beide von elektronischen Komponenten bedeckt, Lötgeräte und Setzkästen, Ingenieurhandbücher (geschrieben und illustriert von Blondie) und mehrere Laptops. Kisten mit Chemikalien und Sicherheitszubehör waren in Regalen an der Rückwand gelagert, eine Sandstrahlmaschine und 3D Drucker in den jeweiligen Ecken. Mein Mädchen hatte einen ernsthaften Einrichtungsjob gemacht in diesem Raum.

Die Gerüche verschiedener Verbrauchsmaterialien verärgerten die Techniker in Ace, Shocker und Bobby. Sie schauten sich bei den Spezialgeräten und den Diagnostikmaschinen mit vorbehaltslosem Entzücken um, bei ihrem Zuhause.

„Was ist da unten?" fragte Ace auf einen Eckanschlusskasten mit elektrischen Rohrkabeln, die in das Gehäuse führten, zeigend. Eine große, schwarze Gummimatte lag vor ihm und versteckte eine Tür zu einem illegalen Keller.

Blondie schaute mich leicht irritiert an. Ich nickte, *Können wir genausogut,* und sie entspannte sich etwas, dann sagte sie, „Ich schätze ich sollte nicht überrascht sein, dass dir das aufgefallen ist." Shocker schaute ihren Mann mit feuriger Anerkennung an. Blondie seufzte und sagte der Runde," Ich zeige niemandem gerne meinen Garten -"

„*Unseren* Garten," unterbrach ich, was mir fremde Blicke einbrachte.

„Unseren Garten." Sie wedelte ihr köstliches Haar in meine Richtung. „Wir machen eine Tour, nachdem wir uns die Helme angeschaut haben."

„Helme," sagte Bobby. Er machte ein komisches Gesicht, *Was jetzt?*

Big Guns schaute ihn an. „Ja. Klingt nicht gut, stimmt's?"

„Ernsthaft. Wenn du Helme für einen Job brauchst, weißt du, dass es ein Mother' wird." Seine Brust und seine Arme hüpften zur Betonung.

„Drahtzieher," sagte *Anh Long,* „benutzen geheime Mittel, um eine Organisation zu beeinflussen oder zu schwächen." Sein Mundwinkel wanderte hoch, als er zu Bobby hinaufschaute. „Es ist weise, wenn ein Drahtzieher gute Sicherheitsausrüstung hat."

Bobby stirnrunzelte gedanklich.

Anh Long wendete sich Blondie zu. „Hast du einen für mich gemacht, Liebe?"

Sie lächelte niedlich. „Nein."

Er stellte sich verletzt und hielt seine Hände hoch, sowie, *Du denkst ich bin zu alt hierfür???* Er winkte mit beiden Händen, *Pah!* und kicherte. Er war sich bewusst, dass sie ihn vorhin zu unhöflich fand und versuchte, die Spannung zu lösen.

Blondie zeigte auf eine Maschine, etwa so groß wie eine Gefriertruhe. „3D-Drucker. Es dauert zwanzig Stunden, einen Helm zu drucken."

„Ein 3D-Drucker." Shocker lief zur Maschine rüber. „Ich habe schon darüber gelesen, aber noch keinen gesehen."

„Dieses Modell kann alles drucken," sagte Ace neben ihr. „Es kann Kunststoff oder Metall in flüssiger oder in Pulverform benutzen. Ein Elektronenstrahl schmilzt die Partikel in einem von einer CAD-Datei bestimmten Muster." Er gestikulierte mit seinen langen Armen. „Der Druckkopf verbreitet eine feine Schicht des Materials rundum den Rohling. Der Rohling senkt sich leicht und der Prozess wiederholt sich, bis der Gegenstand vollständig gedruckt ist."

„CAD?" Big Guns war hochinteressiert.

„Computer-Aided Design," warf der Geek ein. „Es erlaubt Technikern, das Design am Computer zu optimieren, bevor der Drucker anfängt, es herzustellen. Das spart einen Haufen FE-Zeit. Und Geld."

Big Guns innerer Gangster kam auf seinem breiten Gesicht zum Vorschein und strahlte seine Kriminalität auf uns alle ab. Mit einer vor Illegalität aufgeregten Stimme fragte er, „Kann es Waffen drucken?"

Der Viet Underboss war dafür bekannt, .45 Smith &

Wessons speziell anzufertigen und war es gewohnt, an fast jedem Tag eigene Designs zu skizzieren auf jedes Papier, das er finden konnte. Der verrückte Bastard war sehr angeberisch damit von Zeit zu Zeit. Einmal hat er eine Ammoniumnitrat-Bombe auf einer Serviette gezeichnet, während wir mit Blondie und Trinh in einem schicken Restaurant essen waren. Der Kellner sah es, schaute neugierig darauf und fror auf der Stelle ein, als er die Zeichnung erkannt hatte. Sein Hallo-Mein-Name-Ist-Mark-Gesicht blickte kurz in die penetranten Gangster-Augen des Bombenkünstlers und drehte sich dann um, um zum nächsten Telefon zu rennen und die Polizei anzurufen.

„MFer," beschimpfte Blondie Big Guns und schmiss ihre Serviette in sein Gesicht, bevor wir das Restaurant eilig verließen. Trinh beschränkte ihn auf Miezekätzchen und Blondie war angepisst, weil der Abend ruiniert war. Auf der anderen Seite sah ich die Sache positiv: Wir mussten die Mahlzeit, die wir fast zu Ende fertig gegessen hatten, nicht bezahlen!

Blondie schaute Big Guns an und sagte geradeheraus, „Wir werden keine Waffenfabrik aufmachen."

„Nicht 'wir'." Silbernes Grinsen. "Ich. Mit meiner eigenen Maschine, die ich mir bald kaufen werde."

Sie starrte ihn noch einen kurzen Moment mit ihren grünen Augen an. „Dann ja. Dieses Modell wird dir alle Einzelteile drucken. Du wirst ein Mikrometer nutzen müssen, um die Spezifikationen zu kontrollieren und den Schlack zu feilen. Dann kannst du die Teile zusammensetzen."

Sein Gesicht formte sich zu einem riesigen Grinsen, das seine Zähne Chromstrahlen abstoßen ließ. Der Mann erlebte gerade einen lebensverändernden Moment. Er fuhr mit einer Hand über das Sichtglas vor dem Drucker. „Ich will meinen Helm sehen."

„Ich auch." Shocker strahlt auch enthusiastisch, auch wenn ihr Blick eher der eines Teenagers in einem Einkaufszentrum war, der nicht warten konnte, die neuesten Modeklamotten anzuprobieren.

Um den 3D-Drucker herum standen große Stahlschränke. Ich schaute auf Blondies Gesäßmuskulatur, als sie ein paar Schritte zum Schrank auf der rechten Seite tänzelte und ihn öffnete. In ihm waren Vollsichtmotorradhelme, pechschwarz, in Reihen auf die obersten beiden Bretter verteilt, alle fast unmerklich unterschiedlich groß. Sie nahm den größten und gab ihn Bobby. Er grinste und nahm ihn an. Sie verteilte den Rest und wir probierten sie an.

„Eine Zusammensetzung aus Kohlenstofffaser und Kevlar." Aces Stimme war dumpf, bis er das klare Visier öffnete. „Hochgradig kugelsicher." Er schüttelte seinen Kopf sehr fest. „Sitzt gut."

Blondie schaute den Materialwissenschaftler an, dann lief sie hinter uns allen entlang und betätigte einen kleinen Schalter in unseren Nacken. Sie drehte sich mit dem Gesicht zu uns und drückte einen Knopf an unseren Kinnen. Sie atmete tief ein und drückte ihre Lippen konzentriert aufeinander. In den Helmen hörten wir eine Roboter-Blondie sagen, „Sie sind bereit."

Big Guns Helm wich zurück, als wolle er einem Schlag ausweichen. „*Cac!* Was zur Hölle war das?!" Alle anderen waren genauso perplex. Er starrte weiter vor sich hin, blinzelte, auf komische Art verwirrt in seinem Star Trek Helm.

„Versteckte Technik für jetzt," sagte ich, während ich ihre Reaktionen auf das Meisterstück meines Mädchens genoss. „In ein paar Jahren könnte es allerdings Big Brother in euren Köpfen sein."

„Ich bin umgehauen," sagte Shocker den Drachenälteren anschauend. Der alte Typ verschränkte die Arme, seine Geduld war auf die Probe gestellt. Er wollte einen Helm aufprobieren.

„Hast du sie von DARPA?" murmelte Ace, dann antwortete er sich selbst. „Nein, unmöglich."

Die Biestfrau schaute Ace durch ihr Visier an. „Defense Advanced Research was auch immer?"

„Projects. Ja. Sie entwickeln diese Technologie für die Intelligence Community. Es könnte potentiell böse eingesetzt werden. Buchstäblich ein Gerät, um Gedanken zu lesen. Spezialoperationen der Regierung setzen sie manchmal ein, um Freunde von Feinden unter den Kriegsgefangenen zu unterscheiden."

„Klingt wie etwas, was man auf SyFy sehen würde." donnerte Bobby.

„Science-Fiction von gestern ist die Realität von heute," musste ich irgendwie sagen. Dann kommentierte ich zu Bobby, „Dieser futuristische Helm lässt deinen muskelbepackten Arsch wie eine Super Ninja Action Figur aussehen."

„Super Nigga," entgegnete er nickend. Er faltete die Hände hinter seinem Rücken, um eine Trizepspose zu machen.

Shocker mischte sich quietschend humorvoll ein. „Blondie könnte kleine Bobbys machen mit dem 3D-Drucker." Sie warf ihrem Freund einen neckischen Blick zu und er stellte sich in eine beeindruckende, brustmuskelbetonende Pose. Sie kniff ihm in den starken, muskulösen Arm. „Jedes Kind würde gerne darauf kauen und es zertrümmern."

Der Raum vibrierte vor Gelächter. Bobby nahm seinen Helm ab und schüttelte ihr mit seinem Kopf zu, *Das ist einfach nur falsch Boss*. Er war zu dunkel, um rot zu werden, aber wir alle wussten, dass er das tat.

Blondie brachte wieder Fokus in die Unterhaltung. „Veritas Scientific hat vor etwa sieben Jahren damit angefangen, diese Technologie zu entwickeln. Ihre Designs sind nicht veröffentlicht, also konnte ich ihre Arbeit nicht kopieren. Aber ich wusste, dass es möglich war. Ich musste nur selbst darauf kommen, während ich das Emotion Art Konzept fertigstellte." Sie schaute mich an. „Wir wollten während unserer Missionen kommunizieren können, ohne laut reden zu müssen."

Ich nickte in ihre Richtung. „Ihre Gebärdensprache ist furchtbar. Es ist so, als hätte sie vier Mittelfinger."

Ace stirnrunzelte in ihre Richtung. „Hört jeder deine Stimme?"

Sie zuckte verlegen die Achseln. „Ich hatte noch nicht die Gelegenheit, eine neue Software zu schreiben. Mein Helm überträgt seine Stimme." Sie zeigte mit dem Mittelfinger auf mich.

Big Guns drückte auf seinen Sende-Button. „Das wird nützlich sein..." sagte Blondies Computer mit monotoner Stimme. Er sprach wieder. „Wie viele Wörter kann es auffassen?"

Blondie nahm ihren Helm ab. Alle folgten ihrem Beispiel und sie erklärte, „Das EEG misst die Gehirnaktivität mit Hilfe der Elektroden im ganzen Helm. Sie fassen bestimmte Wörter auf. Bis jetzt konnte ich etwa vierhundert Wörter finden. Und es hat ein Jahr und hunderte Scans des Kortex gekostet, um so viele zu erkennen. Der Helm kann auch als Lügendetektor eingesetzt werden." Aus irgendeinem Grund schaute sie mich dabei an. „Ich hatte ein großartiges Objekt, an dem ich diese Funktion kalibrieren konnte."

Meine Stimme nahm ein wenig Prahlerei an. Ich zeigte auf mich selbst. „Großartiges Objekt."

„Vollkommener Lügner meinst du wohl," puh-puhte mich Shocker.

„*Großartiges Objekt,*" widersprach ich.

„Schwindelkünstler."

„Großartiges. Objekt."

„Betrüger."

„Großartigesobjektgroßartigesobjektgroßartigesobjekt-GROßARTIGESOBJEKT!"

„Schnauze."

„Selber Schnauze."

Wir grinsten einander riesig breit an.

„Bitte Kinder." Blondie schmiss ihr Haar primitiv über ihre Schulter, dann äußerte sie, „Ich brauche einen Dübel."

Ich sprang von der Gruppe weg, landete, stellte meinen rechten Stiefel auf meinen linken, überkreuzte meine Beine und führte eine schnelle Drehung aus. „Halt! Dübel-Zeit." Die Vorstellung, unser kleines Paradies von Gras und Pilzen zu sehen und zu riechen, erweckte in mir immer das Verlangen, zu tanzen. Nervös wie ein dickes Kind, das den Eiswagen aus der Ferne hört, moonwalkte ich in die Ecke, bis ich auf die schwarze Matte traf. Ich hockte mich hin und hob sie mit Schwung auf, rollte sie weg, die stählerne Bunkertür darunter entblößend. Daneben in einem kleinen Relief waren ein Tastenfeld und ein Knebelgriff. Ich drehte mich mit dem Rücken zu den anderen und gab den Code 'RECHTSWIDRIG' ein.

„Schrecklich und rechtswidrig wir sind," sagte ich in meiner Yoda Stimme. „*Kriminelle* Jedi."

Das Umschalten des Knebelgriffes tat zwei Sachen: Die

Tür aufschließen und ein Relais für das Licht auslösen. Es zischte an der Dichtung vorbei während sich die kühle, trockene Luft aus dem Gebäude mit der warmen, feuchten Luft aus dem Keller mischte und die energiesparenden LEDs den zwei Meter tiefen Schacht und die Stahlleiter erleuchteten. Ohne Einladung oder auch nur einen Blick auf die anderen sprang ich mit den Armen über den Kopf gestreckt in das Loch, komplett an der Leiter vorbei.

„*Weeee!*" sagte mein leichtfertiger, dummer Kopf während des Falls.

Meine verletzte Wade war mit der Landung nicht einverstanden. Die Nerven stimmten einen reißenden Fluch an, der für mehrere, sehr lange Sekunden in die Hinterseite meines Beins strömte. Zum Glück konnte Aces Kompressionshülse ein wenig vom Aufprall abfangen.

Das, sagte mein Unterbewusstsein mit einem Phantomgrinsen, *war SUPER dämlich.*

Ich rieb mein Bein und hielt den Atem an. „Jap," keuchte ich.

Ich schaute auf Blondies Beine und Schritt als sie runterkletterte, ihre Kurven und Spalten erneuerten meine Begeisterung und dämpften den Schmerz. Immer noch mein Bein reibend sagte ich ihr, „Dich zu sehen wirkt betäubend."

Sie staubte ihre Hände, auf denen kein Staub war, ab, schaute dann auf mein Bein und seufzte, *Idiot,* auch wenn mein Kompliment ein Leuchten in ihre Augen gebracht hatte.

Die anderen stiegen nach unten und folgten uns in den sechs Meter kreisförmigen Raum der Rechtswidrigkeit.

„Hier kommt also der legendäre Feenstaub her," sagte Big Guns beschuldigend. „Feenstaub" nannte Blondies exklusive, extrem glückliche Klientel ihr Gras. Er grunzte.

„*Du ma*, du Kaugummi Wohnwagen Müll Prinzessin. Du bist scheiße." Seine Augen und Zähne zeigten höhnische Verletztheit. Er holte sein Handy raus. „Ich entferne dich als Freundin."

„Halt den Mund." Sie schlug einen leichten Jab auf seine fleischige Schulter und lachte, als er dabei grunzte. „*Lon*. Du musst aufhören, immer romantische Komödien mit Trinh zu schauen. Du bist so empfindlich wie eine Sitcom Schwuchtel geworden."

Sein Mund zitterte, als versuchte er, etwas sehr Ekliges runterzuschlucken, um einen Ausbruch zurückzuhalten, der ihre Witze nur ermutigen würde.

„Ha!" Ich zeigte auf ihn und lachte. „Schauspieler *lon*."

„Razor..." grölte er warnend. Dass jeder ihn auslachte, half nicht. Ich wusste, wie er sich gerade fühlte. Blondie machte sowas dauernd mit mir in der Öffentlichkeit. Man gewöhnt sich niemals daran.

Diese Zeitschrift ist schuld, dachte ich. *Scheiß* Psychology Today.

In einem raren Mitleidsanfall ließ ich das Geplänkel sein. „Es tut mir leid. Ich bin nüchtern." Ich grinste in den Raum. „Aber nicht mehr lange. Schaut euch das hier alles an."

Der graue Beton absorbierte die dunkelschattierten, grauen Lichter über die kopfhohen Marihuanaplanzen, jede in ihrem eigenen gläsernen Brutkasten auf schwarzen Hockern. Schläuche und Drähte kamen an den Beinen entlang, das Bewässerungssystem und die Tag/Nacht Hardware erlaubten der Einrichtung, fast autonom zu funktionieren.

Während ihre verdutzten Gemüter das alles aufnahmen, begann eine Pumpe auf dem Boden zu summen. Ein Nebellicht begann, das Glas der zwei Dutzend Brutkästen zu benebeln, leicht leuchtende Wölkchen umhüllten die blättrigen, knospenden Pflanzen, nasse, angenehme Liebkosungen. *Yummy.* Ich zitterte vor Freude. Die Gänsehaut krabbelte auf meine Arme, meinen Brustkorb und mein Gesicht. Ich führte einen einfachen Jazz-Tanz aus und ballte meine Fäuste, wie ein Youngster in Willy Wonkas Schokoladenfabrik.

Die Pumpe klickte und ging aus. Alle standen gebannt da, das einzige Geräusch war das leichte Seufzen des Ventilators, der raffiniert die feuchte, beißende Luft filterte. Ich bemerkte, wie Blondie die Pflanzen untersuchte und dabei tiefe, zufriedene, die-Brüste-stechen-nach-vorne Atemzüge nahm. Ihr Stolz über ihre Arbeit und ihr Vorsatz, die Früchte zu probieren, waren größer als bei mir.

„Wow. Sind die auf Regenwald eingestellt oder wie?" fragte Ace mit einem zwinkernden Lächeln an einer Reihe nebliger Brutkästen vorbeilaufend.

Blondie folgte ihm. „Feenwald," antwortete sie.

„Boss, du magst Pilze." donnerte Bobby in seiner Bass-stimme guten Willens. Er schlug vor, „Schneide einen dieser kleinen Teufel in Stückchen, um ihn mit einem Steak zu essen."

„Pfff," antwortete sie.

Sie und Bobby waren am Ende der Brutkästen angekommen und blieben stehen und schauten sich zwei riesige Aquarien an, die in der hinteren Wand eingebaut waren. Die einhundert-Gallonen Tanks waren mit mehreren Zentimetern Kuhdünger gefüttert, dunkel und feucht, warm, gekrönt von Luftbefeuchtern und Heizungen für ideale Pilzwachstumskonditionen. Shocker schüttelte ihren Pferdeschwanz. „Wo ist die Raupe, die die Wasserbong raucht?" wollte sie wissen.

„Nimm eine von den da und finde es heraus," sagte ich

ihr auf einen Schreibtisch zugehend, von dem ich eine Dose mit Tabletten runternahm. Ich legte ein paar in meine Handfläche. Die lilafarbenen Gelhüllen waren mit konzentriertem Psilocybin gefüllt, der Wirkstoff in „Magic Mushrooms". Ich baue es an und entwickle es, um es manchmal zu nehmen, aber mein primäres Ziel war eigentlich ein Forschungsprojekt. Man konnte das Zeug für viele weitere Zwecke benutzen, echte Wissenschaft, die interessant und nüzlich ist. Außerdem ist mir oft echt langweilig und ich mag es dann, mit Drogen zu spielen. Ich sagte der Biestfrau, „Diese werden deinem Gemüt helfen." So sanft und unschuldig, wie ich konnte fügte ich hinzu, „Vielleicht permanent."

Sie fiel darauf nicht rein. Mit den Händen in die Hüfte eingestützt schaute sie mich skeptisch an und sagte, „Nein." Sie wendete sich wieder zu den Tanks, Pilze ragten aus der Kuhscheiße raus, und verdrehte angeekelt den Mund. „Sie sind *schleimig.* Bah."

„Ich glaube ja, du hast uns verarscht. *Du ma.*" Big Guns lachte. Er schaute auf die Pillen in meiner Hand. „Du hast wirklich Pilzpillen gemacht. Hast du jemanden davon überzeugt, dass es all ihre Probleme lösen wird, wenn sie ihren Kopf mit falscher Realität vollbraten werden?" Grunz. „Ich werden es nochmal sagen: Ich glaube, dir gefällt es einfach, Leute zu ficken."

Ich grinste, *Vielleicht,* und schaute auf die Tanks. Der Dünger war voller verflanschter, weißer Kappen, groß und klein, die in allen Richtungen auf den schmalen Stielen mit lilafarbenen Röcken herausragten. Dicker Schleim flimmerte auf den Spitzen meiner Pilzflora. Ich war leicht irritiert, da ich nicht ernst genommen worden war und schaute mein Viet Gegenüber mit gekünstelter Geduld an. „Persönlichkeitsveränderungen sind meistens langsam und allmählich. Eine Person kann jahrelang Therapie nehmen und niemals die Veränderung, nach der sie sich sehnt, erreichen. Eine kleine Dosis Psilocybin kann das in zwölf Stunden und eine langanhaltende oder sogar dauerhafte Veränderung in der Wahrnehmung von Wohlbefinden und Lebensfreude einer Person hervorrufen. Menschen werden kreativer und vertrauter mit der Realität, weil sie während des Trips gedemütigt werden von der Immensität der Natur."

Ace zappelte, weil er etwas hinzufügen wollte. Ich nickte, *Los,* und er atmete laut aus. Er sagte, „Steve Jobs schreibt seinen LSD Trips zu, dass sie sehr tiefgreifend waren und ihn sehr viel kreativer gemacht haben. Ohne psychedelische Drogen, hätten wir keine iPhones, iPods oder iPads."

„Wirklich?" Shocker hielt eine Hand auf ihre Tasche und drückte ihr iPhone. Sie sah weniger angewidert aus, auch wenn widerwillig.

Ace blinzelte in Erinnerung. „Als ich das zum ersten Mal gelesen habe, wollte ich das sofort ausprobieren und sehen, welche Ideen folgten." Er schaute runter und murmelte halb, „Aber in den Tagen war ich so verkabelt, dass ich es nicht ausstehen konnte, meinen Bildschirm zu verlassen, noch viel weniger, das Apartment, um nach Drogen zu jagen."

Blondie legte eine Hand über ihren Mund, ihn auslachend. Sie konnte das total verstehen. Ich kann mich an viele Situationen erinnern, an denen sie total abhängig auf Hacking-Abenteuern war und ich Dr. Phil spielen musste, um sie vom Laptop wegzuzerren. Ich erinnere mich auch daran, ein paar Schläge eingesteckt zu haben.

Ich steckte eine Handvoll Pillen in meine Tasche, stellte die Flasche ab und sagte, „Psychedelika können augenblicklich eine positive Persönlichkeitswandlung hervorrufen. Es hat niemals etwas anderes gegeben, was das machen konnte."

„Das ist dramatisch," sagte *Anh Long* mit einer dicken Braue angehoben, seine Ungeduld von vorhin verschwunden; er wurde von unseren einzigartigen wissenschaftlichen Projekten erwärmt. Er grinste mit schweren Lidern und sagte, „Ich habe als junger Mann in Vietnam Pilze genommen. Es gab da exzentrische Mönchsgruppen, die sie für spirituelle Reisen benutzten und natürlich mussten wir jungen Dorflinge sie auch probieren. Ich erinnere mich an eine Versammlung, bei der jeder so froh und sorgenfrei war. Das verwirrte mich und machte mich sauer. Was gab es da zu feiern? Ich war so auf die banalen Details und das endlose Leid fokussiert, dass ich das nicht verstehen konnte. Später an dem Abend ging ich mit einer Gruppe zu einigen Tempelruinen, die tausend Jahre alt waren. Wir tranken ekelhaften Tee." Er lachte bei der Erinnerung.

Blondie, Big Guns, und ich – die einzigen anderen Anwesenden, die diesen ekelhaften Geschmack geschmeckt hatten – lachten und ermutigten ihn, weiterzureden.

„Nachdem der Tee seinen Effekt eingenommen hatte, wurden die uralten Ruinen zu einer anderen Realität. Es war realitäts*erschütternd*. Die Tempel und Steinhöfe, wo die Leute lebten, beteten und um ihre Leben kämpften, waren Türen zu einer anderen Welt. Ich erinnere mich daran, zu denken: Ich bin bloß eine Staubflocke in der Zeit. Der Ort war tausend Jahre alt, die Leute und ihre Probleme schon längst verschwunden und niemand erinnert sich an sie oder interessiert sich dafür. Ihre Quälereien waren unbedeutsam im großen Ganzen, genauso wie meine. Es war ein Egoverlust. Ich war kein stolzer vietnamesischer Fischer, der versuchte, sein Leben auf die Reihe zu kriegen.

Die Halluzinationen ließen mich sehen, dass es etwas gibt, das ich bin und nichts damit zu tun hat und viel, viel wichtiger ist." Noch ein nostalgisches Lächeln. „Und viel bedeutender."

„Tiefgründig," sagte Bobby. Er schaute sich die Pilze nochmal genauer an. „Also sollte ich meinen Geist weiterbilden und etwas halluzinieren, was ich später malen wollen könnte." Er kratzte seinen Kopf. „Was machen sie noch?"

„Die meisten Drogen wirken nur, während du sie nimmst," informierte ich mein potentielles Forschungsobjekt. „Psychedelika sind binnen Stunden aus deinem Körper raus, aber ihre Effekte können dich dein Leben lang beeinflussen. Ich glaube, dass die heutigen Untersuchungen zu Behandlung für Depressionen führen werden."

„Das könnten wir in Mississippi gebrauchen," sagte *Anh Long* ein wenig erbärmlich. „Jeder ist übergewichtig und deprimiert darüber."

„Ist es wie Fluoxetin?" fragte Shocker nach.

Bei dem Gedanken an meinem Status auf den Pillen erklärte ich ihr, „Besser. Menschen, die in depressive Gedanken geraten, haben überkonnektive Hirne. Reue und Selbstkritik kreieren ein wiederholendes Hintergrundgespräch. Psilocybin dämpft die Schaltkreise für einen selbst."

„Egoverlust," sagte *Anh Long* mit einem Nicken.

„Genau. Das erlaubt Leuten, nicht mehr auf einen bestimmten Gedankengang beschränkt zu sein."

„Psilocybin ahmt Serotonin nach, die Chemikalie im Gehirn, die deine Laune reguliert," sagte Ace. Dann fügte er selbst hinzu, „Die meisten Antidepressiva zielen auf Serotonin... *faszinierend."*

„Zu wenig Gefühle oder Verbundenheit zu deiner Frau?" fragte ich den Muskelprotz mit einem dämlichen

Grinsen. „Es rekalibriert die Sinneswahrnehmung einer Person. Nach einem Trip sind die Leute meist entschlossen, den Moment viel mehr zu leben. Du wirst deine Frau viel mehr wertschätzen."

Blondie lachte unterstützend, rieb mir über den Arm und sagte ihnen, „Der Wichser hilft nach einem Trip sogar bei der Wäsche." Sie machte eine Geste, nachdem die anderen angefangen hatten, zu lachen. „Aber leider ist das keine permanente Veränderung in seiner Persönlichkeit."

Meine Hände fanden, dass es an der Zeit war, ein paar Schamhaare zu verdrehen. Ich stellte mich hinter sie, zog sie fest an mich ran und kniff die Vorderseite ihres Kleides und die blonden Sonnenblumen darunter. Ich drehte sie fest, dann ließ ich komplett los, zu schnell, als dass jemand das hätte bemerken können.

Sie keuchte und riss die Augen auf, dann schaute sie mich tadelnd an während sie sich befreite und schubste mich weg. Sie starrte mich an, *Nicht in Gesellschaft!*

Aber es gefällt ihr, wusste ich sicher.

Mit dem Gefühl, dass ich der Droge, die ich promotete, ausgesetzt war, wandte ich mich Bobby wieder zu mit einer Frage auf dem Gesicht.

„Äh..." wich er der Frage aus.

„Nein," sagte Shocker streng.

Kurzer Blick in ihre Richtung. Er seufzte, „Nein."

Blondie rollte mit den Augen, *Was auch immer.* Sie nahm die Pillendose und bot sie *Anh Long* an. Er grinste und bediente sich, holte ein paar raus und steckte sie ein.

Ich frage mich, ob er damit einverstanden wäre, sein Abenteuer zu filmen...

„*Cac.*" Big Guns fluchte, als er auf sein Handy schaute. „Kein Netz hier unten. Ich muss nach oben gehen." Silberne Beklommenheit glänzte zwischen seinen Zähnen.

„Ich bin erstaunt, dass Gat noch nicht gekommen ist, um nachzusehen, wieso ich nicht antworte."

Anh Long drehte sich um, um seinem *Em Hung* die Leiter hoch zu folgen. „Wir sind an der Kaffeebar."

„Wir kommen mit." Shocker sah sehr erleichtert aus, einen Grund zu haben, unseren Garten des Unheils zu verlassen. Sie nahm ihren Mann an den Arm und zog ihn hinter sich her, sein Gesicht brannte vor unvollendeter, intellektueller Stimulierung. Er wandte sich von den Pilz-tanks und Brutkästen mit einem Seufzen ab und folgte seiner streng guckenden Frau.

Blondie wollte eindeutig weiterhin die Gastfrau sein, sich aber auch noch ein wenig Feenstaub schnappen. Sie sprintete schnell zum Schreibtisch, aber ich winkte ihr, aufzuhören. „Ich hole den Staub. Kümmere du dich weiterhin um die sozialen Kontakte."

Lächelnd, *Danke,* eilte sie unseren Gästen hinterher und ließ mich ein wenig Krautshopping betreiben. Eine köstliche Anreihung an Masonjars zog meine komplette Aufmerksamkeit auf sich. Über dem Schreibtisch waren drei Regalbretter, auf jedem waren verschiedene Stämme gebündelts, klebrige, multigrüngetönte schlag-deine-Groß-mutter Marihuanaknospen. „Guten Tag," grüßte ich sie.

Ich nahm einen Krug mit einem Sticker vorne drauf, auf dem eine kleine Fee abgebildet war, die mit einem Zauberstab wedelte, aus dem es magisch funkelte. Ich öffnete ihn mit meinem Mund am Deckel und inhalierte den Duft wie ein Vierzehnjähriger, der Kleber schnüffelt. Meine Vorfreude wurde schnell groß. Ich sang der Droge ein Liebeslied. „Ich will die wie ein Tier rauchen..."

In einer Schreibtischschublade lagen mehrere Ziploc-Tüten. Als ich anfing, meine Einkäufe einzupacken, lenkte mich ein dumpfes *Pop* ab. Ich fror ein, hörte aufmerksam hin, wurde langsam paranoid und hoffte, dass eine Kiste runtergefallen war, als, *Pop! Pop! BOOM! BOOM!* mehr Schüsse vom Parkplatz her ertönten und die Vorderscheibe des Ladens nebenan zerschmetterte, wodurch die nachfolgenden Schüsse durch die Öffnung lauter klangen.

Jemand überfällt uns!

„Blondie..."

Ich erinnere mich nicht daran, den Krug fallenlassen zu haben oder die Leiter hochgeklettert zu sein. Eine verschwommene Erinnerung an Bewegungen brachte mich zur Tür, der die beiden Geschäfte miteinander verband. Sie war offen, Shockers und Aces Beine schauten auf dieser Seite raus, während sie mit den Händen über den Köpfen auf dem Boden lagen. Es regnete Kugeln im vorderen Teil des Ladens mit schneidendem Krachen, Reißen und Knallen, die Waren zerfielen in Trümmer, die wie Kugeln durch den Flur flogen, Teile von Jacken, Handtaschen und Unterwäsche fielen auf die Biestfrau und den Geek herab. Crystals Slasherfilm-Schreie füllten die kurzen Pausen zwischen den Attacken, Blondie rief uns allen während der Schlacht zu, zu ihr hinter die Theke zu kommen.

Dickes Eichenholz mit einer Granitplatte obendrauf. Gut gedacht, lobte ich meine blonde Kriegerin. Dann, *Sie wird ohne Crystal nicht fliehen. Wir müssen hintenrum raus und etwas als Schild benutzen... Aber was?*

„Herausforderung," sagte ich tief einatmend, während mein guter Freund Adrenalin mit gewaltiger Kraft durch meine Brust und meine Gliedmaßen schoss. „Das sollte lustig werden."

„Hey Arschloch." Shocker schaute zu mir hoch, dann zuckte sie zusammen, als sich weitere Schüsse durch die dünnen Panels und Rahmen knapp über ihr bohrten. „Hör auf deinen Todeswunsch zu streicheln und finde einen Weg hieraus."

„Simpel," entgegnete ich mit einem wölfischen Zähne-fletschen. „Unser Rudel muss ihres austricksen." Ich duckte mich, plötzlich war ich mir der Intensität, die sie hatten, bewusst, als ich mir vor Augen führte, was wir machen mussten. „Ihr zwei holt die Helme. Im Schränkchen daneben sind sechs Anzüge. Nimmt die mit und trefft mich an der Bar. Wir gehen zu unseren Verbündeten." Ich wartete auf eine Schusspause und sprang schnell zu ihnen, sprintete durch den Kampf und hoffte, dass mein Schädel und meine Organe mir in den nächsten Raum folgten.

Sie rief mit hinterher, „Helme und Anzüge?! Wo sind die verdammten Waffen???"

Ich tauchte runter und glitt auf den Bauch, während weitere Kugeln in den Flur knallten. Ich krachte in einen Hocker und kletterte um die Bar wie ein Hund, der sich an eine Fliese ohne Bodenhaftung festkrallt. Bobby lag wie ein Grizzlyteppich auf Crystal, Blondie und die Viet Männer hockten vor ihnen. Big Guns hielt eine doppelläufige Chrom .45 mit einem sehr angepissten Gesicht, das mich dazwischen anschaute. „Gat?" fragte ich ihn.

Er grölte, „Er und andere. Sie haben mich verraten!" Sein Gesicht war stürmisch. „Diejenigen, von denen ich weiß, dass sie noch loyal sind, antworten nicht. Und auch an der Garage antwortet keiner."

Schlecht. Alles ist schlecht. Das sind all seine Topleute! *Tho und Carl...*

Ich versuchte, Ruhe auszustrahlen. „Sie haben viel-leicht fünf Minuten, bis die Biloxi PD da ist. Mehr oder weniger. Sie werden schnell reinkommen, hinten und vorne."

„Ach nee," sagte Shocker hinter mit, die mit Ace hinter

die Theke kam. Sie schmissen die Helme und schwarzen Fahranzüge aus ihren Händen auf den Boden. „Du meintest, wir gehen hinten raus. Sind die hier kugelsicher?"

„So ungefähr," antwortete Blondie.

„Gut genug." Ich nahm mir meinen Anzug vom Stapel und trampelte meine Schuhe aus, stand schnell auf uns stieg in ihn hinein. Ich machte den Reißverschluss zu. Mit Jeans war der enge Anzug extrem eierquetschend.

Du mich auch! Sie brannten, als ich meine Stiefel wieder anzog.

„Diener Verbündeter," schrie ich. „Es gibt einige Müllcontainer, die wir zum Schutz benutzen können."

„Die Gewehre können Autos zerschießen," sagte Big Guns nickend. Er schaute *Anh Long* an, seinen Lehrer, den er geschworen hatte, zu beschützen. Er sprach ihn auf vietnamesisch an, um zu fragen, ob mein Plan akzeptabel war.

Der alte Mann griff Big Guns Schulter. „Ich vertraue deinem Urteil, *Em Hung*."

Big Guns und ich schauten uns an und schwangen unsere Waffen, *Machen wir's, Bro.*

„Ich nehme an, das sind unsere." Shocker zeigte auf die Anzüge, dann gab sie mir ungeduldig meinen Helm. Blondie teilte jedem seine Sachen zu und wir alle zogen unsere Outfits rasend schnell an.

Der Angriff bestand nur noch aus sporadischen Schüssen, dann verschwand er ganz. Ohne die ohrenbetäubende Zerstörung konnten wir dumpfe Schreie von Käufern aus dem Einkaufszentrum und ihre wegfahrenden Autos hören. Näher an Blondies Laden horchten wir den Befehlen unseres Feindes in einem harten, ausländischen Dialekt gebellt. Und an der Bar hörten wir unsere Herzen schlagen. Ich setzte meinen Helm auf. „Handschuhe," beschwerte ich mich bei Blondie auf meine Hände schauend. „Wir haben

Handschuhe vergessen. Kannst du diese Teile hier Musik abspielen lassen?" Ich tippte auf den Helm.

„Du wirst ein lebhaftes Schlagzeugsolo hören, wenn du nicht genau sagst, was du tun wirst," sagte sie mit Augen voller Sorge trotz ihres missmutigen Tonfalls. Ihr Kleid und ihre Highheels auf dem Boden zippte sie ihren Anzug zu und ging zu Crystal, um ihre Sandalen anzuziehen.

„Ich geh übers Dach und gehe auf die ersten Ziele, die ich finde. Phong wird sein Kanonenfutter schicken, nicht sein Bestes." Ich zeigte auf Big Guns. „Geh vorne aus Emotion Art raus. Am Eingang ist eine Betonsäule. Warte da auf mich."

Verstanden, grunzte er.

Big Guns stand auf, um loszugehen. Shocker hielt ihn fest. „Gib mir eine." Er reichte ihr eine Pistole. Sie beobachtete sie wie eine professionelle Schützin, dann schaute sie mich an und sagte, „Ich decke dich."

Blondie stellte sicher, dass alle Helme an waren, *Anh Long* und Crystal waren die Einzigen ohne. Sie sagte mir, „Du gehst auf den Bronco, oder?"

Ich grinste als Antwort, dann wendete ich mich dem Geek zu. „Ace, sie werden uns hintenrum jagen. Wenn sie das tun, renn zu deinem Auto. Treff uns am Ende des Gebäudes. Hol *Anh Long* und Crystal aus dem Müllcontainer. Versteck sie."

„Das krieg ich hin," sagte er. Er leckte sich nervös die Lippen und schob sein Visier runter.

Anh Long seufzte laut. Crystal riss ihre Augen auf. Sie stöhnte, „Müllcontainer? Ihr steckt mich in den *Müll???*" Sie begann zu weinen. Bobby rieb ihr über den Rücken, um sie zu trösten.

Schuhe zersplitterten das Glas im Vorderraum. Big Guns war auf der Höhe und rannte schon durch den Flur.

Er duckte sich durch die Tür zu Emotion Art, dann schwang er einen Moment später zurück und warf einen großen, dünnen asiatischen Schläger über die Theke, der durch die kaputte Scheibe mit einer SKS auf den Flur gerichtet kam. Big Guns .45er knallte einmal, unglaublich laut in dem kleinen Raum. Sein Ziel fiel mit starken Schmerzen auf den Boden. Die Schallwellen waren noch nicht vollständig ausgeklungen, als ich „Los!" rief und anfing, alle in den kleinen Raum hinter der Bar zu drücken und sie zwischen zwei Tische mit acht Draganflys stellte. Wir hörten, dass Big Guns vorne angekommen war, er schoss, ließ unsere Gegner nochmal überdenken, ob er weitere Männer in unsere Richtung schicken wolle.

Wie viele sind da draußen? fragte ich mich. *Hinten?*

NOTAUSGANG stand auf der schwarzen, stählernen Servicetür. Ich betätigte den Türgriff und öffnete sie duckend. Sofort wurde sie von beiden Seiten mit Kugeln bombardiert, die abprallten, bevor die Tür zuknallte.

„Ooh, guter Plan, Mister President," sagte Shocker wie ein muskelbepackter Ledersessel neben mir zusammengekauert. Sie schlug mir auf die Schulter. „Du weißt schon, dass das wie eine Bitch stechen wird, oder? Ich habe meinen zwölfjährigen Sohn besser planen sehen."

Ich schaute sie an. „Ich habe nie gesagt, dass es ein Plan sei." Ich festigte mich, um mich auf den Sprint durch den Kugelhagel vorzubereiten. „Ich sagte es sei eine *Herausforderung*."

Ich schmiss die Tür auf, stürzte raus und nach rechts, dann zuckte ich vor höllischen Schmerzen an den Hoden zusammen. „Kein Laufanzug," keuchte ich. Eine Kugel traf mein linkes Schulterpolster, als vier Gangster von hinter einigen Holzpaletten auftauchten und versuchten, mich zu ermorden. Ich stolperte beim betäubenden Aufprall und begann, im Zickzack zu gehen. Shocker schrie hinter mir, krachte die Tür auf und feuerte los, die Smith & Wesson Waffe schoss den potentiellen Tod auf den sich duckenden, fluchenden Feind. Sie hüpfte wieder nach drinnen, die Schüsse der Feinde prallten an der gerade rechtzeitig geschlossenen Tür ab.

Etwa fünfzig Meter weiter sprang ich in einen offenen Müllcontainer und fiel auf den Büromüll, sehr froh darüber, dass es nicht die Abfälle eines Restaurants waren. Ich wälzte mich im alten Kram und zuckte zusammen, als jemand sein Magazin auf mein Versteck ausleerte, die dicken Stahlpatronen erschütterten auf meinen Helm, sodass sich meine Sicht einschränkte. Der Anschlag stoppte und ich spürte, dass meine Angreifer versuchten, sich besser zu positionieren, um in den Container schießen zu können.

„Großartig," grölte ich. Der Schmerz zog bis in meine Schulter, nachdem die Betäubung weg war. Zum Glück hatten die Kugel den Helm nicht penetriert. Der Motorradanzug hatte Leder und Kohlefaser Schichten, um die Haut bei hohen Geschwindigkeiten vor dem Asphalt zu schützen. Blondies Hinzufügung einer Kevlar Schicht machte die Anzüge resistent gegen kleine Gewehrschüsse, mit dicken Polstern, die Gewehrkugeln stoppen konnten, auch wenn sie nicht annähernd vor Prellungen schützten.

Vor vier Jahren brauchten wir diese Anzüge für eine Mission, bei der wir wussten, dass wir angeschossen werden würden. Das wurden wir. Ihre Anzüge haben uns beschützt, bis auf einen gebrochenen Mittelhandknochen, den ich mir zuzog, als ein paar Kugeln 'Zukis Gesicht erneuerten und meine linke Hand zertrümmerten. Kevlar-Polster waren als extra Schutz an den Unterarmen, Ellbogen, Schultern, der Brust und den Rücken angelegt. Und an den

Beinen. *Immer noch keine Handschuhe,* sagte meine schmerzende Hand.

„Dummkopf," sagte Roboter-Blondie in meinen Helm. Dann, „Du da... alles okay..."

Ich drückte den Sendebutton und sendete den Gedanken, *Okay...drücke gleich die...Vorderseite der Tür...Haken...zum Truck...Ich fahre rum...*

„Okay."

Ich kletterte schnell über die Seite, aber nicht schneller als die Kugel, die meinen Helm fand, als die Killer ihr Feuer eröffneten. Die SKS Kugel rammte in meinen Helm, mein Kopf schwankte unerwartet zur Seite, ich zerrte mir etwas im Nacken, das alarmierend brannte. Ich konnte mich nicht davon abhalten, zu kollabieren, ich fiel mit dem Kopf zuerst auf den Boden. Zähneknirschend versuchte ich, meine Augen zu fokussieren. Der Scheiß tat *weh.* „Uh. Au." Ich fühlte die Seite des Helmes. Es gab keinen Streifhieb. Es war ein direkter Treffer, eine kleine Stelle war abgeblättert, aber nicht zersplittert. Die Straße und das Gebäude wurden wieder scharf sichtbar, ich stellte meine Füße unter mir auf und murmelte, „Jetzt weiß ich, wie sich ein Schlag von George Foreman anfühlt."

Schüsse hallten über das Dach. Es schrien immer noch Leute, die aus dem Einkaufszentrum rausrannten. Ich grinste. Big Guns brachte sie in Zustände. Er war ein Meister des Straßenkriegs, sein Leben lang war er in Gang Kriegen verwickelt – er hatte dafür *trainiert.* Also machte ich mir um ihn keine Sorgen.

Die Zeit wurde knapp, so wie seine Munition. Ich musste auf meine Position gehen, bevor er gar keine mehr hatte.

„Ich habe noch...drei..." informierte Roboter-Blondie das Team."

Das ist Shocker, realisierte ich. Komisch. Ich sendete, *Okay...komme jetzt rüber...* und fragte mich, wie komisch es für sie sei, Blondies Stimme von mir zu hören.

Die vier Viet-Gangster waren auf einmal sechs. Als ich ihren wagemutigen Gang ohne Deckung analysierte, war ich sicher, dass sie 2 1 1 und OBG waren, nicht Dieps Elite Typen. Aber das bedeutete nicht, dass sie zu wenig Waffen und Munition hatten. Der Bürgersteig auf beiden Seiten des Müllcontainers spuckte Steine, als ein neuer Anschlag die Oberfläche zernarbte, 7,62mm Kugeln prallten vom Gebäude auf den Parkplatz des Gartengeschäfts auf der anderen Seite des Kettengliedzauns. Sie versuchten, mich festzunageln, mich an dieser Stelle zu behalten, sodass sie nahe genug kommen konnten, um einen sauberen Schuss auf mich abfeuern zu können.

Wegen eines ängstlichen, aufgeregten Schreies eines Kindes schaute ich nach links zum Nagelsalon. Jemand hatte den Serviceausgang aufgeknackt. Vor dem Loch zusammengekauert waren zwei Mädchen, jünger als zehn, und ein Junge, etwa fünfzehn Jahre alt, stand hinter ihnen. Die Kinder der Eigentümer, ein mexikanisches Paar, das großartige Nägel machte und ihren Nachkommen die Kunst beibrachten. Sie mussten wohl beim Mittagessen sein und den Ältesten auf die Mädchen aufpassen lassen haben.

Ich schaute den Jungen an, öffnete mein Visier und rief, „Was stimmt mit dir nicht, Junge?! Geht wieder rein!" Ich zeigte streng und er schloss langsam die Tür. „Scheiß *Kinder.*" Ich schmiss mein Visier zu.

Neben jeder der acht Türen waren große Röhren, die das Wasser von den Dachrinnen abließen. Neben den Röhren waren Teile von Betonsäulen, die aus dem Boden ragten, um das Gebäude zu stützen. Ich sprintete hinter den Nächsten, eine Reihe Kugeln folgte und ballerte Teile aus dem Bürgersteig, der Säule und der Wand raus. Ich schaute hoch. Das Dach war keine vier Meter hoch, doch sah es zu dieser Zeit an diesem spaßgefüllten Tag wie der Mount Everest aus.

Ich ergriff die Röhre, stellte einen Stiefel auf die Säule, den anderen an die Wand, und drückte mich fest ab, während ich mich mit den Armen hochzog. Meine Schulter protestierte, aber ich kam eleichth genug hoch, Hand über Hand, so schnell wie ein laufendes Baby. Mein Helm kam am Gipfel an, ich sah das flache Dach, welches mit weißer Farbe überzogen war. Ich hing einen Arm drüber, um mich hochzuziehen-

Und ein halbes Dutzend Kugeln flogen gegen meine Kevlar-Polster auf meinem Rücken, schleuderten mich krampfhaft umher und lösten meinen griff. „Mother-*fuck*," keuchte ich, als die verdammte Schwerkraft mich wieder auf den Beton knallen ließ.

Meine Stiefel, mein Hintern, Rücken und Helm prallten nacheinander auf, meine Knöchel, Knie und verletzte Wade brannten traumatisiert. Ich schaffte es, keine Zeit mit Schreien zu verschwenden und rollte mich rechtzeitig wieder hinter meinen großen blauen Freund. Ihre Gewehrschüsse pfefferten gegen den Container. Ein Abpraller kam vom Gebäude und traf meine Seite. Er blies den Staub von meinem Arsch und die Luft aus meiner Lunge.

Mein Zwerchfell verschloss sich, meine Lunge weigerte sich, zu funktionieren, schwarze Strudel fielen in meinen Helm ein und mein Hörsinn dumpfte vehement ab. Aus der Ferne hörte ich Shockers verrücktes Kampfge-schrei und ihre übriggebliebenen Kugeln ballern, bevor die Tür zum Laden zufiel und das Feuer wieder darauf donnerte.

„Razor," sagte Roboter Blondie durch die schwarzen Strudel. „Alles gut...du brauchst zu lange."

„Hör auf zu nörgeln," hickste ich schmerzhaft. Ich drückte den Sendebutton. „Okay...halte durch..." Ich grunzte und stand auf. „Nerv, nerv, nerv. Immer wenn ich zu lange brauche. *Mir gefällt das Ausrufezeichen besser*," ahmte ich meine Freundin nach. „Für d*ie Sonnenblumen hast du zu lange gebraucht*." Ich seufzte. „Dafür werde ich ihre blonden Schamhaare nerven."

Ich schaute nach links, ging in die Richtung und schaute mich rasch um. Zwei asiatische Typen, die nicht alt genug aussahen, um trinken zu dürfen, aber um den Zaun schlichen, einer hinter dem anderen, SKS-Gewehre in ihren wachsamen Händen. Der anführende Schläger streckte die Hand nach hinten und zog seine hängende Hose hoch, dann winkte er seinem Partner zu, auf die andere Seite meines Verstecks zu gehen, sodass sie mich umkreisen konnten.

Ich schaute hoch und verfluchte meine Lage. „Bitch." Dann nahm ich meinen Helm ab, das Einzige, was ich hatte, um es als Waffe zu nutzen. Noch ein Blick. Exakt in dem Moment, in dem sie auseinander gingen, sprang ich hervor und schleuderte den Helm so fest wie ich konnte in ihre Richtung, ein jaulender Alphawolf, der auf seine Beute zurannte und sie zerfleischte.

Sie rissen ihre Waffen hoch und feuerten, weit daneben, weil ihre Augen durch das schwarze Projektil, das auf sie zuflog, abgelenkt waren. Der Helm schlug auf das Gesicht des hinteren Typen, eine einzelne Kugel streifte meinen Arm, bevor ich die Distanz verkürzte. „FRISS DAS!" brüllte ich, während ich meine ganze Geschwindigkeit und mein ganzes Gewicht in eine rechte Gerade steckte, die den anführenden Typen so fest traf, dass seine

Vorfahren am anderen Ende des Meeres es noch fühlten. Seine Haut platzte auf, seine Augenhöhle zerkrachte unter meinen Knöcheln. Er flog seitwärts gegen seinen Kumpel und fiel zusammen, sein bewusstloser Kopf knallte mit einem melonenartig-dumpfen *pop* auf den Boden.

Ohne mich wieder zu richten behielt ich das Tempo, stürzte mich auf das zweite Ziel und schlug den Lauf seiner Waffe zur Seite, als er glatt auf meinen Bauch feuerte. Die Kugel riss einen Teil vom Leder aus dem Anzug und machte einen weißen, heißen Einschnitt über meine Bauchmuskeln. Eine rechte-Hand, linker-Haken Kombo traf ihn und schaltete alle seine Gedanken, wie er mich aufhalten wolle, aus.

Ich hatte das Bedürfnis, auf alle Viere runterzugehen und von meiner Beute zu schmausen, die Zähne entblößt sabbernd. Ich widerstand ihm, ging stattdessen in die Hocke, um mir ein Gewehr zu schnappen und hatte gerade genug Zeit, um mich hinter einer Säule am Gebäude zu schmeißen. Die vier übrigen Gangster leerten ihre neuen Magazine auf meinen Rücken, sobald ich mich von ihren verwundeten Genossen wegbewegte.

Eine Kugel, die Zentimeter neben meinem Bein aufkam, versprühte feine Betonpartikel über mich, prallte ab und sank in den Bauch des ersten Typen, den ich geschlagen hatte. Ein Teil seines Bewusstseins war wach geworden, sein Instinkt brachte ihn dazu, einen hohen Schrei eines verwundeten Tieres von sich zu geben, das schreckliche Gefühle in meinem Bauch beschwörte, welches bis in meine wankenden Beine wanderte. Es machte mir nichts aus, Idioten wie ihm weh zu tun, aber der Grad an Schmerz, den er gerade gezeigt hat, war auf einem Level, das ich ihm niemals zufügen wollte.

Jemand schrie, „*Ngung!*" stopp, und das Gewehrfeuer

verstummte, die krachenden Echos schwanden unter den sich nähernden Polizeisirenen.

Ich hab noch Zeit, hoffte ich. Ich hatte ein Gewehr. Diese Ignoranten werden mich jetzt nicht so kühn angreifen. Ich schaute auf das Nagelstudio. Die Tür war wieder offen. Perfekt. Dieselben neugierigen Gesichter spähten mit ihren großen Augen raus. Ich schüttelte den Kopf, schlich an der Wand vorbei und schaute den Jungen an. *„¡Estupido muchacho!"* blöder Junge. „Willst du, dass sich deine *hermanas* verletzen?"

Er schüttelte den Kopf und schloss langsam die Tür.

Ich winkte hektisch. „Warte! *Esperas y veras.*"

Er öffnete die Tür wieder ein wenig.

Ich sagte, „Kannst du mir helfen?"

Er schüttelte den Kopf.

Ich lächelte ein bisschen. „Ich gebe dir hundert Dollar."

Er machte mein gieriges Grinsen nach und nickte.

Ich ertastete meine Taschen und realisierte, dass mein Geld in meiner Jeans war, keine Zeit, es rauszukramen. Ich sagte, „Ich kann dir später zahlen. Das schulde ich dir."

Er schüttelte sein schwarzes Haar. Seine großen Augen verdunkelten sich, als die Tür sich langsam wieder schloss.

„¡Espera! Warte, *muchacho.*" Ich schaute mich um, sah, dass der Feind noch hinter dem Palettenstapel war, schaute auf die bewusstlosen Schläger und auf die Waffe neben ihnen. Ich fragte den Jungen, „Siehst du die SKS?"

Ja, er nickte mit großem Interesse.

„Die kannst du haben. Und alles Geld, das sie haben. Nimm es, wenn sie hinter mir her gehen."

Er schaute mich verärgert an, *Das wäre eh meins gewesen.* Dann zuckte er die Achseln und nickte.

„Ich wäre ein guter Vater," murmelte ich. „Vonwegen."

Das Gewehr hatte einen Schultergurt. Ich hing es über

meinen Kopf und meinen Arm, dann machte der Junge mir eine Räuberleiter, ich stellte meinen Stiefel auf seine Handinnenfläche, drückte mich hoch und kletterte auf die Tür. Sobald ich oben war, feuerten die Schlägertypen wieder auf mich. „Rein *muchachos!"* schrie ich, während ich versuchte, mich aufs Dach zu schlängeln und mich über die Kante rollte.

Ohne den Helm wusste ich nicht, wo meine Crew gerade war. Allerdings sagte mir ein vietnamesischer Schrei, der befahl, das Schloss der Tür zum Laden kaputt-zuschießen, und der plötzliche Anstieg an eisernen Hagel vorne, alles, was ich wissen musste. „Ich brauche zu lange," nörgelte ich mich selbst an.

Aufgestanden, sprintete ich nach vorne und duckte mich neben eine riesige Wärmepumpe, der Metallkasten gab mir Deckung und erlaubte mir gleichzeitig, mir einen Überblick vom Parkplatz zu verschaffen. Männer krochen durch die Autoreihen, ihre Waffen sichtbar über den Schutzblechen und Dächern. Ich merkte, dass sie nicht sehr begeistert waren, an den berüchtigten Big Guns vorbei zu müssen, um reinzukommen. Sein Ruf eilte ihm voraus und seine Chrom .45 hielt sie in Schach.

Ich zog die SKS über meinen Kopf, der dunkle Holz-schaft war warm und ölig, ich nahm ihn auf die Schulter und schaute durch das kleine Zielfernrohr, während ich die Waffe auf sein 30-Kugel-Magazin abstützte. Die Fadenkreuze ruhten auf einem Ziel, dass kurz davor war, seine Deckung hinter den geparkten Autos zu verlassen und zur Säule eilte, hinter der sich mein Freund versteckte. Der Gangster war 10x so groß, sein schwarzes Haar schwitzte ängstlich in der kühlen Luft. Er hatte hervorstehende Wangenknochen und ein klar definiertes Grinsen, einen unbarmherzigen Mund. Ich schaute auf seinen Arm, der eine riesige Pistole hielt. Ich drückte sanft ab...

Das Gewehr schoss mit einer lauten Explosion, die Kugel flog durch und traf sein Ziel als hätte ihn eine 350 Kilo schwere Himalaya Bergziege in den Nissan, gegen den er fiel, getreten. Seine Pistole fiel auf den Boden und rutschte unter das Auto. Er schrie vor Schmerzund hielt seinen zerschossenen Arm an seine Brust.

Seine Brüder riefen auf panischem Vietnamesisch nach ihm, und bekamen Jammerschreie aus Qual zurück. Es war schon eine Weile her, dass ich ein Gewehr benutzt hatte. Ich hatte früher eins wie dieses hier. „Hmm," sagte ich gedankenvoll, während ich mir durch das Zielfernrohr mein Werk anschaute. „Wie die Äste eines Baums abschießen."

Ich schwang den Lauf nach rechts uns entdeckte Phong, den Anführer der 211 und Underboss der Tiger Society. Sein viereckiger Kiefer war über dem Kofferraum eines Sedans sichtbar, seine wütenden Schlitzaugen schauten genau in meine Richtung. Von seiner relativ sicheren Position aus schnauzte er Befehle zu den Männern ganz vorne nahe der Straße. Einer von ihnen diskutierte kurz mit seinem Boss, wurde aber schnell dadurch beschämt, zwei anderen zu folgen, die über den Bürgersteig eilten, während ihre Brüder Deckungsfeuer boten.

Bam-bam-bam-bam! Die Kugeln donnerten gegen die Wärmepumpe, Zentimeter neben meinen Kopf, dicke, kinetische, tödliche Überschallkugeln.

„ScheißescheißescheißeFUCK!" schrie ich rückwärtskriechend, bevor mich die Schläger treffen konnten, meine Stimme in der Dissonanz verloren. Ich rutschte schnell hinter eine andere Pumpe, meine Gedanken rasten.

Ich wusste, dass Big Guns fast keine Munition mehr hatte und seinen Posten nicht verlassen würde, solange unsere Leute noch drinnen waren. Da ich wusste, dass ich nach unten kommen musste und ihm helfen, jetzt sofort, tat ich das Einzige, das ich tun konnte.

Ich stand auf und sprang mit einem Tarzan-Schrei vom Dach runter.

Stiefel-Arsch-Rücken-Kopf. Der Mist tat ohne Helm viel mehr weh. „Uh. *Au.*" Ich kletterte auf meine Beine.

Der Affenmann-Sprung hatte unsere Gegner lange genug überrascht, dass ich mich aufrollen konnte und wild in ihre Richtung schießen. Fenster und Scheinwerfer zersprangen, in Motorhauben wurden Löcher gebohrt. Das Kugelhagel-Trio überlegte es sich abrupt anders und drehten sich mit ängstlichen Schreien um, um zum Parkplatz zu kriechen.

„*Du ma!* Es wurde Zeit, du rundäugiger Bastard," sagte Big Guns, als ich auf den Bürgersteig torkelte und mich neben ihn hinter die weite Säule duckte. Er nahm das Gewehr, entnahm das Magazin und wägte das Gewicht in seiner dicken, stummeligen Hand ab, da er nicht sehen konnte, wie viele noch drin waren. „Sechzehn," grunzte er.

Ich stöhnte, als ich anfing, meine Verletzungen zu fühlen. Ich tappte mit meinen Füßen, damit sie aufhörten, so schmerzhaft zu prickeln. *Zwei Stürze aus fast vier Metern hintereinander...* Mann. Das war's mit halb der Hälfte des Knorpels in meinen Beinen.

Mit einem häßlichen Grinsen schaute ich auf die anderen Gebäude auf dem Platz auf die Stelle, zu der ich hinrennen musste, was, wie ich schon wusste, siebzig Meter eierzerhauender Spaß werden würden. Ich zeigte auf meinen Freund mit vor Nervosität zuckenden Augen.

„Was?" Er steckte das Magazin wieder rein.

Ich seufzte. „Die gute Nachricht ist, dass ich hiernach nicht fähig sein werde, Blondie ein Kind zu geben."

„Huh?"

„Egal." Ich zeigte. „Ich gehe zu Broncostein."

Er schaute über den Parkplatz auf eine Produktionshalle, die in einem rechten Winkel zu Blondies Laden
stand. Ein grün-weißer '67er Ford Bronco 4×4 übertürmte
die anderenWagen um ihn herum, die Noppen auf den 44"
Super Swamper Bogger Reifen waren von hier aus fast
sichtbar. Auf der Windschutzscheibe stand in großen
grünen Buchstaben „BRONCOSTEIN" mit aufgeklebten
Venen und angespannten Nackenmuskeln am B und dem
N, goldene Elektroden guckten raus. Er grunzte. „Ich
dachte der alte Mann Tiblier hat gesagt, du darfst ihn nicht
fahre."

„Das ist wahr." Ich knackte meine Finger, dann sagte
ich ein wenig verteidigend, „Aber das war, als ich damit
über ein Auto fahren wollte. Wie Bigfoot. Und Tiblier ist
ein Wichser, also scheiß auf ihn."

Grunz, *Jau.* "Ich hab dich. *Di di!*" geh.

Er ging auf ein Knie runter, drehte sich um die Säule
und feuerte ein, zwei mal, während ich mein verdammt
Bestes versuchte, die Sohlen meiner Rockports abzu-
brennen und die Strecke sprintete über die Ausfahrt und
auf den Parkplatz. Ich duckte mich unter die Dachverklei-
dungen der Wagen im Versuch, eine gute Geschwindigkeit
beizubehalten, ein Silverado und ein Camry kriegten
Schüsse von Phong und seinen Leutnants ab. Einkäufer
kreischten und schrien Warnungen von ihren zusammenge-
kauerten Positionen in den Geschäften aus. Drei Paare Ufo-
Augen folgten mir, als ich an einer Familie, die sich in
einem Tahoe versteckte, vorbeilief.

Broncosteins Reifen reichten bis knapp unter meine
Brust. Ich bremste hinter dem Monster Truck ab. Eine
ABC Auto Salvage Plakette auf der hinteren Stoßstange

zerbeulte plötzlich, als eine Kugel von ihr auf den Straßen-
verkehr abprallte. Unter den aufgebockten Ford kriechend,
duckte ich mich hinter einen Reifen unter die hintere
Achse, sprang neben den Fahrersitz auf und öffnete die
Tür. Ich zerrte mich die zwei Meter hoch auf den Fahrersitz, schloss die Tür und musterte die Szene von meiner
erhobenen Position.

Broncosteins 460 CID Motorblock war ein Kunstwerk.
Ursprünglich für Drag Rennen gebaut von einem lokalen
Schrottplatzkönig und Meistermechaniker genannt K.W.
Cook, hielt das hochwertige Triebwerk einen besonderen
Platz im Herzen des Produktionshallenbesitzers; der alte
Mann Tiblier war sehr ernst, wenn es um 4-Räder ging. Ich
kannte K.W.s Arbeit, weil mein Mentor vor Jahren im
Gulfport Dragway Rennen gegen ihn gefahren ist. Nur
wenige Mechaniker konnten sich ihm ebenbürtig nennen
und ich fühlte mich geehrt, seinen Motor zu betätigen.

Die Zündung bestand aus zwei Kippschaltern und
einem Knopf. Klick, klick, *drück*. Broncostein bebte von der
einen Seite zur anderen und erwachte mit einem
geschnaubten Bellen, das von vielen PS zeugte, zum Leben.
„Fürchtet mich, ihr Bauern!" rief ich, das Biest aufheulend.
„Fürchtet den mächtigen Broncostein!" Ich ergriff das
Lenkrad und den Gangschalthebel und drückte die Kupplung nach unten, aufgeregt über das mögliche Können
dieser donnernden, ratternden Maschine roher Kraft.

Die vibrierenden Rückspiegel wurden von Polizeiautos
gefüllt, als ich in den ersten Gang schaltete und die Kupplung losließ, um das Gaspedal nach unten zu treten. Die
riesigen Reifen machten weißen Rauch, der den alten
Mann Tiblier beim verzweifelten Rennen aus seiner Halle,
um mich zu beleidigen, einhüllte.

Ich fing an, etwas zu rufen mit leihen oder dass er doch

eine Schlüsselzündung einbauen sollte. Aber was raus kam, war, „Woo-hoo Bitch!"

Der zweite Gang ließ die Reifen brüllen, als ich in die Gasse hinter Blondies Einkaufszentrum einbog, der Schall der riesigen Auspuffröhren donnerte von dem Gebäude ab, das Profil der schweren Reifen dröhnte, während ich um die beiden Gangster schlängelte, die immer noch bewusstlos auf dem Boden lagen. Ich grinste darüber, dass die SKS nicht mehr bei ihnen lag, verlor aber jeglichen Humor, als ich nach vorne über die Anlieferungsstraße schaute. Phong und mindestens zehn seiner Männer waren um dass Gebäude versammelt mit Gewehren, die sie auf die Cops vorne abfeuerten. Die Polizei schoss zurück, dumpf hörbar über den Verbrennungsmotor von Broncostein. Der Feind hörte mich und ein paar fingen an zu schießen. Funken flogen von der dicken Stahlhaube weg, die Windschutzscheibe war mit Sternchen dekoriert und rauchte aus den Löchern, was die optische Schönheit verdarb.

Bitte bekommt kein Gehirn und feuert auf die Reifen. Ich verzog das Gesicht.

Ich wich nach rechts aus und rammte in einen Müllcontainer am Zaun, das dröhnende Boom klang wie ein knapp-verpasster Blitzeinschlag. Broncos vordere Stoßstange sah aus, als gehörte sie einem Zug, ein immenses Stück Eisen mit einem 4 Tonnen Weibsbild und Kuhfänger, wodurch der Wagen nach dem heftigen Aufprall kaum zerdellte, auch wenn ich es sehr stark im Lenkrad fühlte und auf dem Sitz ruckartig nach vorne geschleudert wurde.

Der Container prallte wie eine riesige Glocke läutend gegen den Zaun, wackelte noch ein bisschen und küsste die Stoßstange noch einmal, das Metall kratzte laut über den Bürgersteig und sprühte Funken.

Ich brachte die 460 PS zum Stillstand und schubste

den Mülleimer vor die Tür des Ladens, die Reifen schützten mich vor dem Sperrfeuer, das immer noch vom Feind kam. Die Tür ging auf und eine umwerfende, kreischende, blonde Teenagerin kam mit drehenden Armen rausgeflogen, ihre tretenden Beine zeigten eine hellblaue Strumpfhose, modelartige Kurven und groß genug, um den Müll wegzuräumen.

Bobbys muskulöser Arm schoss kurz wieder nach drinnen, um Päckchen #2 rauszuschmeißen. *Anh Long* rollte sich mitten in der Luft zum Ball auf und landete auf Crystal, die vor Empörung außer Atem war.

Blondie folgte Shockers raschem Krabbeln um den Container zur Vorderseite des Trucks. Die Anzüge und Helme gaben ihnen Sicherheit, während Big Guns die Tür als Deckung benutzte, um auf mehrere Schläger der 211 und OBG Pennern zu schießen, die weiterhin aus scheinbar allen Richtungen schossen. Einige von ihnen sprangen über den Zaun und duckten sich hinter einer Auswahl neuer Aufsitzrasenmäher.

Mehr Kugeln prallten klangvoll gegen den Container, Crystals Stimmbänder nachahmend. Ihr heiserer Horror wurde wieder schrill, als Blondies gigantische Form aus der Tür rausgeflogen kam, ihr Schatten umhüllte sie und *Anh Long*, bevor seine Masse sie tief in den Büromüll brachte und Blondies Lieblingsangestellte zum Schweigen brachte.

„*Haaa!*" Ich ließ Broncostein aufheulen, um meine Leichtfertigkeit zu betonen.

Meine Tür öffnete sich. Blondies geschmeidige Arme streckten sich und spannten sich an, ihre kleinen Hände fassten an die eingebauten Griffe auf dem Kipphebel und der Türschwelle. Sie zog sich hoch und über mich, um sich auf den Beifahrersitz zu quetschen und nahm ihren Helm ab, ihre goldenen Locken unter dem Dashboard auftauchend, ihre Augen auf mich gerichtet nach Verletzungen schauend.

Shocker beschattete sie, ihre vaskulären Muskeln zogen sie in den hohen Wagen wie eine Turnerin, die eine schwierige Bewegung mit Leichtigkeit ausführt. Auch sie kroch über mich, auch wenn mit viel weniger Rücksicht, was ihr Ellbogen machte.

„Ffff-*uh!*" zischte ich, als sie mein Kinn haute.

„Bah," sagte Shocker, als sie den Helm abnahm. Sie saß auf der Konsole zwischen den Schalensitzen mit dem Schalthebel zwischen ihren Beinen. Sie schaute auf ihren Ellbogen, als wolle sie ihn abhacken und verbrennen. Sie wischte meinen Speichel von ihm ab.

Blondie schaute sie mit engen Augen an, dann mitleidig auf mich und sprach mit lauter Stimme, um über dem kraftvollen Motor hörbar zu sein. „Es ist dran, vielleicht einen Meter locker! Los!"

„Kay," grunzte ich blinzelnd, um meine Augen zu fokussieren.

Umkehren. Ich ließ Broncostein aufheulen und ließ die Kupplung los und zog den schweren Stahlcontainer am Ende des Kabels die Gasse runter mit einem trommelfellzerstörenden Knirschen auf den Bürgersteig. Der Rennauspuff, das Gewehrfeuer und die Teenager-Schreie schallten zum wolkenlosen, blauen Himmel hinaus.

„Woo-yeah!" gluckste mein Mädchen und setzte sich gerade auf den Beifahrersitz, total heiß in ihrem heißen engen Anzug. „*Das* ist mal ein Truck!"

Shocker seufzte irritiert, aber ich bemerkte, dass sie eigentlich jubeln wollte, das nur nicht tat, um nicht aus ihrer Rolle zu fallen. „Lasst uns noch nicht feiern, bevor wir sicher sind, Leute!"

„Wie ein richtiger Spaßverderber gesprochen!" sagte

ich Big Guns anschauend, wie er seine letzten Kugeln verballerte und sich im Laden versteckte. Broncos Spiegel zitterten zu sehr, um klar sehen zu können und meine Ohren taten unglaublich weh vom Druck, den die Geräuschwellen auslösten. Ich drehte mich um, um hinter uns sehen zu können und gab dem 460er mehr Treibstoff. „Ist Ace vorne?"

„Ja!" antwortete Shocker. Sie steckte einen Finger in ihr Ohr und wackelte mit ihm. „Er rannte zu seinem Auto, als die Cops diese Bozos hintenrum verfolgten!"

„Geh mit ihm!"

„Kein Platz!" sagte sie. „Bobby, Crystal und *Anh Long* werden schon kaum in sein Auto passen so wie es ist."

Ich schaute auf sie, dann auf Blondie. „Dann darfst du den ganzen Spaß mit uns erleben!"

Sie lachte selbstmitleidig und mein Mädchen machte ein enthusiastisches Geräusch, wodurch mein Kiefer und mein Schritt sich besser fühlten.

Unser seltsamer Zug knirsch-krach-brüll-heulte in eine langsame Bremsung am Ende des Einkaufszentrums. Ich drehte an der Ecke um, und zerrte den Container aus der direkten Gefahr raus, sehr froh, dass der Feind sich jetzt auf die Polizei konzentrierte und bremste. *Und froh, dass die Container-Idee tatsächlich funktioniert hat...*

Aces Scion tauchte hinter uns auf und blieb stehen. Der Muskelprotz spähte über den Rand des Abfalleimers, dann sprang er raus, wobei er aussah, wie eine echte Super Nigga Action Figur in dem Kevlar Anzug. Er wandte sich dem Container zu und hob den Drachenälteren schnell raus, den er auf den Bürgersteig abstellte. Er griff Crystal und warf sie über seine Schulter. Die Mädchen waren entsetzt darüber, wie er mit ihr umging. Ich presste meine Lippen fest aufeinander.

Anh Long verschwendete keine Zeit damit, uns auch nur anzusehen. Er rannte um den Truck und setzte sich hinter Ace, der seine Tür schloss. Bobby enthakte das Kabel mit einer Hand und band das kurze Ende an den Kuhfänger. Er trottete vorbei mit einem breiten, dümmlichen Grinsen hinter seinem Visier und machte eine grüßende Geste. Wir drehten uns um und sahen ihm dabei zu, wie er das traumatisierte Mädchen neben *Anh Long* hinsetzte, bevor er nach vorne ging und die Tür schloss.

„Sie werden den Platz und die Straße blockiert haben!" schrie Shocker in ihr Telefon. „Versteckt euch hinter dem anderen Gebäude!" Sie nickte und beendete den Anruf.

Der kleine Sportwagen raste davon und fuhr hinter der Produktionshalle um die Kurve ohne, dass wir das hörten, da der laufende 460er weiterhin unsere Hörnerven erschütterte. „Sind wir-" begann Shocker zögernd, als drei Biloxi PD Wagen hinter uns kreischend abbremsten.

„Mal sehen, was für eine Federung der alte Mann in diesem Teil eingebaut hat." Ich schaltete in den ersten Gang, dann sprang ich auf, als jemand plötzlich seine Faust gegen meine Tür schlug. Ich schaute aus dem Fenster raus. „Hey! Da ist er." Ich sah die Mädchen an und zeigte dabei mit dem Daumen auf den Mann, der neben dem Truck stand.

Die Mädchen lehnten sich neugierig rüber. Der finster dreinblickende grauhaarige Mechaniker machte weiter damit, seine mit Fett vollbeschmierte Hand gegen seinen Truck zu hauen und Drohungen zu bellen. Blondie stirnrunzelte ihn wütend an. „Scheiß auf ihn!"

„Du verdammter Banditenabschaum!" schrie Tiblier. „Ich habe dir gesagt- *du darfst ihn nicht fahren!*"

„Oh. Alles klar," sagte ich ihm mit einem entschuldigenden Blick. „Mein Fehler."

Ich deutete ihm an, einen Schritt zurückzugehen, als wollte ich die Tür öffnen. Das machte er mit den Händen in die Hüfte eingestützt und ein höllisches Knurren, das seine blassen Gliedmaßen zittern ließ. Ich zeigte ihm einen Daumen hoch, drehte mich um, um aus der Windschutzscheibe zu schauen und ließ seinen wertvollen Motor aufheulen, manövrierte uns um den Container und raste wieder die Anlieferungsstraße runter.

„HEEEYYY!" Tibliers Wut konnte durch den donnernden Antrieb noch gehört werden.

Plötzlich fuhren Polizeiautos auf die Einfahrt vor uns. Ich verlangsamte nicht. Shocker griff mir mit sehr unfemininer Gewalt an den Arm. „Was machst du da?" schrie sie.

Um ihre Frage zu beantworten fuhr ich nach rechts gegen den Zaun, das Kettenglied fiel sofort auf den Boden, dem massiven Ford nichts ausmachend, dessen Reifen die Erde auf einer kleinen Steigung auf dem unberührten Hof des Gartengeschäfts, an dem wir vorbeirasten, aufwühlten, die Federung ließ uns hoch- und runterhüpfen während wir über Handrasenmäher, Motorsensen und andere ausgestellte Objekte schwupps-die-wuppsten und die Reifen während unserer Beförderung über Innenhöfe und Gehwege quietschten.

Das Gartengeschäft war oben auf einem Hügel mit einem ziemlich großen Garten und Parkplatz auf der netten Steigung. Unten nahe der Straße waren ein halbes Dutzend Autos, die den sehr unglücklichen Kunden gehörten. Die Szene, der wir uns näherten fror meinen Brustkorb ein, als wäre ich durch Eis in einen Fluss gefallen, was mir den Atem raubte. Blondie grölte und schmiss ihr Haar über die Schulter. Shocker keuchte, „Oh nein," während sie geradeaus auf einen J.J. Abrams Film schaute.

Viele Strafverfolgungsbehörden hatten die Pass Road

abgeblockt, kein Verkehr mehr, mindestens zwei Dutzend Motorräder und ein S.W.A.T. Truck waren an allen Ecken soweit ich sehen konnte in alle Richtungen positioniert, sicher mehr, die den Block umzingelten. Phong und seine Leute waren gefickt. Sie saßen auf ihren Fersen hinter den Sedans und Pickups der Kunden und schossen verzweifelt auf die Polizisten in einem vergeblichen Versuch, davonzukommen. S.W.A.T.-Agenten knieten hinter großen, schwarzen Schilden und feuerten M-16s mit trainierter Präzision, 5.56mm Kugeln zerstörten die Autos, hinter denen unser Feind Widerstand leistete.

Während unserer schockierenden Pause verarbeitete der stets raffinierte Teil meines Gehirns eine Antwort auf diese Situation. Aber bevor ich das mit meinen Partnern teilen konnte, knallten direkt hinter uns Pistolen, die Kugeln schlugen auf die Heckklappe von Broncostein. Der bebende Spiegel zeigte zwei Polizisten, die in Schießposition knieten, ihre .40er Sig Sauers auf uns gezielt, während sie uns anschrien, den Wagen sofort wegzufahren, oder sie würden wieder anfangen, zu schießen.

„Mmm-hmm," murmelte ich. „Genau das werden wir tun."

Ich legte den Rückwärtsgang ein und trat auf das Gaspedal und entfesselte ein gewaltiges herzrasenschnelles Drehmoment, das uns auf die Polizisten zufeuerte. Sie hatten Zeit, noch einen panischen Schuss abzuschießen, bevor sie aus dem Weg sprangen, um den titanischen Super Swamper auszuweichen. Ich kehrte um, schaltete in den ersten Gang und fuhr uns zurück zur Gasse, als sie wieder auf die Füße kamen und erneut feuerten, die Klings und Knalls dumpf hörbar auf der dicken hinteren Stoßstange.

„Wir sind gefickt. Wir sind gefickt!" sagte Shocker

ängstlich. Sie legte ihre Handflächen auf ihre Schläfen. „Ich gehe nicht wieder ins Gefängnis!"

„Nicht solange ich da was gegen machen kann!" sagte ich ihr, einen Freudenschrei vor der elektrisierenden Herausforderung kaum zurückhaltend.

Sie schaute mich einen Moment lang an. „Du bist ein Psycho!" warf sie mir vor.

„Das ist das Netteste, was du mir jemals gesagt hast!"

Das vordere Ende hopste hoch und runter, als wir wieder über die Rasenmäher gingen, über den Zaun mit hallend kreischenden Reifen auf dem Gassenbürgersteig. Die Polizei war auf beiden Seiten, ihre Motorräder waren Front an Front geparkt, um die Ausgänge zu blockieren. Ich grinste, realisierend, dass ich zeitweise verrückt geworden war, drückte das Gaspedal ganz nach unten und schaltete, um schneller fahren zu können. Wir rasten die Länge des Gebäudes runter und näherten uns den Polizeiautos mit der Sicherheit eines ATV Rennfahrers kurz vor einem großen Sprung.

Shocker verstand, was ich vorhatte und griff mir wieder an den Arm. Blondie stieß ein Cowgirl-Jaulen aus und hielt den Griff am Armaturenbrett. Ich kicherte über die Polizisten, die von ihren Autos wegrannten.

BAUZ!

Broncostein knallte gegen die Schutzbleche beider Cruiser gleichzeitig und wir hoben ab in die Luft, der Motor lief auf hohen Touren, während alle vier Reifen die Erde verließen. Wir sahen einige Sekunden lang nichts außer dem blauen Himmel und perfekt fluffigen Wolken und dann, *BAM!* Die misstönende Landung erschütterte unsere Sinne wie der Stoß einer Druckwelle einer Bombe. Ich konnte mich kaum am Steuer festhalten, mein Fuß war irgendwie immer noch am Gaspedal, weibliches Gekreische brachte mich zum Grinsen, als ich runterschaltete, um hinter der · Produktionshalle abzubiegen, zwei Schwarz-Weiße direkt eine Sekunde später hinter uns.

„Du bist über sie drübergefahren!" Shocker fühlte es jetzt. „Du hast sie *zerquetscht!*"

„Du hattest recht Schatz!" sagte Blondie das Armaturenbrett klopfend. „Das kann er wirklich!"

Eckzähne wurden sichtbar, ich schaltete und konzentrierte mich auf die enge Lieferungsgasse, die wir runterdonnerten.

Zwei Müllcontainer waren gegenüber der Produktionshalle und dem Gebäude daneben, einem kleinen mexikanischem Büfett mit fantastischen Tacos. Die Sirenen waren uns auf den Fersen. Ich schaute in den Spiegel und drehte um, als ich Aces Scion sah. Die Trümmer unserer Todesfahrt zerstreuten Blätter und Müllteile, die zeitweise den Umriss des unsichtbaren Autos anzeigten, der neben Tibliers Ölrecyclingtank geparkt stand. Die Seite des Autos projizierte die Straße, den Stahlladen und den zylindrischen Speicher dahinter in hoher Auflösung.

„Ich liebe es!" schmunzelte ich.

Die Ladungsgasse endete mit einem hölzernen Zaun, der der Sunning Lounge des Freibads Privatsphäre bereiten sollte. Broncostein krachte durch ihn durch mit der Kraft einer Schlingenklinge, die durch einen dünnen Ast schneidet, explosiv zerbrechend, große Stücke von ihm flogen in alle Richtungen, das Reifenprofil furchte tief ins Gras und in die Blumenbeete und zerstörte Gartenstühle und -tische, die von den fliehenden, schreienden Kunden geräumt wurden, Plastik- und Metallteile schossen von den Seiten des Fords weg wie Wellen vor einem schnellen Boot.

Blink, blink, BAM! Sekunden später krachten wir durch zur anderen Seite, Scherben und Lärm beängstigten die

Bürger, die uns mit alarmierenden Schreien aus ihren Autos begrüßten. Wir fuhren über die Motorhaube eines Hyundais, bogen in den Verkehr auf die Pass Road ab, knapp außerhalb der Polizeibarriere. Der große Block brüllte knisternden Donner, der crescendierte bis hin zu wahrhaft kräftigen Schallwellen, mit jedem Schalten tiefer werdend, durch die Autos schlängelnd, die auf ihren Bremsen stecken blieben an der vollen Kreuzung, um ein Pfannkuchen-Schicksal zu vermeiden.

„Sie können uns nicht folgen!" berichtete Shocker hinter uns schauend. Der Verkehr stockt!" Ihr Lächeln wurde unsicher, als sie Blondies müde Körperhaltung und orgasmischen Ausdruck bemerkte.

Blondie öffnete ihre Augen und schaute zu mir rüber, mich mit ihrem grünen Starren fickend. Sie schnurrte, „Superlativ," und konnte ihre Beine nicht davon abhalten, aneinanderzureiben.

In der Tat, zappelte mein Schwanz übereinstimmend.

Wir sind noch nicht ganz raus, wies mein Unterbewusstes mich hin. *Wir werden uns eine Minute lang nicht um die Polizei sorgen müssen – die ganze Wache ist da hinten – aber nur eine Minute lang.*

„Na gut," murmelte ich. „Wir können später pervertieren."

Wir mussten aus diesem unglaublichen Augen- und Ohrenmagnet gehen. Fahrzeuge können nicht noch auffälliger sein als dieses hier, was? Wir brauchten einen unscheinbaren Wagen. Oder ein gutes Versteck.

Kupplung, Schaltung, *Gas.* Ich raste unser gigantisches, frisiertes Auto in Richtung Gulfport, fuhr zu schnelle Kurven auf schwerbefahrene Straßen, teilweise auf zwei Räder hochsteigend, und schmetterte die Seiten einer ganzen Reihe geparkter Autos an einem Bordstein, wobei wir uns fast überschlugen. Die Mädchen schrien mich an, Flüche mit Fakten über die kopflastige Balance von Bronco. Ich kicherte über ihre Stimmen, das Geschimpfe vibrierte von dem Knurren und Grollen der Schlammreifen, der Auspuff so geistesbetäubend laut, dass er unsere Sitze und Sicht erschütterte.

Ich kniff die Augen weit zu, um mich auf das vor mir konzentrieren zu können, der einzige Wald innerhalb einiger Kilometer in Sicht. Ich fuhr auf die Bäume zu mit quakender Freude in meiner Kehle, die Zunge raushängend mit dem Gedanken, Team Gesetz besiegt zu haben, als ein Staatspolizist im Rückspiegel piepte und hinter uns über die Kreuzung fuhr.

Blondie bemerkte, dass meine Augen am Rückspiegel kleben blieben. „Was ist denn Babe?" Sie drehte sich um, um hinten raus gucken zu können und wischte sich eine Locke hinters Ohr. Sie schlug den Sitz. „Verdammter Mist!"

Der Polizist wurde nicht langsamer oder versuchte, wie ein vernünftiger Mensch umzudrehen. Er zeigte uns, dass er ein würdiger Gegner war, flitzte seitlings, Staubwolken stiegen spiralartig auf, seine Reifen schwärzten die Kreuzung und seine Lampen strahlten durch die Kurve. Sein Crown Victoria fuhr schneller und raste rasant in unsere Richtung.

„Er wird bestimmt Freunde haben!" sagte Shocker in einem Ton, der andeutete, dass sie schon Erfahrung mit der Highway Patrol hatte.

„Keine Sorgen!" sagte ich stoisch. „Sie können uns nicht durch den Wald folgen!"

Mein Selbstvertrauen wurde in den Motor gesandt, die U/min-Anzeige kletterte in den roten Bereich, achthundert gefederte Pferde galoppierten Verbrennung, die unsere Zähne aufeinander klappern ließ und uns eine extreme

Ganzkörpermassage gab. *Was ist die Geschwindigkeitskategorie dieser Reifen???* fragte ich mich kurz. Etwas schneller und die Zentrifugalkraft könnte die schwere Karosserie von den Reifen abwerfen.

Die Vision eines heftigen Unfalls lockerte meinen ausgeübten Druck auf das Gas. Blondie zeigte auf die rasant auf uns zukommenden Bäume, eine unbebaute Strecke etwa 0,2 Ar lang. „Kennst du dich in diesem Wald aus?"

Ich zuckte unbesorgt mit den Achseln. „Mit einer Karre wie dieser ist ein Wald ein Wald!"

Ich fühlte Shockers Knallfrosch-Blick auf mir. Sie seufzte und stellte ihr Handy auf Lautsprecher. „Verfolgt ihr mich?" rief sie.

„Ja Schatz," antwortete Ace. Wir konnten ihn kaum hören. Ich lockerte meinen Fuß auf dem Gas noch ein wenig.

„Wir gehen in irgendeinen Wald! Was ist da drin und was ist auf der anderen Seite?"

Ich stellte mir den Geek in seinem Auto vor, sein eckiges Gesicht vom Tablet auf seinem Schoß beleuchtet. Bobby schaut ihn vom Beifahrersitz an. *Anh Longs* schwere Lider und Crystals kreisförmige Augen blickten neugierig vom Rücksitz her. Aces Galaxy *Note* war nicht seine einzige Rechenleistungsquelle; das Tablet war mit dem Computer in meiner Garage verbunden, seinem großen, schwarzen Wrecker- laut Blondie ein feuchter Traum für jeden Hacker. Das Equipment des Geeks gab ihm gruselig viel Macht. Ich wäre nicht überrascht, wenn er uns jetzt per Live-Feed eines Satellitenanschaute. Er sagte, „Auf der anderen Seite ist eine Industrieanlage. Eine große."

„Können wir es durch den Wald schaffen?" wollte sie wissen.

Ich schaute sie stirnrunzelnd an, *Bitte.*

Ace sagte, „Die topographischen Bilder des Gebiets zeigen Hügel, aber keine sichtbaren Hindernisse. Aber, äh, sie sind alt."

Shocker schüttelte den Kopf, *Nicht gut genug.* Sie mochte das Unbekannte nicht. „Such uns eine Route!"

„Ja Schatz."

Runterschalten, bremsen. Das Knurren der Reifen schwächte in ein tiefes Trällern ab, der Motor wurde ruhiger. Ich fuhr uns die Straße runter durch einen untiefen Graben, das Drehmoment im ersten Gang verankert, all die wunderschönen Schaltpunkte und Schreie des Widerstands in der Schwereinsatz-Antriebseinheit-Mischung mit dem Quietschen und Zischen der Skyjacker Federung, die türmenden Kiefern reflektierten den aufdringlichen Lärm. Die Geländereifen waren zuhause und warfen Haufen an Dreck, Kieferhalmen, Blätter und Äste auf das Polizeiauto, das versuchte, uns zu folgen. Seine Sirene plärrte nervig.

Das Holz wurde immer mehr, steile Hügel voller loser, toter Flora, die wenig Zugkraft auf der Oberfläche erlaubten, der massive Truck versank mit den Reifen in der Erde wie ein prähistorischer Fleischfresser, der seinen Weg in die Freiheit vor einem verfolgenden Jägerstamm fliehend krallte.

Mit einem Blick nach hinten sah ich, dass unser Verfolger keine Bedrohung mehr war. Der Crown Vic' war in unseren Furchen fünfzig Meter hinter uns versunken, der Polizist stand hinter seiner offenen Tür mit dem Rundfunkgerät an seinen Lippen. Er nahm seinen Hut mit breiter Krempe ab und gestikulierte vulgäre Begriffe. Blondie schaute ihn auch an, die Hand an den Mund und die Augen voller Aufregung.

Die Bäume waren stellenweise zu dicht, um durchschauen zu können, aber nicht groß genug, um Broncostein zu behindern. Kleine, junge Bäume, die meisten Harthölzer kaum größer als mein Arm, gingen unter der massiven Stoßstange unter, lagen flach neben unserer Spur und zeigten die beeindruckende Schwade, die wir durch die Vegetation gemäht hatten. Ein verwickelter Strauch Muskattrauben, der von einer Magnolia, gegen die meine Tür kratzte, runterhing, verfing sich in der Winde, brach und riss mit seiner elastischen Kraft den Spiegel von meiner Tür runter.

Wir näherten uns der Spitze des Hügels, einem halben Kilometer von der Straße entfernt, die nun vor Polizisten wimmelte. Ich drückte das Gaspedal ganz runter, das vordere Ende ging über den Gipfel, die Reifen hoben von der Erde ab, erst der Herbsthimmel, dann kam ein großer Baum durch die Windschutzscheibe.

„Ah!" schrien die Mädchen gemeinsam, zusammenzuckend und fingen den Abprall mit ihren Armen am Armaturenbrettgriff ab.

Der Baum, eine Magnolia breiter als meine Taille, hatte nicht ganz genug Masse, um Broncos Willen, ihn zu planieren, zu entkräften. Er kippte langsam um, die Stoßstange pulverisierte den Stamm und schliff dicke Scheiben der Rinde ab, der Geruch grünen Holzes vermischte sich mit den Kohlewasserstoffen des tobenden Auspuffs. Die Super Swamper gruben für mehr Halt, beförderten uns über die Äste der noch stehenden Bäume, Wurzeln zerkrachten und gaben holprig nach, die Spitze der Magnolia krachte auf beeindruckende Manier auf den Boden und nahm mehrere kleinere Bäume mit.

„Yeah!" gackerte ich in Siegerstimmung als wir an dem Obstakel vorbei waren, wir alle drei nach vorne lehnend, jetzt da wir bergab fuhren. Ich schlängelte uns um eine riesige Eiche, raste über einen verrotteten Holzklotz mit der Geschwindigkeit, die uns die Schwerkraft gab.

Die Augen der Biestfrau schimmerten nach unserem Kunststück, ihr Brustkorb hob sich im schwarzen Anzug an, sie zwang sich dazu, langsam zu atmen. Mein Mädchen schaute ziemlich gleich aus, auf all den selben rätselhaften Chemikalien, die unsere Körper produzieren, wenn wir panisch und jubelnd und notgeil und bereit, um unser Leben zu rennen sind- in diesem Fall, alles gleichzeitig.

Ich hatte meine eigene Tasse an Hormonen und Neuro-transmittern, von der ich nippte und die mich mit unendlicher, furchterregender Euphorie betäubte, die durch die Empfindlichkeit der Mädchen verstärkt wurde. Ich war auf der Kante, selbstbewusst, dass ich nicht ausrutschen würde, ohne Angst vor dem sicheren Tod, falls ich es doch tun sollte. Das ergreifende, in-dem-Moment Gefühl... *köstlich*. Weshalb der plötzliche Zulauf von Panik sooo fick-dich-ins-Knie unwillkommen war.

Sechs ungläubige Augen starrten aus der Windschutz-scheibe als ich bremste, um einen Überblick, von unserer neuen Zwickmühle bekommen zu können. Wir waren in einer Art Tal, zwischen zwei großen, bewaldeten Hügeln. Und im Tal?

Ein scheiß-stinkender Sumpf!

„Wie bedauerlich," sagte ich.

„Scheiße," stimmte Shocker zu.

Es war zumindest kein alter Zedernsumpf. Es war ein neuer. Eine mit suppigem Ablauf von den roten Lehmhügeln mit Teilen von Teichschmutz und Entwässerungsröhren. Einer, der wahrscheinlich die Hürde sein würde, wegen der wir nicht springen konnten. Es gab keinen Weg drumherum.

Ich schaute Blondie an. Wir kommunizierten mit

Blicken, öffneten unsere Türen und sprangen raus, Kiefer-
halme krachten und erweichten den drei Meter Sprung.
Schnell, mit unseren erfahrenen Händen, knieten wir uns
neben die Vorderreifen und griffen gekerbten Mechanismus
in der Mitte der Räder, drehten die Warn Radnaben und
fühlten den Click, der signalisierte, dass die Vorderräder
eingerastet waren und bereit, einiges an Torf zu vernichten.

In einem Moment der Verrücktheit, vielleicht von der
180° Wende von erregendem Selbstvertrauen zu ernüch-
ternder Unsicherheit, konnte ich hören, dass die Super
Swamper böse auf mich waren. Das Profil schaute mich mit
buschigen Augenbrauen an, *Jetzt lädst du uns zur Party
ein???* Wie ein bockiger Liebhaber warfen sie mir vor, *Du
benutzt mich!*

„Äh," sagte ich.

„Hoch oder niedrig?" fragte Shocker als wir wieder rein
kletterten und die Türen schlossen.

„Hoch!" sagte ich, während ich die Kupplung betätigte.

Shocker griff den Allradantriebsschalter zwischen ihren
Beinen, zog ihn zurück, dann auf 4-HOCH, eine Gangaus-
wahl, die alle vier Räder engagierte, ohne an Geschwindigkeit zu verlieren.

Als ich den großen Motorblock aufheulen ließ und
mich darauf vorbereitete, auszutesten, wie Super die
Swamper wirklich waren, schossen Pistolen hinter uns.
Scheinbar war unser Spurenmarkierer kein bisschen
schneller als die Geschwindigkeit, mit der ein Donutfresser
durch den Wald rennen würde. Der Penner hatte aufgeholt
und seine Freunde mitgebracht.

„Los!" schrie Blondie duckend, ihr Gesicht bedeckend.
Die Rückscheibe zersprang in einen Scherbenregen, der auf
unsere Köpfe runterfiel.

Ich brauchte keine Mahnung. Ich fuhr uns den Hügel

runter, auf den sumpfigen Boden zurasend, das Terrain wie wahnsinnig nach dem Pfad mit am wenigsten Resistenz absuchend. Und ihn nicht findend. „Dann eben frontal rein," murmelte ich in den zweiten Gang schaltend mit einem Schwung, von dem ich hoffte, dass er uns durch die breite Schlammgrube bringen konnte.

Das Tachometer schwebte um etwa 60 km/h, eine unglaubliche Geschwindigkeit für dieses Terrain, als Broncostein ins Geschäft rollte. Riesige Wellen suppigem Schlamm schossen zu den Seiten des Fords weg, mit großem Druck dutzende Meter weit weg spritzend, Lehmstücke gemischt mit hellbraunem Wasser regneten auf die Haube, das Dach, die Windschutzscheibe komplett bedeckt, jegliche Sicht verweigernd. Der brüllende Auspuff wurde plötzlich still und ich wusste, dass die dicken Röhren heißen Dreck ausstießen wie ein Jetovator unter der Oberfläche.

Der Schwung endete fast sofort, unsere Körper wurden nach vorne geschmissen. Ich fürchtete, dass unser heroischer Ford übertroffen war, aber die Reifen gruben und schleuderten weiter, die Haube knapp unter der Wasserlinie, eine 800-PS-Schute, die sich mit mechanischer Entschlossenheit durch den Mississippi Schlamm drückte.

Die Mädchen schauten mit weitäugiger Besorgnis auf die braungefärbte Windschutzscheibe. Shocker schrie, „Mach die Scheibenwischer an!"

„Sie sind an!" schrie ich zurück den Schalter noch mal nachcheckend, fasziniert von der Sintflut so dick, dass wir nicht mal die Scheibenwischer bei der Arbeit sehen konnten.

Ich kurbelte das Fenster runter. Zurückweichend von dem Regen, den der Vorderreifen über die Tür zurücksprühte, bedeckten die Spritzer meinen Arm. Ich streckte meinen Kopf für einen raschen Blick raus, schielte durch den flüssigen Schmutz, der mein Gesicht sofort bedeckte. Ich sah kurz die Ziellinie etwa dreißig Meter weit weg.

Blondie fand ein Shirt auf dem Rücksitz und warf es zu mir rüber. Ich wischte meine Grimasse ab, einen nervenaufreibenden Griff am Lenkrad, konzentrierte mich auf die Fortbewegung des Trucks durch den Matsch und bemerkte, wie wir tiefer sanken und verlangsamten. *Nicht gut...* Das Tachometer zeigte 55 km/h an, die Reifen drehten sich kräftig im zweiten Gang, allerdings kamen wir nicht schneller als 3 km/h voran. Wir konnten die Haube nicht mehr sehen. Wasser kam durch mein Fenster rein und beflutete die Fahrerkabine. Es machte mir nichts aus, da wir gleich entweder durch waren oder feststeckten. Shocker quietschte, als Wasser ihren Hintern berührte und hob ihn hoch, um sich neben Blondie zu schieben.

Ich konnte immer noch nicht glauben, dass wir feststeckten. Der entscheidende Faktor, denke ich, war der Unterschied in den Achsgetrieben; die meisten 4-Rad Fahrzeuge haben Antriebe, die nur ein Rad vorne und hinten gleichzeitig betätigen. Hardcore Geländefahrer tun gute Allradantriebe in ihre Achsgetriebe, um alle vier Räder gleichzeitig drehen zu lassen. Broncostein hatte erstklassige Radachsen und Antriebe, leidenschaftlich von einem Schlamm-fahr-Maniac unterhalten.

Der alte Mann Tiblier... Ich schulde ihm was... Auch wenn er Blondie einen verbogenen Zylinderkopf verkauft hat und behauptet, sie war es. Der Wichser...

Wir verlangsamten noch mehr, fast stillstehend, sinkend, die Mädchen keuchten, griffen den Sitz und das Armaturenbrett als ich panisch wurde und die Transe in den ersten knallte und versuchte, das Gaspedal durch das Bodenblech zu drücken. Einen Moment später drückte uns die Erleichterung zurück in unsere Sitze, das vordere Ende erhob sich. Wir hatten es auf die andere Seite geschafft und neigten uns aufwärts. Die Motoranzeige ging bis auf die roten Linien und wurde lauter, als die Röhren den Schlamm loswurden, Bronco grub gewaltige Furchen, anderthalb Meter tief, als er aus dem Sumpf kroch. Feminine Siegesschreie ertönten in der Fahrerkabine, aber ich jubelte noch nicht, weil wir immer noch nicht aus der verdammten Windschutzscheibe schauen konnten.

Als deutlich war, dass unser Fahrzeug wieder auf stabilem Grund war, wagte ich nochmal den Versuch, denn Schmutz von unserer Windschutzscheibe runterzubekommen. Ich bremste, fand den neutralen Gang und schwang aus der offenen Tür raus. Ich machte die Scheibenwischer aus und wischte das Glas mit dem Shirt ab. Ich schaute hinter uns. Etwa sieben Cops standen am Rand des Sumpfs ein Fußballfeld von uns entfernt, zeigten und diskutierten über Wege drumherum. Einer sprach in sein Telefon, während er mich anstarrte.

„Macht euch später auf Gesellschaft gefasst," sagte ich den Mädchen, die Tür schließend und das Lenkrad ergreifend. Das glatte Hartholz vibrierte stark, als der 460er leerlief. Ich schaltete in den ersten Gang und fuhr uns zwischen die Bäume.

„Sie werden bald da sein, wenn sie nicht schon da sind," sagte Shocker. Ihr brauner Pferdeschwanz berührte meinen Arm als sie sich an mein Mädchen wandte. „Schonmal eine Jungfrau in Nöten gespielt, um einen Cop zu verarschen?"

Blondie gab ein schelmisches Lachen.

„Ist das, wie du das gemacht hast?" fragte ich.

Sie nickte, immer noch Blondie anschauend. „Ich tat so, als hätte mich jemand ausgeraubt. Ich hatte einen Hut und eine Jacke ausgeliehen, um mich vor der Polizei zu vermummen, die mich und Ace verfolgte. Ich – "

„Warte. Warte warte warte." Ich stieß ein Lachen aus. „'Ausgeliehen'? Du kannst das Wort 'gestohlen' nicht mal sagen." Ich stieß sie mit meinem Ellbogen an. „Komm schon. Sag es. *Ich habe einen Hut und eine Jacke gestohlen'.*"

Sie mochte meine Imitation ihrer Stimme nicht. Als sie mich anschaute ging ein Funkeln durch ihre Augen. Es erinnerte mich an einen TV-Mörder, dessen Schatten an das beleuchtete Fenster vorbeilief, durch einen Trick im Auge wahrgenommen. Sie grölte, „Ich habe sie geliehen."

Ich streckte meine Zunge zu ihr raus. Sie atmete aus, kicherte, dann beendete sie ihre Geschichte Blondie zugewendet. „Die Polizisten suchten überall nach uns, als wir aus den MDOC Transport Wagen entkommen waren. Einer kam raus, um irgendeiner armen, weinenden Frau zu helfen und bekam eine große Überraschung." Sie rieb sich über die rechte Faust und lachte. „Ich habe mir die Hand auf seinem deutschen Panzerkopf gebrochen. Aber ich habe sein Auto bekommen und wir konnten abhauen."

Ich hatte das Grinsen aus Cartoons auf meinem Gesicht. Ich klimperte mit meinen klaviertastenartigen Zähnen. Ich erinnere mich an ihren Gefängnisausbruch von den Nachrichten. Aufgrund ihres Bekanntheitsgrads als Boxerin und Aces Berüchtigtheit als Wikileaks Hacker war die Nachricht riesig. Zwei unidentifizierte Männer, von denen ich jetzt wusste, dass es Bobby und unser Coach waren, hatten ihnen Hilfe geleistet. Und mit Hilfe geleistet meine ich die Scheiße aus vier Cops rausgeprügelt. Am Ende waren sechs Polizisten überfallen worden und einer von einem Auto angefahren. Von dreien waren die Autos zertrümmert und von einem war das Auto von Shocker geklaut worden.

Oh ja. Ich schaute die Biestfrau an und hielt fast an, um sie zu umarmen.

Das Dickicht bestand fast nur aus Ästen, kleine, sommergrüne Bäume mit ein paar braunen und roten Nachzügler Blättern hier und da hängend. Sie rasselten runter als das Ford Monster herbeistampfte, das tief ertönende Gebell schwang den Teppich aus toten Kieferästen hoch. Geradeaus wurden die Bäume dünner und endeten plötzlich, ein Beton- und Stahlherstellungskomplex wurde sichtbar. Ich ließ Broncostein aufheulen und feuerte uns direkt über die verbleibenden Bäume, wissend, dass wenn irgendwelche Cops in der Umgebung waren, sie genug von dem 800 PS K.W. Cook Special unter der Haube gewarnt wurden. Es ergab keinen Sinn, herumzuschleichen.

Es gab Straßen, die um das ganze riesige Industriegebiet gingen. Zweistöckige Betongebäude mit mir unbekannten Zwecken waren direkt auf der gegenüberliegenden Seite. Ich überquerte rasant die Straße zu ihnen hin, die Reifen, die aus dem Dreck kamen, griffen den Bürgersteig mit einem Bellen, was uns auf unseren Sitzen festnagelte. Ich bremste, wendete, trat aufs Gas, hoffend darauf, einen Spot zu finden, diesen Giganten zu verstecken. Wir mussten ihn so schnell wie möglich von der Straße runterkriegen.

„Da! Links Schatz!" zeigte Blondie.

Ich drehte um und schaltete. Auf der Seite von irgendeiner Art kiesverarbeitender Fabrik waren zwei Reihen Muldenkipper und hinter ihnen ein paar Betonmischer. Ich schmunzelte, als wir neben dem ersten Mac stehenblieben; Broncosteins Haube war höher. Das ließ mich wie ein Schwergewichtsbewerber fühlen.

Der Motor lief und hallte von den riesigen Trucks auf beiden Seiten. Wir parkten, relativ außer Sicht. Als ich den Motor abschaltete, starrten wir einen Moment lang auf das

Armaturenbrett, drei Gerätefreaks würdigten zusammen das mechanische Wunder, das uns hierhin gebracht hatte. Die Nachwirkungen des stürmischen, emotionalen Stürzens gab mir das Gefühl, eine NASA Rakete gesteuert zu haben und dabei einen Kokain-Shake durch einen fetten Strohhalm geschlürft zu haben. Unser kollektives Seufzen war ein wenig kitschig, also huschte ich die Mädchen raus und kletterte dann selbst an ihrer Seite raus. Ich sprang runter und schaute mich noch ein letztes Mal um. Der Schlamm und die Pflanzen, die noch an der Karosserie und dem restlichen Fahrzeug klebten waren, ganz einfach, fabelhaft.

„Wir könnten uns einen von diesen nehmen," Blondie zeigte auf einen Muldenkipper.

Ich schüttelte den Kopf. „Wir würden einen gigantischen, sichtbaren Wagen gegen einen anderen eintauschen." Ich klopfte auf das Schutzblech eines Macs. „Und dieser hier wird keine Polizeiwagen überfahren oder durch Sümpfe fahren."

„Wahr." Blondie schürzte die Lippen, dann wurde sie wieder böse, ihre Augen verschmälerten sich mit einem Plan. Sie schaute von mir zu Shocker rüber. „Wir werden deinen Plan verfolgen. Ich trickse ihn aus, du stiehlst das Auto."

Shocker nickte ernst. Ich ließ die Mädchen dieses Mal das Sagen haben, folgte ihnen dicht hinter ihre mit Leder und Kevlar bekleideten Hinterteile und versuchte sehr fest, nicht abgelenkt zu werden. Sie trugen ihre Helme, Shockers Wanderschuhe und Blondies geliehene Sandalen berührten den Boden so sanft wie die Schritte zweier Ballerinas, meine Rockports hinter ihnen viel lauter.

Die Gebäude waren aus Beton und blauem Blech, manche klein, die meisten sehr groß. Um die Büroeingänge drum herum Gehwege mit kleinen Blumenbeeten daneben, alle leer. Aus was auch immer für einem Grund waren die Büros in dieser Gegend genauso verlassen. Breite Fahrzeuge kurvten bei und zwischen den Gebäuden, ihre Parkplätze außerhalb der kleineren.

Die Sonne spiegelte sich in dem Ford Fusion und dem Toyota Avalon, auf den wir wechselten. Hockend und um die Ecke einer Stahlwand schauend, stand Shocker über mir, als wir uns die Fahrzeuge hinter den Autos anschauten und flüsterten, um nach Zeichen der Annäherung zu hören mit Ohren, die immer noch weh taten.

„Jeden Moment wird ein Streifenwagen vorbeifahren," sagte Shocker. „Sie werden verteilt sein, also sollte es nur ein Auto sein." Ich nickte beeindruckt und blieb still. Sie drehte sich um und sprach zu Blondie. „Sie müssen dich in Nöten sehen. Aber lass sie erst an dir vorbeifahren, damit du nicht auf ihrer Dashcam zu sehen bist."

Eine Spottdrossel landete auf dem Dach des Toyota und zwitscherte. Als würde ich die Schönheit des Ganzen kommentieren wollen, sagte ich Shocker, „Ich glaube, du bist eine geborene Kriminelle."

Sie seufzte, „Halt die Klappe."

„Ich schaff das," sagte Blondie nonchalant. Sie reichte mir ihren Helm.

Ich schaute auf ihre langen Beine und ihren bewegenden, engen Lederarsch als sie zu den Autos joggte und sich neben sie duckte. Auf ihren Fersen sitzend schaute sie über die Tür des Avalon, dann über den Fusion und checkte beide Seiten der Straße durch die Fenster. Wir mussten nicht lange warten. Der Kühler eines Crown Victoria Interceptor schwirrte neben den Gebäuden zu unserer Rechten her, V8 Geräusche dicht dahinter. Er beeilte sich nicht, was bedeutete, dass der Fahrer sich gründlich umschaute.

Bitte hab keinen Freund, dachte ich.

Als der Schwarzweiße sich dem Avalon näherte, bewegte Blondie sich zentimeterweise um ihn herum und behielt das Auto zwischen ihr und dem Cop. Shocker und ich duckten uns außer Sichtweite mit dem Wissen, dass Blondie ihn früh genug stoppen würde, bevor er weit genug die Straße runtergefahren war, um uns zu sehen.

Krrr! Der Cop trat auf die Bremse. Wir hörten das Gekreische einer verletzten Frau und seine öffnende Tür. Wir streckten unsere Köpfe um die Ecke, um uns die Show anzusehen.

„Bitte!" jammerte Blondie den Polizisten an, ein großer, blonder Hilfssheriff, der seine Brust mit Wichtigkeit rausstreckte. Wenn Abercrombie Uniformen herstellen würde, wäre er ihr Model. „Hilfe, bitte! Sie haben mein Motorrad gestohlen!"

Der Hilfssheriff eilte zum schönen Motorrad-Chick, die magischerweise hinter seinem Auto aufgetaucht war. Er griff ihre Schultern, um ihren wackeligen Stand zu unterstützen. „Ist alles okay? Erzähl mir, was passiert ist."

Blondie schaute ihn von unter ihren zersausten Haaren an, ihre Augen glasig mit emotionalem Trauma. Das Mädchen konnte schauspielern. Sie schrie ihn plötzlich an und griff ihm an seine Uniform. „Sie haben sie nicht gesehen?!"

„Nein. Äh - "

„Das liegt daran, dass sie direkt hinter Ihnen sind!"

Der Mann drehte sich ruckartig um und wollte nach seiner Waffe greifen, seine Augen weit aufgerissen, als er die Biestfrau eine Armlänge entfernt sah. Ihr Gesicht war in den Zerstör-Modus verzogen, aufgespulter Schreck, der den Mann temporär betäubte. Ich stand hinter ihr und hielt die Helme, gelangweilt nebenbei, der Freund, der darauf reingefallen ist, mitzukommen, nur um die Einkaufstüten zu tragen. „Hey," sagte ich ihm mit desinteressierter Stimme.

Shocker gab ihm nicht die Chance, seine Waffe aus dem Halfter zu ziehen, sondern überfiel ihn mit einer rechten Gerade, blitzschnell. Ich dachte, sie würde auf den Unterbauch zielen und schnalzte überrascht mit der Zunge, als ich ihre Knöchel in seinem Handgelenk versinken sah. Die wahrscheinlich gebrochene, gelähmte Hand ließ die Pistole mit einem Metallklappern fallen. Ihre linke Faust traf ihn eine Millisekunde später, verdrehte seine Schultern und seine Hüfte, und warf einen bombastischen Haken, der in ihrem aufgestellten linken Fuß begann und endete, nachdem er auf seinen offenen Mund aufgeprallt war, sein Kiefer brach scharf und machte ein Geräusch wie ein Husten, das plötzlich abgebrochen wurde. Der Kampfesschrei der Biestfrau echote zwischen den stillen Gebäuden.

Da sie nicht überboten sein wollte, demonstrierte Blondie ihre recht-Gerade, linker Haken Kombo. Bevor Shockers Schläge vollständig von ihrem Opfer erfasst wurden, machte sie mit entblößten Zähnen einen Schritt nach vorne, drückte sich stark von ihrem Hinterbein ab und fuhr ihre rechte Faust in seine Niere, der linken Haken grub sich einen Moment später in seine unteren Rippen, *bom-bom!* Ihre Kampfausstöße waren eher wie laute, feminine Atemzüge als Kraftgebrüll, wie eine Tennismeisterin, die einen 200 km/h Aufschlag raushämmerte.

Und er wurde aufgeschlagen, kicherte ich in Gedanken.

Die Attacken von beiden Seiten mit solcher Grausamkeit und Präzision der Schläge waren zu viel für das Nervensystem des Schönlings. Die Zeit, von als er aus dem Wagen ausgestiegen ist, um dem „Opfer" zu helfen, bis er auf dem Bürgersteig lag, betrug vielleicht sieben Sekunden.

Die zwei umwerfenden Kämpferinnen standen mit geballten Fäusten über ihm, die vor Killer-Instinkt schnaubenden Münder leicht geöffnet, und stellten sicher, dass das Ziel erledigt war.

Das war ein Bild, das ich mir für den Rest meines Lebens angucken könnte.

„Hör auf zu grinsen und steig ins Auto," sagte Shocker mir und nahm ihren Helm zurück. Sie lief rüber und lehnte sich über den Fahrersitz des Streifenwagens. Dann kam sie zurück mit einer schwarzen Vorderschaftrepetierflinte und gab sie mir. Blondie nahm sich die gefallene Pistole.

„Wofür ist das?" fragte ich die Waffe anschauend.

Shocker schaute Blondie an, dann drehte sie ruckartig ihren Kopf in meine Richtung sowie, *Männer, was?* Sie sagte mir, „Um dich weniger unbeholfen fühlen zu lassen, während ich dir zeige, wie man einen Fluchtwagen fährt."

Die Mädchen gackerten, als sie sich in die Vordersitze setzten und die Tür schlossen. Ich ging hinten rein und schaffte es nicht, einen verbissenen Blick zu unterdrücken. Ich legte die 12er Flinte auf den Sitz.

Ich hatte den Cop zwischen dem Fusion und dem Avalon gezerrt. Aber entweder, er wacht bald auf oder wird gefunden. Wir mussten aus dieser Gegend raus, bevor das passierte. Blondie und ich blieben auf dem Boden, Shocker fuhr uns auf den Ausgang des Komplexes zu wie ein Hilfssheriff, der fertig war, die Gegend zu patrouillieren, ohne Eile, die leichte Scheibentönung war genug, um andere Cops aus Distanz um ihre Identität zu täuschen. Ein anderer Hilfssheriff umkreiste ein Gebäude weit auf unserer linken Seite. Shocker winkte ihm zu. Die Silhouette hinter dem Lenkrad winkte zurück und bog ab, um um ein anderes Gebäude herum zu fahren, wo ein absoluter Schwarm an Polizeiwagen sich für eine Rastersuche ansammelte. Ich stieß einen Atemzug aus und spähte mit gesenktem Kopf aus der Rückscheibe.

Shocker legte ihr Handy auf den Sitz. Ace war auf Lautsprecher. „Geht auf den Highway 49," sagte er. „Ich kontrolliere die Lichter südlich der Autobahn."

Shocker schaute mich wieder an. Ich sagte, „Perfekt. Das könnten wir gebrauchen. Wir lassen diesen -"

„Eins-null-neun," sagte das Radio am Armaturenbrett laut und fror meinen Mund ein. Wir waren in 109.

„Äh," sagte Shocker und biss sich auf die Lippe. „Gib uns eine Minute Ace." Sie fuhr aus dem Industriegebiet raus, auf die Straße, die zum Highway führte, die Beschleunigung drückte uns in unsere Sitze.

„Eins-null-neun?"

„Gib her!" Ich lehnte mich nach vorne durch die offene Plexiglas Trennwand und nahm das Mikro, das Spiralkabel dehnend. Ich drückte den Sendebutton und murmelte das allgemeine Situation-ist-sicher, realisierend, dass der Polizist Blondies gestresstes Auftreten mitgeteilt haben musste.

Wir hielten unseren Atem für mehrere Sekunden und dachten, es hätte funktioniert oder wäre zumindest kein so großer Fehler gewesen, dass es keine Nachfrage mehr gab. Mich überkam die Irritation, als das Radio sagte, „Brian? Alles okay?"

„Sie schwärmt bestimmt für den Abercrombie-Deppen," murmelte ich.

„Hä?" Shocker runzelte die Stirn.

„Egal." Ich schaute mein Mädchen an.

„Bin dabei." Sie schöängelte sich wieder über den Boden, die Hände unter das Armaturenbrett, um den Kabelstrang für das GPS zu finden.

Die Brise, die durch die vorderen Fenster reinkam war kühl, aber das Auto war heißer, als ein reiches Crackhaus. In den acht Minuten, die wir bis zum Highway 49 brauchten, wurden hunderte Agenten alarmiert. Das GPS war abgeschaltet, also konnten sie unsere Position nicht ermitteln und die Straßen, die wir bis jetzt benutzten, waren meist ohne Verkehr. Den Polizeibeamten auf dem Radio zuzuhören half, auch wenn sie sich dessen bewusst waren und Codewörter benutzten, mit der keiner von uns vertraut war. Der wahre Segen war Ace. Er verfolgte uns über das iPhone seiner Frau und wusste irgendwie, wo alle Cops waren. Selbst Blondie, eine Mitbewerberin in der Hacking Welt, war vom EDV-Glücksbringer des Geeks verblüfft.

Könnte er sich wirklich zur selben Zeit in die Polizei-, Sheriff-, und die Highway Patrolsysteme gehackt haben? Ich lachte, „Hat wahrscheinlich eine App dafür." Kam einem unmöglich vor, doch er wusste es und hatte uns schon zwei mal gewarnt, so dass Shocker uns nahe an einen großen Truck als Deckung steuern konnte. Wir cruisten unter die Interstate 10 Überführung durch, Blondie und ich immer noch unten liegend.

„Sie sind nördlich auf der ganzen Neunundvierzig," sagte Ace, seine Stimme selbstgefällig im kleinen Lautsprecher. „Bobby gab der Polizei einen anonymen Tip, er behauptete, dass er Leute in Lyman gesehen hatte, die keine Cops waren und einen Polizeiwagen geklaut hatten. Ihr solltet jetzt in Sicherheit sein."

„Oh, das ist also los," schnurrte Blondie. Sie schaute Shocker an, die immer noch hochkonzentriert auf den entgegenkommenden Verkehr und die Seiten des Highways schaute, hatte allerdings schon etwas verlangsamt und ihren Griff am Lenker etwas gelockert. „Bobby ist ein guter Freund, was?"

Shocker lächelte breit. „Ich habe ihn vor Jahren im Casino kennengelernt. Er war in einer Suite mir gegenüber." Sie seufzte mit Gedanken an einen anderen Lebensabschnitt. Ich versuchte stark, ihren Girl-Talk abzublocken, aber meine verdammten Ohren verrieten mich. „Er machte bei einem Bodybuildingwettbewerb mit am selben Abend, an dem ich da einen Kampf hatte. Also hatten wir natürlich VIP-Pässe für jegliche Art Event-Scheiß. Wir liefen uns immer wieder über den Weg. Letztendlich hörten wir auf, einfach nur hi zu sagen und hatten eine Unterhaltung. Es stellte sich heraus, dass er Spezialist für Autofarbe und Karosserie war und es geschah zufällig, dass ich zu der Zeit einen für mein Geschäft suchte. Der Mann kennt sich mit Metall und Farbe aus." Sie strahlte vor Stolz.

„Boss," Bobbys Baritonstimme belastete den Handylautsprecher, er lachte dabei. „Erzähl jetzt nicht all meine Geheimnisse."

„Genau," stimmte Ace zu und lachte mit seinem Freund. „Erzähl ihnen nicht, wie der Mann Codes schreibt. Wie Razor sagte, ich dachte Frauen reden nur über Männer, wenn sie nicht dabei sind."

Blondie grinste. „Er nennt dich immer noch 'Boss', behandelt dich aber wie eine Schwester."

„Besser so," lachte Shocker. „Wir haben schon so viel durchlebt. Und er hatte nie einen besseren Freund als Ace. Die zwei..."

Ah. Erleichterung. Die alte Finger-in-die-Ohren-und-summen Taktik war kindisch, sicher, aber effektiv. Ich summte *All Along the Watchtower* von Jimi Hendrix, während ich mich auf dem engen Rücksitz ausstreckte. Als ich fertig war und durch meine mentale Musiksammlung blätterte, rammte mein rechter Finger plötzlich tief in mein

Ohr, das Auto schleuderte vorwärts, die Transmission fiel in den Ersten, als Shocker es zum Rasen brachte.

„Au." Mit einer Grimasse auf dem Gesicht strengte ich mich an, mich wieder aufzusetzen. Die Beschleunigungskraft des fahrtaufnehmenden V8 half nicht. Ich war müde und verkatert von dem ganzen Adrenalin. Ein Blick aus der Rückscheibe machte mich allerdings auf der Stelle wieder munter.

Mein Herz schlug aufgeregt, meine Augen waren mal wieder wach und aufmerksam, ich beobachtete die Gulfport Polizeiwagen direkt hinter uns. Zwei von ihnen. Ace rief etwas und die Ampeln der Kreuzung, auf die wir zufuhren, wurden grün, viele Autos, die von Ost und West kamen, machten Vollbremsungen. Metall zerdellte und kreischte, eine Stoßstange flog uns über die Haube. Shockers fachmännisches Fahren brachte uns durch die Hindernisse, die Ampeln wurden rot, sobald wir an ihnen vorbei waren. Mehr Bremsen quietschten, als der Verkehr dichter wurde. Ich drehte mich rechtzeitig um, um wieder hinten rausschauen zu können und einen unverkleinerten Tieflader, der ein Boot schleppte, in einen Polizeiwagen rammen zu sehen, das vordere Ende zerkrachend, der Anhänger stellte sich quer, das Boot fiel herunter auf einen Honda Civic. Mehr Gulfport PDs fuhren auf den Highway, sie hatten einen Weg um die Kreuzung gefunden, fünf rasende Cruiser, die uns einholen wollten.

Aufgeregt öffnete ich meinen Anzug, schlängelte eine Hand in meine Jeans und holte mein BlackBerry raus. Ich drehte mich um und nahm die Szene auf. „Ganz genau," freute ich mich hämisch und nickte das großartige Filmmaterial an. „So gefällt's mir!"

„Was machst du da?" schrie Shocker mich an.

Ich steckte mein Handy weg und zog den Reißverschluss hoch. „Chill und fahr weiter, Frau. Es ist nicht so, als -"

BAM!

Aus dem Nichts krachte ein Auto in unsere rechte Seite. Der gewaltige Aufprall schmiss uns sofort gegen die Türen, schmerzhaft, Shocker auf Blondie, explodierendes Glas regnete über unsere Köpfe, Sitze, den Boden und das Armaturenbrett. Unser Auto schlitterte auf den gesprengten Reifen, drehte sich halb um, die Stahlräder machten auf dem Bürgersteig jede Menge gequälten Lärm. Wir drehten uns wieder nach vorne, immer noch mit hoher Geschwindigkeit schlitternd, dann krachten wir in etwas zu unserer Linken, das jeden auf die Seite des Autos warf.

Wir kamen in den Stillstand, der Motor würgte ab.

Mein Kopf war laut, mein Körper stellenweise taub und ich wollte einfach nur da liegen. Aber ein Teil von mir aktivierte die Notfallreserven und fuhr die Flucht- und Überleb-Funktion hoch. Panik, feurig und fremd, ballte sich in mir auf. Irgendwas war ganz falsch, aber nicht bei mir. Ich sah etwas, das ich noch nicht registrierte. Meine Arme und Beine zuckten. Eine Stimme in meinem Kopf schrie, „Beweg deinen Arsch, JETZT!"

Ich kletterte hoch, um mich umzuschauen. Es waren bloß Sekunden vergangen. Hinter und rechts von uns war der Polizeiwagen, der uns gerammt hatte, die riesige schwarze Rohrstoßstange verformt, der Polizist unbeweglich hinter seinem ausgelösten Airbag. Ich schaute nach links. Der Fahrbahnteiler aus Beton, gegen den wir geknallt waren, hatte die Türen auf der Seite abgeflacht. Das Glas in allen vier Türen fehlte, die Partikel waren überall verteilt, selbst in den Haaren der Mädchen, die blendend aussehen würden, wenn Blondies verwuschelte, goldene Locken nicht von Blut gefärbt waren...

In einem Moment reinen Schreckens realisierte ich, dass beide Mädchen bewusstlos waren und Blondie ernsthaft verletzt. Ihre Tür hatte die volle Auswirkung des Unfalls abbekommen. Sie war eingedellt, die Plastikrahmen und das Metallgestell verbogen, über ihr Bein langgestreckt. Ich hatte meinen Kopf durch die Trennwand gesteckt, meine Zähne zusammengebissen, mein Kopf überflutet, vom Anblick des offenen, blutenden Mundes meines Mädchens vergiftet.

Die Zeit stand still. Meine Gedanken rasten. *Atmet sie? Sie kann nicht... tot sein?*

Meine Sicht wurde schwammig, die Wangen kühl, als der Wind die Tränen auf ihnen berührte. Ich schluckte einen Atemzug, tat mich dabei mit meinem zusammengeschnürten Hals schwer. Ich schrie wütend. Ich hatte keine Zeit für Gefühle!

Da ich wusste, dass die Türen eingeklemmt sein würden und es komisch und zeitraubend wäre, ein Fenster rauszuschlagen, verschwendete ich keine Zeit in die Richtung. Ich drückte meinen Rücken gegen die Trennwand, trat die Rückscheibe raus, mein Stiefel ging gerade durch, Glasteile explodierten auf den Kofferraumdeckel. Ich war auf und aus dem Auto, stampfte über das Dach und, zwei Herzschläge später, trat die Windschutzscheibe ein. Es brauchte mehrere harte, knochenerschütternde Hackentritte, bis das zerbrochene, spinnennetzartige Glas auf dem Airbag lag. Zu dem Zeitpunkt wachte Shocker auf und schaffte es, den Airbag loszuwerden und mir dabei zu helfen, das Glas aus dem Auto zu bekommen. Ich schmiss es beiseite, fiel auf die Knie und langte nach meinem Mädchen.

„Gehen Sie vom Auto runter und legen Sie sich auf den Boden!" schrie irgendein Arschloch. „Wir werden schie-

ßen!" Meine Stiefel kamen dumpf auf und laute Waffen-
schüsse konnten aus der Ferne gehört werden.

„Sie steckt fest!" sagte Shocker belastet, an Blondies
Arm zerrend. „Wir müssen sie zurücklassen!" Sie lies los
und kletterte über das Lenkrad raus.

„NEIN!" schrie ich mit rauher Stimme und wischte
meine Augen ab, „Ich bringe sie nach Hause."

Shocker stieß einen frustrierten Atemzug aus. Dann
tauchte sie kopfüber zurück ins Auto und schnappte sich
die Pistole, die Blondie auf den Sitz hatte fallenlassen. Ich
half ihr wieder raus. Wir rutschten von der Haube runter,
hockten uns vors Auto und versuchten, nicht das Frostschutzmittel aus dem Motor einzuatmen. Sie hielt die
Waffe vor ihr blutbedecktes Gesicht, kleine Schnitte auf
ihren Wangen, ihre Augenbrauen und Kopfhaut leckten.
Sie wischte sich die Stirn ab, zusammenzuckend, als noch
etwas Glas tiefer in ihr Gesicht gedrückt wurde. Mit
wahrem Kriegergeist tat sie so, als würde das Blut nun nicht
viel schneller von ihr runter laufen. Sie schaute mir in die
Augen. „Ich zieh sie ab. Du holst sie raus." Ich nickte und
hielt ein Schluchzen zurück. Sie sagte sich selbst, „Immer
der schwere Weg," und sprang auf einmal über den Fahrbahnteiler auf die gegenüberliegenden Verkehrsbahnen, die
noch nicht stillgelegt waren. Schreie, dass sie stehenbleiben
solle, wurden ignoriert. Sie sprintete ziemlich weit weg,
blieb mitten auf dem Highway stehen, drehte sich um und
zielte über die Dächer der vorbeifahrenden Autos, feuerte
einen Schuss auf einen Polizeiwagen, dann drehte sie sich
wieder um und rannte weiter, wissend, dass sie nicht
schießen konnten aufgrund des dichten Verkehrs. Autos
hupten und beschleunigten oder bremsten, um die
verrückte Frau mit der Pistole zu vermeiden.

Quietschende Reifen, Schreie und brüllende Polizisten

konkurrierten sich mit den Sirenen und Rennmotoren in einer Dissonanz-Attacke, ein Chaos, welches ich auszublenden versuchte, damit ich mich darauf konzentrieren konnte, mein Mädchen freizubekommen. Das Frostschutzmittel sorgte dafür, dass ich auf der Motorhaube wegrutschte. Ich griff den Rahmen der Windschutzscheibe und schnitt mir an den Glasscherben ins Handgelenk. Ich fühlte es nicht. Ein Schluchzen kam von meinen Lippen, als ich reinkroch, um die Tür, die über ihr lag, zu untersuchen. Ich streichelte ihre Wange. „Ich hab dich," flüsterte ich inbrünstig.

Noch ein Schuss ertönte, dieser weit weg auf der anderen Seite der Cops und es dämmerte mir, dass Shocker sie umkreiste und den Verkehr zwischen ihnen hielt.

Sie werden sie niemals zu Fuß bekommen, versicherte mein Unterbewusstsein mir.

Mir war das Risiko, das sie für uns einging, bewusst und ich wollte nicht, dass es für Nichts war. Ich hatte keine Zeit. Ich brauchte eine Lösung.

Ich schaute durch die Trennwand aus der Rückscheibe raus. Eine Truppe Agenten mit taktischer Ausrüstung stellten sich neben einem gepanzerten Truck fünfundsechzig Meter weit weg mit M-16s in ihren Händen. *Ich hatte noch nie Spezialwaffen und Taktik hinter mir...* Sie werden dieses Auto überstürzen und uns beide innerhalb einer Minute umbringen.

Ich schaute auf das Auto, welches uns gerammt hatte. Es war auf der Spur ganz rechts, etwa zehn Meter weit weg. Mehrere Polizisten in Uniform hatten ihre Pistolen von hinter ihren offenen Türen auf mich gerichtet, ihr bewusstloser Kamerad wurde von anderen weggetragen.

Ich schaute auf den Rücksitz runter, mein Herzschlag hoch. *Die Flinte!* Ich reichte schnell nach ihr und zog sie durch die Trennwand. Ich schob eine Kugel in den Schacht, *klick-klack!* Polizisten schrien mir zu, sie fallen zu lassen. Ich schaute auf die zerschmetterte Tür und auf die Helme auf dem Boden. Die Waffe zur Seite legend, nahm ich Blondies Helm und zog ihn über ihren Kopf, vorsichtig, hoffend, dass ich nichts an ihrem Nacken verletzte. Ich befestigte den Kinngurt. Dann zog ich Shockers Helm auf. Ich zog Blondie auf mich zu und zielte mit der Flinte auf die Fahrzeugsäulen Tür wo ich wusste, dass der Riegel war, und drückte ab.

BOOM!

Die Flamme stieß riesig auf, meine Ohren wurden sofort von Erschütterung betäubt. Ich entlud die Waffe auf die Tür und die Säule, die Scheiße so schnell wie möglich leerpumpend. Teile vom Metall, Plastik und Blei schossen in ihre stille Form, *schlugen* unsere Helme ab, Leder und Kevlar verhinderte Penetration. Die Tür war jetzt in Brand, qualmte toxische Abgase und mich überfiel eine neue Angst.

Sie wird verbrennen!

Die Pistole klickte leer und ich ließ sie auf den Boden fallen. Ich hob mein rechtes Bein über sie und begann, die Tür mit meiner Hacke zu hämmern, immer und immer wieder, wütend mit biestiger Energie. Die rasende, unmenschliche Kraft, die durch meinen Körper rannte, war gruselig zu erfahren. In einem Moment der irrsinnigen Klarheit erfuhr ich eine Angst klarer und größer, als ich mir jemals hätte vorstellen können. Es trieb mich. Es war eine Offenbarung. Liebe oder Angst alleine wäre nicht genug emotionaler Antrieb, um diese Herkulesaufgabe zu bewältigen, aber Liebe und Angst zusammen, die Angst, meine Liebe zu *verlieren...*

Bam! Bam! Bam! Ich knurrte bösartig, mein Bein wie ein

Presslufthammer. Auf einmal war mein Stiefel im Sonnenlicht, die Tür fiel raus, von ihr runter. Die Flammen schossen in die Höhe, als die Luft an die Türöffnung kam. Hoffnung stieg in mir auf. „Ich hab dich," flüsterte ich und griff ihr unter die Arme.

„Aus dem Auto, jetzt! Legen Sie sich auf den Boden oder wir werden schießen!"

Ich verspottete sie.

Ich kletterte vorne raus und zog Blondies schlaffe Form über das Armaturenbrett auf die Motorhaube. Ein SWAT Agent feuerte auf mich, seine Gewehrkugel nagelte mein Schulterpolster und stieß mich vom Auto runter. Mein Kopf schwirrte, ich hatte wenig Energie, nach der Leistung, sie freizubekommen. Ich griff sie und versuchte, sie zu wiegen, schaute aber auf, als ein Schuss ertönte.

Die SWAT-Mitglieder duckten sich und waren gezwungen, ihre Schilde wieder hochzunehmen, als Shocker auf sie feuerte, ihr Pferdeschwanz wehte hinter ihrem schwarzen Anzug während sie hinfortsprintete, gerade außer Reichweite, ein geisterhaft schneller Lauf mit ihrem erröteten Gesicht.

Erkennend, dass sie die eigentliche Bedrohung war, stellten sie sich rasch in einer neuen Formation auf und begannen systematisch, sich in ihre Richtung vorzubewegen und das Netz auszubreiten. Viele Schwarzweiße lösten sich von dem Trupp und rannten auf das Geschäft zu, hinter das sie verschwunden war. Ich hielt Ausschau nach einem besorglichen Moment aus in der Hoffnung, dass ihr gestörtes Dasein sie abschütteln konnte. Ich stieg über das Beton Fahrbahnteiler.

Als ich ein Bein rüberbekam, trafen uns mehrere Kugeln. Blondies Helm widerhallte mit einem knallenden *Pop!*, die supersonische Kraft warf ihren Kopf an die Seite.

Mein Antlitz wurde rot und lief mit heißer Wut voll. Eine zweite Kugel folgte und traf meinen unteren Rücken, knapp neben meinem Lendenwirbel, der sicher gebrochen wäre und das hier beendet hätte. Aus rot wurde schwarz, meine Augen blinzelten schleunig, meine Rumpfmuskulatur kontrahierte in komische Verdrehungen.

„*Gah-rrr!*" ich knirschte die Zähne so fest, dass ich dachte, meine Backenzähne würden brechen. Ich fiel auf die Knie und quälte mich mit einem plötzlich geschwächten linken Bein.

Das, Bein war eh nicht so viel wert, meinte mein Unterbewusstsein fröhlich.

„*Gah-rrr!*" antwortete ich und stand wieder auf. Blondies fünfundvierzig fühlten sich jetzt doppelt so schwer an. Ich schwankte über die Fahrbahnen ohne jegliche Vorsicht, keine peripherische Sicht durch den Helm, und ersparte der Polizei fast noch weitere Versuche. Eine Reihe an Autos bremste stark, einige machten im letzten Moment einen Schlenker. Ich war ziemlich sicher, dass alle anderen gestoppt oder verunglückt waren, also zeigte ich den angepissten, schreienden, gestikulierenden Autofahrern betrunkene Daumen hoch und taumelte auf die andere Seite. Als ich sie anschaute fragte ich mich, wie der Verkehr immer noch laufen konnte, auch wenn ich mich über den Schutz, den er mir gegen die Polizei bot, freute. Dann dämmerte es mir, dass die Polizei noch keine Zeit gehabt hatte, ihn zu stoppen, nur ein paar Minuten waren vergangen seit dem Unglück. Es kam mir wie Stunden vor.

Ich wusste, dass in diesem Moment auch auf der anderen Seite des Highways Cops waren, aber nicht ansatzweise so viele; der Hauptteil des Trupps war am Geschehen konzentriert oder Shocker am Jagen. Ich hinkte so schnell ich konnte über den Seitenstreifen in den grasbewachsenen

Graben, der an der Ostseite des Highways verlief, ich schwang den Helm nach links, nach rechts, auf der Suche nach Streifenwagen. Ich entdeckte mehrere, die durch den Verkehr auf der entfernten Kreuzung auf uns zu rasten, Blaulicht und Sirenen zwangen die anderen Fahrer an die Seite.

Hink-hink-hink! Ich torkelte auf eine Straße zu, vor Schmerz nach Luft schnappend und angepisst, weil es schon eine Mammutaufgabe war, meine Augen zu fokussieren. Ich musste mich hier richtig reinsteigern, etwas Kontrolle über mein Bein bekommen. Es ließ schon nach, aber es war kein kleiner Bluterguss, den ich eben weglaufen konnte. Die Kugel tat *weh*, Kevlar sei verdammt. Meine Schulterpolster hatten Kugeln von einem Gewehr und einer Pistole abgefangen. Mein kompletter oberer Rücken war steif und tat weh von den SKS-Kugeln, die das Polstermaterial zwischen meinen Schulterblättern getroffen hatte. Und meine Seite hatte eine abbekommen, die wahrscheinlich eine Rippe geprellt hatte. Aber nichts davon war noch wichtig. Nukleares Plasma schmolz durch meinen unteren Rücken und legte die Befehle der Ischiasnerven lahm, die irgendwie immer noch gut genug funktionierten, um mir zu erlauben, mein Bein als Krücke zu benutzen.

Leute, ich mag eine Herausforderung, aber das hier wurde lächerlich.

Bloß Sekunden, bis die Streifenwagen bei uns waren. Ich musste ein paar Gebäude umkreisen, um uns etwas Zeit zu verschaffen. Panik kam mir wieder bis in den Hals hoch. Ich hatte es einfach nicht in mir. Normalerweise kichere ich in solchen Situationen immer wie ein bekiffter Goofy. Aber normalerweise ist meine Bitch an meiner Seite, mit mir zusammen bekiffter-Goofy-kichernd. Ich fühlte mich nicht fähig, an meinen Kampfesvorrad anzuzapfen, von dem ich wusste, dass er gerade so außerhalb meiner mentalen Reichweite war. Ich fühlte mich wie ein Gelähmter.

Dann hörte ich ein Geräusch, welches alles veränderte: Blondie stöhnte. Ich taumelte, balancierte mich wieder aus, verschärfte mein Gehör und einer ihrer baumelnden Arme reichte hoch und griff mir an die Hüfte.

Es geht ihr okay!

Ihre Berührung war alles, was ich brauchte. Erleichterung war eine ganz eigene Energie, die mich überwältigte. Ich fing an, zu rennen. Ich lehnte mich nach vorne und verlängerte meine Schritte, versuchend, sie nicht zu sehr zu schütteln und schaute mich nach einem Fahrzeug um, das ich ohne viel Getue nehmen konnte. Ich rannte hinter einen Rad- und Reifenladen, Polizeimotorräder kamen hinter uns her, und weiter um das Gebäude, umkreiste es, rannte vorne wieder raus, bevor ich die Straße überquerte und zwischen zwei Essensständen zick-zackte. Ich bog in einen engen Weg ein und sah einen kleinen Parkplatz vor einem Autoradiogeschäft. Ich rannte darauf zu, der Optimismus erweiterte meine Venen bei der Ansicht unseres nächsten Fahrzeugs.

Neben einem herausgeputzten Dodge Dart war ein Can-Am Spyder, ein Reverse-Trike, der wie ein Jet-Ski mit zwei Rädern vorne dran und einem hinten aussah. Wie jeder andere mit einer Vorliebe für getunte Motorräder, wollte ich schon einen fahren, seitdem sie herausgekommen sind. Angeblich fahren sie wie Rennautos.

„Das werden wir gleich herausfinden," sagte ich Blondie, während ich sie von meiner Schulter runternahm. Ich strengte mich an, sie umzudrehen, über den Sitz zu spreizen und über den Tank zu legen. Ich hockte mich neben die Verkleidung, meine Hände gruben unter das Plastik nach den Zündungskabeln suchend. Durch ihr Visier konnte ich sehen, dass ihre Augen unruhig waren, unsere Helme berührten sich fast. „Schatz? Alles okay?" Keine Antwort. „Scheiße."

„Hey! Was zur Hölle meinst du eigentlich, was du da tust?"

Mein Kopf schoss hoch, Furcht umhüllte mich wie ein dicker, gemeiner Mist. Ein Berg eines Mannes kam aus dem Radioladen. Sein pink-weißer kahler Kopf sah auf seinem breiten Nacken klein aus. Seine Augen waren klein aufgrund seiner flatternden Wange. Er lief rasch auf mich zu, Brust- und Schultermuskeln wie Fliesen bewegten sich unter einem Audiobahn T-Shirt, einen fleischigen, drohenden Finger zeigend.

Wir haben hierfür keine Zeit!

Ich öffnete mein Visier. „Wir sind von Can-Am. Wir müssen es einliefern. Sorry. Rufen Sie das Büro an, falls Sie Beschwerden haben."

„Ich rufe niemanden an – du nimmst es nicht." Er lief schneller, finster dreinblickend. Er zeigte auf Blondie. „Nimm die Bitch von meinem Rad runter!"

Meine Augen waren in seinen verriegelt, ein tiefes, donnerndes Knurren kam aus meiner Brust. Es war eine dumme Wortwahl, aus vielen Gründen. Zuallererst bin *ich* der einzige, der sie so nennen darf und nur auf einer liebenswerten Art. Und außerdem, naja, sollte er sehen können, dass sie verletzt ist und Hilfe braucht und daher sollte er nicht so ein Schwanzlutscher darüber sein, dass ich seinen Spyder klaute.

Lahme Begründung, ich weiß. Fick dich, dass du das bemerkst. Er denkt wahrscheinlich, sie sei betrunken oder high und ich bloß ein Dieb. Aber die Botschaft für diesen Typen ist: Ein verzweifelter Mann ist ein sehr gefährlicher Mann. Das ist etwas, über das er später nachdenken wird, nachdem er nachgesinnt hat, wie ein viel kleinerer Typ ihn K.O. schlagen konnte.

Ich kniff meine Augen zusammen und sah geometrische Linien von mir ausgehend zu ihm und auf den Boden. Die Physik des Schlagens ist ziemlich einfach. Bereite dich auf das Schlagen vor und du hast potentielle Energie. Wirf deinen Schlag und du hast kinetische Energie. Die Geschwindigkeit ist die Strecke pro Zeit. Je länger die Gliedmaßen, desto schneller kann der Schlag potentiell sein; mehr Zeit, um Geschwindigkeit aufzubauen. Je schneller sich eine Faust bewegt, desto größer ist der Schwung und desto größer die Energieumwandlung, wenn es auf etwas trifft.

Aus Neugierde haben Blondie und ich mal einen 30 Kilo Sack mit Sensoren, die unsere Kraft und Geschwindigkeit gegen andere Boxer und Nicht-Boxer messen konnte, benutzt. Eine durchschnittliche Person ohne Training kann einen Schlag von etwa 100 Psi mit einer Faustgeschwindigkeit 24 km/h erreichen. Erfahrene Kämpfer schaffen durchschnittlich 776 Psi und 37 km/h – tödliche Knockout-Power. Blondie kann eine rechte Overhand mit 350 Psi werfen, ihre kleine Faust mit 32 km/h unterwegs. Extrem beeindruckend für ein Chick.

Und mein allerbester Schlag fragst du?

800 Psi bei 51 km/h. Das ist genug Kraft, um jemandes Kopf mit über 40 g zu belasten – vierzig mal Schwerkraft. Die meisten Autounfälle, tödliche, beinhalten Schmetterkräfte von 30 g bis hin zu 60 g.

Ehemalige Coaches nannten meinen Schlag immer „mörderisch". Ein entzückendes Wort, um das Können, das über viele Jahre Training als Boxer mit dem Unterricht von einem Ingenieur, zusammenzufassen.

Eine Faust in Bewegung hat Schwung, der sich nicht

verändert, bis er mit etwas kollidiert, etwa jemandes Gesicht. An dem Punkt kommt ein „Impuls" hinzu – eine Veränderung im Schwung. Kinetische Energie wird von der bewegenden Faust auf den empfangenden Kiefer transferiert. Die Faust verlangsamt sich während der Kiefer – und der Rest des Kopfes – beschleunigen, da sie den Schwung abfangen und sich in die gleiche Richtung der Faust bewegen.

Mir war klar, dass dieser Typ den Physikunterricht nicht wertschätzen würde, also behielt ich es für mich. Sobald er vor mein Gesicht getreten war, verlagerte ich das Gewicht auf mein rechtes Bein, ging einen kleinen Schritt zurück mit gebeugtem Knie. Meine linke Schulter zeigte auf ihn, was meiner Faust mehr Zeit geben würde, um Geschwindigkeit aufzubauen. Er öffnete seinen Mund, um mich weiterhin zu beleidigen und ich entfesselte die angesammelte, potentielle Energie, zuckte schnell von meinem hinteren Fuß weg, mein Bein streckte sich, um mein ganzes Gewicht in seine Richtung zu werfen, meine Schultern drehten sich gleichzeitig, mein Arm verlängerte sich, meine Faust beschleunigte, schneller, schneller, sein Gesicht genau am Ende meiner Reichweite, wo mein Schlag die volle Geschwindigkeit erreicht haben würde...

BAM!

Der kinetische Austausch wurde von meiner geballten Faust unterstützt, der Schlag traf sein Kinn mit genug Kraft, um ihn für einen Monat in eine Nackenstütze zu stecken. Sein Kopf schwang gerade nach hinten, als wäre er aus Schaumstoff, seine Augen zusammengekniffen, wieder aufgerissen, weißgerollt. Er taumelte rückwärts auf Beinen, die nicht wussten, dass sein Gehirn zeitweise außer Betrieb war. Er fiel auf die Seite in eine cartoonartige Pose und keuchte, als hätte er Schlafapnoe. Ich stellte mich über ihn, fühlte seine Taschen und grub in der mit den Schlüsseln. Ich nahm sie mir und torkelte zurück zum Spyder. „Er nennt *mein* Mädchen eine Bitch...“

Zwei, drei Streifenwagen rasten die Straße runter und fuhren an dem Radioladen vorbei als ich um die Seite fuhr, Blondie vor mir, ich über ihr lehnend und sie zwischen meinen Armen haltend. Ich schaltete und bog in eine unbekannte Straße ab, ich drehte am Gas und dachte, *Sie haben uns nicht gesehen. Sie wissen noch nicht, dass wir ein Fahrzeug haben...* Trotzdem wäre es großes Glück, zu entkommen.

Ich fand mehrere Seitenstraßen in einer Nachbarschaft und versuchte einfach, ein wenig Distanz zwischen mir und dem Polizeikordon aufzubauen.

Ich muss Hilfe für Blondie holen. Perry wird einen Arzt kennen. Dann, *Scheiße. Ich hoffe, dass Shocker es geschafft hat...*

Normalerweise würde der an mich rangedrückte Körper meines Mädchens, während ich auf einer Hochleistungsmaschine fuhr, ein Grinsen und ein hervorragendes Gefühl in mir auslösen. Aber diesmal fühlte ich gar keine Freude. Eine lange Straße ohne Verkehr gefunden, drehte ich den Spyder auf und raste auf die Ocean Springs zu, mein Geist und Körper erschöpft nach solch einer langen Fahrt, wissend, dass sie noch lange nicht vorbei war.

X. WIR WERDEN DICH KRIEGEN

Der Schlüssel zu einem befriedigenden Leben ist voller Risiken. Sachen, die das Gegenteil von angenehm sind. Sachen, die einfach *schlecht* sind.

Natürlich gibt es viele Momente im Leben, in denen man sein Glück am einfachsten steigert, indem man sich einen Lieblingssong anhört oder einen One-Night-Stand mit einer fremden Person hat. Aber manchmal lohnt es sich, ein Erlebnis zu suchen, was neu ist, sehr schwer, unvorhersehbar oder sogar erschütternd – was alles bedeuten kann von endlich entdecken, dass man den Mut zum Fallschirmspringen hat, bis hin zu Sexspielzeugen im Gebrauch. Die glücklichsten Menschen suchen sowohl einfache Freude als auch Rückgradverdrehende Herausforderungen und profitieren vom Kontrast; ohne Schmerz, kann es kein Vergnügen geben.

Schmerz... Er bringt so viele Vorteile mit sich.

Wenn du arbeitest – welche physische oder mentale Aktivität auch immer das sein mag – dich nicht genug an dein Limit bringt, jeden Tag, dann bist du bloß ein weiterer lahmer Köter, der hinter den großen Hunden her tänzelt. Leute, die sich physischen oder mentalen Schmerz aussetzen, dauerhaft, wachsen von dem Elend. Sie lernen etwas über sich. Sie entdecken Einschränkungen und wie man sie erweitert. Und vielleicht am allerwichtigsten, sie lernen, wie sie sich motivieren können.

Was ich in letzter Zeit gelernt habe, ist, dass Menschen, die Schmerzen in einem Team überstehen, eine neue Art seelische Stärke in sich und den anderen Mitgliedern aufbauen. Selbstrespekt und Respekt vor meiner Crew sind gewachsen und der *Korpsgeist* ist erheblich stärker geworden. Unsere Arbeit ist keine Arbeit für Loser – weicher, fauler, Weg-des-geringsten-Widerstandes Scheiß. Sie ist schwer. Sie tut weh. Unsere Reichweite geht über unseren Zugriff hinaus und wir sehen Schwierigkeiten eher als Herausforderung als als Bedrohungen.

Ich habe gelernt, dass wenn ein Teammitglied ein anderes in Gefahr sieht, tut er was immer nötig ist, um ihm zu helfen. Er versteht, dass es ihm Schmerzen bereiten wird, wenn er das tut, aber dass es gut für ihn ist. Kämpfer erkennen Schmerz wie jedes andere Kommunikationszeichen, was ihnen sagt, dass sie an ihrem Limit angekommen sind – genau da, wo sie sein *sollten*. Wenn du auf dem Höhepunkt deines Limits handelst, tust du alles, was du kannst, um die #1 Regel ein Bad Motherfucker zu werden zu erfüllen: Bezwinge alle deine Hindernisse, wer oder was immer sie sein mögen. Unsere Crew war verletzt, unsere Verbündete schlimm verletzt, aber das bedeutete nur, dass wir unsere Leistungen noch mehr anerkennen sollten. Wir sind gewachsen. Wir haben gelernt.

Nach unserer Tortur würden geringere Menschen eine Schulter suchen, um sich anzulehnen und ihr Drama auszuheulen, darüber meckern, dass sie ihr Leben riskiert haben, zu viel, um zu verlieren, bla, bla. Langweiliger Ich hätte Blondie erzählt, „Es tut mir leid, dass ich das Leben wie ein Spiel behandelt habe. Nicht mehr! Ich liebe dich...“ Dasselbe gilt für Langweiliger Bobby und Langweiliger Ace. Aber aufhören zogen wir niemals in Betracht. Vielmehr *stärkten* der Vorfall und Verlust von gestern unsere Entschlossenheit, diese Sache durchzumachen. Wir konnten jetzt nicht aufhören.

Auf keinen Fall.

„Gut, dass wir nicht langweilig sind,“ sagte ich ihnen, ein neuer, brennender Stolz wuchs in meiner Brust.

„Du sprichst für dich,“ sagte Perry, sein Unterkiefer stach gesellig raus. Er legte eine Hand auf seinen unteren Rücken. „Mit Bandscheibenvorfall bin ich schon seit Jahren langweilig.“

Wir lachten, während wir um Blondies Bett in einem kleinen Raum, der nach Antiseptikum roch, herumstanden. Die verletzte, goldene Göttin war in einem weißen Seidenkleid, ihr langes Haar lag in glänzenden Wellen über ihre Schultern, das Resultat eines Bades, das eine Krankenpflegerin und ich ihr gemacht hatten. Kopf und Schultern waren auf dem Bett erhöht, sie hatte eine gute Aussicht auf ihr ruiniertes Bein in seinem hellgrünen Gips, ihre Augen kaum offen, matt vom Trauma, das sie erlitten hatte.

Die Klinik war eine von vielen medizinischen Orten auf der Washington Avenue. Sie war eine orthopädische Einrichtung, eine neue Hightecheinrichtung, die von einem intelligenten Mann namens Dr. Gorman geleitet wurde. Er half uns widerwillig, nachdem wir ihm eine beachtliche Spende für seine Wohltätigkeitsorganisation anboten, Perry erlaubend, den Papierkram zu regeln. Er behandelte Blondies Bein, dann sah er nach Shockers Gesicht und meinen unterschiedlichen Wunden. Dr. Gorman konnte ein brüskes Arschloch sein. Ich mochte ihn richtig. Natürlich beeinflussten die handvoll Vicodins, die er mir gegeben hatte möglicherweise meine Gefühle, da ich mich in dem Moment so fühlte, als würde ich herumschweben und alles mögen.

„Junge Dame," sagte Dr. Gorman ungeduldig, als er mit einem Klemmbrett ins Zimmer lief, sein langer, weißer Kittel vollgepackt mit Stethoskopen und Füllern, sein perfekt gekämmtes Haar graute über seine teuren Augengläser. Er blieb am Fuß des Bettes stehen und schaute in die Runde, dann auf seine Patientin. „Sie hatten Glück. Nur leichte Quetschungen am Gehirn und an den Lungen. Der CT-Scan zeigte keine Auffälligkeiten und außerdem eine reine Gesundheitsbescheinigung. Sie müssen sich ausruhen." Blondie schloss ihre Augen. Er wendete seinen ermahnenden Blick mir zu. „Normalerweise erlaube ich Patienten nicht, über Nacht hier zu bleiben. Sie gehört verdammt noch mal in ein Krankenhaus. Also wenn sie hier bleibt, dann um sich *auszuruhen*. Verstanden?"

Ich hielt meine Hände hoch. „Ruhe, okay, Doc, wird sie kriegen."

„Ihr CT-Scan zeigt mir Prellungen von Kopf bis Zeh," klagte er mich an. „Ehrlich gesagt verstehe ich nicht, wie Sie überhaupt stehen können."

„Ich bin ein bisschen steif," sagte ich.

Er hielt das Klemmbrett wie ein Schild fest und schloss die Augen. „Ich will nicht wissen, wie Sie sich solche Verletzungen zugelegt haben. Ich will einfach, dass Sie etwas Ruhe bekommen. Die Medizin wird Sie nicht für immer in Gang halten." Er öffnete seine Augen und zeigte mit dem Klemmbrett auf mich.

Ich behielt meine Meinung für mich. Er nickte scharf, die Lippen fest aufeinandergepresst. Er wirbelte herum, sein langer Kittel flatterte hoch und zeigte uns eine Anzughose und konservative WingTips, er lief schnell weg. Einen Moment später hörten wir seine eindringliche Stimme den Patienten nebenan belästigen.

Shocker schüttelte den Kopf leise lachend, ihr Gesicht war bedeckt von Fäden und Verband, das Resultat von einer Glasentfernungsoperation, für die achtundsechzig (!) Fäden nötig waren. Letzte Nacht während der Operation, das Gesicht taub und die Stimme undeutlich, hatte sie gewitzt, „Gut, dass ich schon einen Mann habe. Ich sehe aus, wie Chuckys Braut."

„Schon wieder," hatte Ace höflich geantwortet, mehr als ein bisschen Schrecken in seinen Augen, als er seine Frau anstarrte.

Shocker gab ein betäubtes Lächeln nach seiner Bemerkung. „Kein Sorge, meine Liebe. Wir waren hier schonmal. Du fandest mein rotes Alien-Gesicht letztes Mal süß."

„Das habe ich bloß gesagt. Die Laserbehandlungen dauerten ein ganzes Jahr," sagte Ace besorgt. „Dein Gesicht war für ein ganzes *Jahr* rot."

Sie kicherte laut, bis Dr. Gorman sie zum Schweigen brachte.

Die Biestfrau brachte mich aus meiner Träumerei raus, als sie Perry sagte, „Einen entzückenden Freund hast du."

„Ist er, was?" Perrys Ton war klangvoll, amüsiert. „Er meint es gut. Das ist alles, was man verlangen kann."

Perry schaute besorgt in die Runde. Wir hatten in der Klinik geschlafen und sahen dementsprechend aus. Zum Glück konnte ich meine Jeans, Shirt und Unterhose hier waschen und Shocker nahm ein paar Kleider für Blondie mit. Ace schaffte es, seine Frau vor den Cops zu finden und sie gingen zur Garage, um die Kameraaufnahmen abzurufen und ein paar Gegenstände zu holen, falls der Laden überfallen worden war. Sie fanden Big Guns schon da, die Torsos von Kugeln durchlöchert und es gab kein Zeichen von den Kindern. Ich nahm an, dass Dieps Crew gewartet hatte, bis wir die Sicherheit der Garage verließen, bevor er uns überfiel. Die Entführung von Carl und Tho war augenscheinlich ein nachträglicher Einfall.

Ich hasse es, darüber nachzudenken, was die Jungs durchmachen, ich biss meine Zähne denkend zusammen.

Ace schaute mich von seinem Platz in einem Eckstuhl an, seine blaue Hose und sein schwarzes, langärmliges Shirt passten zur Kleidung seiner Frau, das Galaxy *Note* leuchtete sanft auf seinem Schoß. Er sagte, „Ich habe die Videos von der Garage gedownloaded. Äh." Er kratzte sein Kinn. „Die Kameras haben alles aufgenommen."

Shocker schaute angewidert. „Ich will es nicht sehen."

Ich schaute sie an, dann winkte ich ihm, *Gib her.* Ich nahm das Tablet und scrollte durch die Videos, spielte jedes ab. Tho und Carl hatten den ersten Stock gefegt, Cong und Tuan standen am Straßeneingang Wache, als fünf vietnamesische Söldner in kampfschwarz ins Bild rannten, durch einen Notausgang reingekommen, und auf Cong und Tuan von hinten schossen mit vollautomatischen Maschinengewehren. Die Royal Family Mitglieder tanzten krampfhaft als ihre Körper sich innerhalb von drei Sekunden mit Kugeln füllten, dann kollabierten sie, ohne einen Schuss abgegeben zu haben.

Das Video war geräuschlos, aber ich konnte trotzdem die Schreie der Jungs hören, als sie die Morde bezeugten. Sie hielten immer noch ihre Besen, schwangen sie wild umher und weinten hysterisch, als sie von den Männern angepackt und heftig geschlagen wurden von dreien der Männer, Congs und Tuans Körper wurden hinter die Autos gezogen von den anderen Mördern. Ich bemerkte, dass das Tablet zitterte, als ein SUV in Sicht kam und die fünf Söldner und die zwei Jungs abholte, meine Hände umklammerten die Plastikhülle fest genug, um Risse zu erzeugen, sobald das Fahrzeug wegsauste.

Sie kommen zu meinem *Haus und...*

Ich wusste, was passiert sein musste. Aber es tatsächlich zu sehen, führte mir das alles vor Augen.

„Gib es mir wieder," sagte Ace, der zart sein Gerät aus meinen Klauen zog.

Ich ließ los, stieß einen eingehaltenen Atemzug aus und ballte die Fäuste, vor Bosheit zitternd. Ich schaute Shocker an und sagte mit leiser Intensität, „Ich verstehe, warum du das nicht sehen wolltest."

Sie schaute auf ihren Schoß, den Kopf langsam schüttelnd. Sie schnupfte. „Noch eine Entführung," flüsterte sie traurig. „Noch eine."

„Äh," sagte Ace. „Ich habe eine deutliche Aufnahme vom Nummernschild gefunden. Ich kann dieses Auto wahrscheinlich via der Verkehrskameras und Satelliten verfolgen und sehen, wo sie hingefahren sind."

„Mach es. Wir werden nach N.O. suchen, sobald es dunkel ist," sagte ich. Ich bekam meinen Kopf frei, und nahm mir einen Moment, meinen Körper methodisch von den schlimmen Gefühlen zu befreien.

Die werden später praktisch sein, aber nicht hier.

Ich wandte meine Aufmerksamkeit Blondie zu. Ich stand am Bettgitter mit ihrer Hand zwischen den meinen. „Babe." Sie öffnete langsam ihre Augen. Blutergüsse waren überall auf ihrer Stirn und ihren Wangen verteilt, dunkle

Kleckse auf Haut, die von Glasschnitten schorfig war, die untere Lippe angeschwollen und wegen eienr Salbe glänzend. Sie stand schwer unter Medizin, mit einer Prellung und einem gebrochenen Femur und einer gebrochenen Tibia, saubere Brüche, die laut Dr. Gorman vollständig verheilen werden. Ihre blutunterlaufenen Augen taten sich damit schwer, sich auf mich zu fokussieren. Ich sagte ihr, „Du wolltest *Anh Long* sehen. Er wird bald hier sein. Er bringt Loc."

„Big Guns?" flüsterte sie.

Ich schüttelte den Kopf. „Er hat mit der Royal Family zu tun. Er muss Vereinbarungen für Cong und Tuan treffen. Sie hatten Frauen und Kinder. Und er versucht, herauszufinden, was mit dem Rest des Security-Teams passiert ist, das den Drachenälteren bewachen sollte. Sie sind verschwunden."

„Denkst du bestochen?" wagte Shocker zu sagen, was wir alle vermuteten.

„Sieht sicherlich danach aus," sagte Bobby ominös. Der Ebenholz-Riese starrte mit schweren Augen vor sich hin, auf einem Hocker neben Blondies anderem Bettgitter sitzend. Er stirnrunzelte ihre Infusion und ihren Herzmonitor an.

Blondie krächzte mühsam, „Diep hat den Wichsern wahrscheinlich ein besseres Angebot gemacht. Sie hatten hier keine Wurzeln wie Cong und Tuan. Diep wusste, wer bestechbar war und wer nicht."

„Das Angebot von Geld über Tod kann ansprechend sein," sagte Perry.

Ich seufzte enttäuscht. „Wahr. Aber ich hätte nie gedacht, dass Gat einfach so überlaufen würde."

„Es gibt keine Ehre mehr. Keine Ahnung, wie lange der

Schwanz schon mit uns spielte," sagte Bobby mit einer Bedrohlichkeit, die den Raum füllte. „Phong und seine Jungs wussten genau, wo sie uns überfallen konnten." Er zeigte auf Blondie. „Selbst wir Überlebende haben vieles verloren. Sie wird niemals mehr in ihren Laden gehen können. Ihre Geschäfte sind verfallen. Und wir mögen das Szenario mit Helmen verlassen haben, aber die Chancen stehen gut, dass irgendein ambitionierter Detektiv oder Polizist ein Video von uns sehen wird, wie wir in den Laden reinlaufen."

Ich sagte, „Die Geschäfte waren nicht auf ihren Namen. Ermittler könnten zwar unsere Gesichter finden, hätten aber keine Ahnung, wer wir sind." Shocker räusperte sich. Ich schaute sie an und grinste. „Na gut, sie werden wissen, wer *du* bist. Aber du bist nicht notiert oder so." Ich griff Blondies Hand und sagte meiner Crew, „Wir haben Geld. Wir können von vorne anfangen. Tho und Carl nicht. Wir müssen sie zurückbringen."

„Scheiße ja," sagte Bobby.

Blondie schaute ihn dankbar an. Ihre Augen drehten sich wieder zu mir. Sie kniff meine Finger mit einem schwachen Griff. Die Abwesenheit ihrer Kraft machte mich wütend. *Schaut was meiner Frau passiert ist! Diese MFer werden BEZAHLEN...*

Sie flüsterte, „Ich wollte ihnen Eiscreme mitbringen..." statt mit Tränen, füllte sich ihr Gesicht mit Wut.

„Warum pausieren wir diese Unterhaltung nicht bis *Anh Long* hier ist," schlug Shocker vor. „Er wird mehr wissen und wir können ohne Spekulation planen."

„Während wir auf den Oberboss und seinen komischen Sohn warten, erzähle ich euch eine Geschichte," sagte Perry mit ansteckender Freude. Wir konnten nicht anders, als ihn anzulächeln. Er grinste über sein stimmungshebendes Talent und startete eine seiner humorvollen Pflegegeschichten. „Ich arbeitete früher mit einer staatlich geprüften Krankenschwester mit Namen Troie zusammen. Sie war etwa zehn Jahre jünger als ich, aber gerissener als Typen mit doppelt so viel Erfahrung wie ich. Sie war Abteilungsleiterin im zweiten Stock," sagte er sich auf das Ocean Springs Hospital beziehend. „Wir aßen manchmal gemeinsam zu Mittag. Troie war eine Optimistin, immer konnte sie das Gute in schlechten Situationen sehen. Das mussten wir auch irgendwie, die ganze Zeit mit Kranken und Toten arbeitend, sonst macht es dir zu schaffen." Seine Augen blitzten auf. „Dafür nahmen wir auch Pillen."

„Was für welche?" fragte ich nach, plötzlich mehr wollend.

Er grinste mich an. „Die Art, die dich high macht. Die Art." Er donnerte ein Lachen in mein Was-Zur-Hölle-Mann? Gesicht. „Troie konnte jede Art Droge nehmen und immer noch auf hohem Niveau agieren. Ich nicht. Wenn sie eine witzige Energiekugel wurde, wurde ich nur zu einem witzlosen Sandhaufen." Er verschränkte die Arme und lehnte sich gegen die Wand. „Eines Morgens gingen wir gemeinsam zur Bank. Wir hatten soeben eine doppelte Schicht hinter uns und waren stoned auf Oxycodon." Er schloss die Augen, schüttelte den Kopf und lächelte bei der Erinnerung. „Wir standen mit vielen Leuten in der Schlange und die anderen Bankangestellten hatten auch lange Wartelinien. Überall Leute. Ich war hinter Troie. Sie kam an den Schalter, sah, dass der Kugelschreiber nicht mehr an der Kette befestigt war und grub in ihrer OP-Kleidung, um einen zu suchen – wir hatten immer Kugelschreiber dabei. Sie kramte einen heraus, ihre Augen waren glasig hinter ihrer Brille, und versuchte, damit zu schreiben.

Er funktionierte nicht. Sie schüttelte ihn und versuchte nochmal. Der Bankangestellte entschuldigte sich für den fehlenden Kugelschreiber. Troie sagte, 'Ich hab einen' und versuchte den Kulli noch mal. In ihrer Eile hatte sie sich den Kugelschreiber nicht gut genug angeschaut. Sie zog ihre Brille ein wenig nach unten und schielte auf den Kulli, und wir alle sahen, dass es ein Thermometer war!" Noch eine donnernde Lache. „Troie rechtfertigte sich sofort. Sie sagte, 'Scheiße. Irgendein Arschloch hat meinen Kulli'."

Wir brachen in Gelächter aus, der kleine Raum verbreitete unsere Lacher durch die Klinikhalle und den Saal. Wir brauchten etwas zum Lachen, also lachten wir etwas mehr als wir darüber hätten lachen sollen. Immer noch schmunzelnd, kriegte sich Perry wieder ein und sagte, „Die halbe Bank lachte. Die Angestellten lachten. Troie lächelte mich boshaft an und sagte mir, 'Ich lenke sie weiter ab, nimm du das Geld aus den Kasten.'" Er pfiff und wurde still, seine breiten Schultern und großer Bauch schüttelten mit Fröhlichkeit.

„Vielleicht sollten wir Troie anstellen," schlug ich vor, nur halb witzelnd.

„Du hast genug Drogen und Witze," sagte Shocker mir, die Hände an den Wangen, um zu verhindern, dass ihr Gesicht die Nähte ausdehnte. Mit einer schmerzhaften Grimasse, die ein Lachen sein sollte, wendete sie sich zu Perry. „Hör auf, mich zum Lachen zu bringen! Mein Gesicht tut weh."

„*Mein Gesicht tut weh*," sagte eine Frau mit einem Anschein von Shockers Weinen und stellte sich in den vollen Raum.

Wir drehten uns um und sahen eine große, bräunliche Figur mit blonden Locken, einem definierten Kiefer und einer großen Nase. Große Hüften drückten in der engen

Jeans, noch größere Brüste drückten ein Shirt aus, auf dem stand I'M THAT BITC#. Sie hatte eine unbesorgte Ausstrahlung, eien Hand in ihrer Tasche, die andere hielt die Hand eines kleinen Mädchens mit einem Rock, das zu einer hübscheren, zierlichen Version ihrer Mutter heranwachsen würde. Die blonde Riesin schaute sich Shocker näher an und zuckte zurück, als sie das Ausmaß, der Verletzungen der Biestfrau feststellte. „Man, Shock. Du bist wirklich zerfic -" sie blickte auf das kleine Mädchen runter, „zerstört."

Shocker antwortete, indem sie sich in ihr Gesicht griff und grunz-lächelte.

Sie bewegten sich weiter in den Raum und eine zwölfjährige Version von Ace tauchte hinter ihnen auf. Er hielt seine Schwester Caroline auf seiner Hüfte, die Augen alarmierend weitend, als er Shocker sah. Er gab ihr das Baby. „Hey Mama. Geht's dir gut?" Sie winkte ihn ab, *Nichts Neues.* Er wischte sich das lange, braune Haar aus seinen Augen, die exakt die Y-Gene von Ace hatten, kristallblau. Seine Sommersprossen erstreckten sich in ein Grinsen über die Nonchalance seiner Mutter.

„Hey Schatz." Shocker hob das Baby hoch und küsste sie. Caroline blinzelte und lachte. Danach umarmte Shocker Ace mit ihrem freien Arm, begrub ihr Kinn in seine Haare, atmete schwer ein und kniff ihre Augen zu, schnupfte, offensichtlich schreckliche Gefühle unterdrückend.

Erinnerungen, meinte mein Unterbewusstsein. *Der Junge wurde von denselben betrügerischen Cops entführt, die sie und Ace ins Gefängnis gesteckt haben.*

Ace stand auf und umarmte den Jungen und legte einen Arm um seine Frau und Tochter. Ich schaute die Familie neugierig an. *So ist das also...* Nolan hatte keine der Eigen-

schaften der Biestfrau und ich vermutete, dass er ihr Stief-
sohn war; als er geboren wurde, war sie am Anfang ihrer
professionellen Boxkarriere. Die Familie brach das
Kuscheln ab und mir leuchtete eine interessante Sache ein:
Ich interessierte mich tatsächlich für sie.

„Hmm," ich runzelte die Stirn.

Bobby stand mit einem breiten Grinsen auf und schlug
Nolans Faust ein, streichelte Carolines Wange. Er sagte
dem älteren Jungen dann, „Wie ist die Schule in Juarez?"
Er schaute Nolan weiterhin an, aber dann griff er Shockers
Schulter als sie sich von allen wegdrehte, um ihre Augen
abzuwischen.

„*Es muy dificil.*", Es ist sehr schwer, antwortete er mit
einem schnellen Wegwischen seiner Haare, seine Mutter
anschauend.

„Ja ja. Die Schule ist hart. War zu lange weg. Gut, dich
zu sehen," sagte die blonde Riesin. Sie grinste Shocker an,
vertraut, wie es alte Freunde eben sind. „Wir sind hier. Was
soll die Aufregung?" Sie wartete, bis Shocker sich wieder
gefasst hatte und schaute sich zu uns Fremden um. Ihre
Augen stoppten und blieben bei Bobby stehen, der
scheinbar schon Freude an ihrer Bekanntschaft fand.

„Hallo Patty," sagte Bobby unbehaglich.

Patty drehte sich um und starrte hoch und runter an
mir, voller Urteil. Sie schaute Shocker an und deutete mit
dem Kopf auf mich. „Ist das der Idiot von dem du mir
erzählt hast?"

„Mami!" sagte das kleine Mädchen mit schockierter,
hoher Stimme, Petty heftig missbilligend.

Patty schaute ihre Tochter an. „Was? Das zählt nicht als
Schimpfwort. Mann, Mädchen. Such dir einen Lolli oder
so. Chill."

Der Raum war voller Humor, mancher davon auf

meine Kosten. Ich ignorierte es, schaute Shocker an und verschränkte die Arme. „Idiot?"

„Ja, du bist schon ein Iddi manchmal," sagte sie stumpf. „Hi Jasmine." Sie ignorierte mich unverzüglich und umarmte das kleine Mädchen, dessen Lippen stumm das neue Wort sagten, *Iddi?*

„Er *ist* ein Idiot," krächzte Blondie, die Mundwinkel ihres verschwollenen Mundes wanderten nach oben.

Patty grinste mit ihren Pferdezähnen, schubste mich zur Seite und hielt meinem Mädchen die Hand hin. „Patty."

„Blondie." Sie drückten ihre Fingerspitzen.

Ich schaute die Frauen finster an. „Hi. Mein Name ist Raus Hier."

„Ich glaube ich folge dir," sagte Perry und drückte sich von der Wand weg, mir in den Flur folgend.

Bobby türmte über die Frauen riesig, kolossig, auch wenn seine Körpersprache die Schüchternheit eines Hundewelpens ausdrückte, der Angst davor hatte, eine Straße voller gruseliger, krankhaft gefahrener Autos zu überqueren. Die Frauen redeten laut und streichelten die Kinder, schon längst bei Themen, die Männer nicht interessieren. Bobby gab Nolan einen erfahrenen Blick, *Komm lieber mit uns mit.*

Nolan schaute seine Mama unsicher an. Shocker überprüfte ihren Sohn komplett, während sie nach seinen Essgewohnheiten und täglichen Aktivitäten fragte, gerade lange genug pausierend, um ihn ein paar mal zu umarmen, den armen Typen vollkommen bloßstellend. Sie befand ihn für gesund und war damit einverstanden, dass er mit uns mitkam, dann wandte sie ihre komplette Aufmerksamkeit wieder zu Caroline, hopste sie auf ihrer Hüfte und redete sanft mit einer du-bist-so-wertvoll Stimme, während Jasmine abwechselnd Fragen über das Baby und Blondies Verletzungen stellte. Nolan riss seine Augen ulkig auf. Er gab dem Muskelprotz ein ernsthaftes Nicken, *Ich komme definitiv mit.* Bobby legte eine Hand auf seine Schulter und lenkte ihn um Patty herum, den Jungen als Schild nutzend. Er schnipste mit zwei kraftvollen Fingern vor Ace, *Los geht's* Geek!

Ace beendete was auch immer er am Tablet gemacht hatte und steckte es in eine Tasche. Er schaute Shocker mit erlaubnissuchenden Augen an. „Schatz?"

„Geh," sagte sie ihm ohne die Augen von Caroline abzuwenden.

Ich stand im Flur und schaute Blondie durch den Türrahmen an. Sie wurde attackiert, sie konnte Jasmine nicht schnell genug antworten, bevor der kleine menschliche Dynamo der Ausfragerin sich wieder Shocker und dem Baby zuwendete. Patty redete auf Blondie ein über einen Mann aus ihrer Vergangenheit, der ihr das Bein gebrochen hatte. Mein abgefucktes Starren war wie das von Perry, Bobby und Nolan. Ace sah einfach nur verwirrt aus. „Kommt," sagte ich und lief den Flur entlang, an mehreren Räumen mit Patienten vorbei. Ich öffnete den Hinterausgang und inhalierte die stille, frische Luft des Parkplatzes voller Erleichterung.

„Wow," sagte Perry theatralisch und wischte sich die Stirn.

Ace kam als letzter raus und schloss die Tür. „Was ist gerade passiert?" fragte er.

„Im Zimmer war kein Platz für uns alle, daher mussten wir gehen," erklärte Nolan seinem Vater.

„Ja," sagte ich. „Genau das ist passiert."

„Ein schöner Tag," nahm Bobby wahr, die Hände eingestützt, und schaute auf die Bäume etwa hundert Meter weit weg, die Nachmittagssonne schwebte über sie.

„Ist es," stimmte ich ihm zu. Ich zog mir das Shirt aus, lehnte mich nach vorne und fing an, meine Jeans hochzukrempeln, bis zu meinen Knien. Es waren keine Leute in Sicht – das hier war der Parkplatz für Angestellte – und ich wollte trainieren, wenn ich konnte. Ich stellte mich auf und schaute Ace an. „Hast du die Überbleibsel aus der Garage mitgebracht?"

Er nickte. „Steak, Salat, ein paar Burger und gewürzte Eier. Brot."

„Ich habe eine Mikrowelle im Aufenthaltsraum der Krankenschwestern gesehen. Ich mach uns etwas," bot Perry an. Ace gab ihm die Schlüssel für den Scion.

„Perfekt. Kommt jemand mit?" Ich zeigte auf die große, gepflasterte Fläche, leere Parkplätze gegenüber. Es war eine Baustelle. Andere medizinische Einrichtungen würden bald gebaut werden. „Genug Platz zum Rennen."

„Warum nicht?" donnerte Bobby und zog sein Shirt aus.

Ace zuckte die Achseln und leerte seine Taschen, stapelte alles auf das langärmlige Shirt, das er auszog und auf den Bürgersteig legte.

Nolan schaute uns einen Moment gespannt an. *Ihr trainiert hier???* Dann seufzte er und krempelte die lockere Skateboarder-Hose hoch, und zeigte seinen mageren, mexikanisch-gebräunten Oberkörper, als er sein Shirt auf das seines Vaters warf.

Ich rannte in einem flotten Tempo los. Sie schlurften in einer Reihe hinter mir her.

Ich schätzte, dass man für eine Meile etwa zehn Runden um den Parkplatz rennen musste und wollte nach der Strecke aufhören. In Runde vier hatte ich einen großen Vorsprung, wobei Ace und Bobby viel schneller waren als

Nolan. Drei Minuten später hatte ich alle zwei mal umrundet, sprintete die letzte Runde und blieb da stehen, wo wir angefangen hatten, neben der Hintertür der Klinik. Bevor die anderen da waren, war ich schon am Schattenboxen. Ich schlug Jabs, wich aus, bewegte meinen Kopf hin und her und hüpfte zwischen einer Reihe an Sedans der Krankenschwestern und dem H2 Hummer von Dr. Gorman.

Die Luft war perfekt, dick mit Ende-des-Jahres Knusprigkeit, den schwachen Umrissen der weit entfernten Bäume und dem Verkehr der Washington Avenue. Mein Schweiß floss an mir runter, als ich die Geschwindigkeit erhöhte, die Schnelligkeit und Häufigkeit der Schläge vermehrend, und in einer Rate schlug, durch die meine Schultern dauerhaft brannten, mit explodierenden Schritten, Drehungen und Sprüngen, um starke Belastung auf meine Beine auszuüben, meine Fußballen erhitzten wegen der Reibung.

Stark auf meine Muskeln fokussiert und darauf, meine Muskeln zu entspannen, hatte ich eine abgeschwächte Wahrnehmung von dem, was die anderen taten. Ich bemerkte Bobbys massiven Rücken, der sich bei den Liegestützen parallel zum Boden beugte. Ace und Nolan, sportlich, aber keine Sportler, schnappten nach dem Rennen nach Luft bevor sie sich neben dem Muskelprotz plazierten, um seine Brust- und Trizepsübungen mitzumachen.

Nach weiteren fünfzehn Minuten war ich durchnässt, meine Lunge wie ein Blasebalg, weshalb ich schnell keuchen musste. Ich fühlte, dass mein Gesicht vor Anstrengung rot war, mein Fokus verschwand, während mein Kopf sich erhitzte, salziger Schweiß rannte daran runter auf meine Lippen. Meine verletzte Wade war angespannt, hatte aber ohne die Hilfe der EAP Kompressionshülse prima funktioniert. Ich hörte auf, nach einer letzten explosiven Eins-Zwei, schnaubte Erleichterung und lief zum Bürgersteig rüber und setzte mich neben die Sedans und mehreren grünen Rhododendren. Blumenbeete verdorrten hinter den Sträuchern, braune Stämme reflektierten hell neben den sauberen Klinikfenstern. Ich lehnte meine Arme auf die hölzerne Rückenlehne und sah mir Bobbys einarmige Liegestütze an. Ace zeigte seinem Sohn richtige Kniebeugen, Kopf hoch, der Hintern rausgedrückt. Sie machten noch ein paar Sets und gesellten sich dann zu mir auf die Couch.

„Nicht gedacht, dass du auf Paracetamol so rennen kannst," sagte Bobby mir. Er lehnte sich nach vorne, die Ellbogen auf die Knie und schaute auf seinen Schweiß, der runtertropfte und den Bürgersteig befleckte.

Ich zeigte einen Daumen hoch. „Kein Problem. Als ich an Wettbewerben teilnahm, konnte ich so rennen nach zwei Tagen Coke schnupfen und trinken-"

Ace gab mir einen Ellbogen, *Kind anwesend!*

„Ein paar Cokes trinken," sagte ich lahm.

„Ja. Der ganze Zucker wirkt sich schlecht auf die Leistung aus," sagte Bobby genau so lahm und schaute Ace entschuldigend an.

Nolan schaute uns an, angegriffen. „Ich weiß, was Coke ist."

„Ach ja?" sagte Ace, ziemlich überrascht. Er verzog das Gesicht. Er schien eine Erleuchtung zu haben, aber keine gute.

„Dad." Nolan war entnervt. „Ich lebe in *Juarez.*"

„Aber du gehst auf eine Privatschule."

„Ja, mit La Familias Kindern."

„Oh." Ace dachte darüber nach, seine Augen nach oben gerichtet, nachsinnend.

Nolan grinste ihn an, dann schaute er mich an. „Meine Mama kann so rennen und Schattenboxen."

„Im Ernst?" antwortete ich.

„Sie war Weltmeisterin."

Ich lachte ein bisschen. „Schon mal irgendwo gehört."

„Meinst du, du kannst sie besiegen?" Er drehte sich zur Bank, mich anschauend.

Ich schnaubte amüsiert. „Junge, deine Mutter ist kein Mensch."

„Du auch nicht," sagte Shocker aus der Klinik laufend. Jasmine folgte und hielt Carolines Hand, das Baby lief, als sei es schon viel älter. Patty stolzierte hinter ihnen. Ihre Augen blieben mit einem jagenden Blick an Bobbys shirtlosem Oberkörper hängen, der Mund mit unaufrichtigem Verlangen schmatzend.

Der große Muskelprotz stand auf und nahm sich sein Shirt, drehte sich mit dem Rücken zu uns und schaute uns an. „Ich sehe mal nach dem Essen," sagte er niemandem insbesondere, dann lief er in die Klinik. „Hey Perry!"

Ich stand auf, schaute zu Shocker und zog mir das Shirt wieder an. „Manchmal reicht es nicht, ein Mensch zu sein. Um Monster zu besiegen, muss man eins werden.

Sie nickte ernst. „Das stimmt. Der ganze Kollateralschaden ist das, was mir Sorgen bereitet."

„*Mami*," flüsterte Jasmine streng.

Pattys Augen wandten sich von der Richtung, in die ihr Crush lief, zum Mädchen. Sie winkte betroffen eine Hand. „Schon gut!" Dann schaute sie mich an und murmelte ohne viel Aufrichtigkeit, „Es tut mir leid, dass ich dich einen Idioten genannt habe."

„Sicher tut es das." Ich lächelte Jasmine an. Das Mädchen wandte sich mir mit einem zufriedenen Lächeln zu. Ich lief rüber, wischte eine verschwitzte Hand an meinem Shirt ab und hielt sie ihr hin. „Wie geht es dir, junge Dame? Mein Name ist Razor."

„Wie geht es *dir*? Mein Name ist Jasmine." Ihre Hand war so breit wie drei meiner Finger, ihre Stimme die eines Kindes, aber sie schaute mir in die Augen und schüttelte meine Hand wie eine kleine CEO. Dann schaute sie auf ihre Hand und rümpfte die Nase.

Caroline hatte uns angeschaut, den Mund verwundert geöffnet. Plötzlich grinste sie Jasmine an und fragte sie, „Hast du einen Stinkie gelassen?"

Jasmine gluckste in einem hohen Quietschton. Der Rest von uns kicherte danach.

„Schlaues Kind," sagte ich Patty.

Sie schaute ihr Kind an und versuchte, nicht zu lachen. „Ich denke..."

Das Mädchen verschränkte die Arme und hob eine Augenbraue, *Entschuldigung? Du weißt ganz genau, dass ich schlau bin!*

„Was machst du?" fragte Ace sein Mädchen, als sie die lange Hülse abnahm, ihre Schultern kräuselten das Tanktop darunter. Sie knäuelte das Shirt zusammen und warf es ihm ins Gesicht.

„Eine Runde rennen," antwortete sie ihm. „Pass auf Caroline auf."

„Ja Schatz."

Sie schaute Patty und Jasmine an. „Wollt ihr den Jungs zeigen, wie man es macht?"

„Jaaa!" quietschte Jasmine. Sie pumpte ihre winzigen Arme und begann ein übertriebenes Joggen auf der Stelle, ihre Sandalen tappten, und schaute Nolan mit angehobenem Kinn an, *Mädchen sind besser als Jungs.*

Nolan streckte seine Zunge raus, machte ein Furzgeräusch und zeigte ihr den Daumen runter.

„Hey, ich bin bei jeder Ausrede, meine Kleidung vor Männern auszuziehen, dabei," sagte Patty. Sie zog ihr T-Shirt aus und legte es auf die Bank. Sie trug darunter kein Tank Top und ihr Lächeln sagte, dass wir Glück hatten, dass sie einen BH trug, ein großes, robustes Teil, der sich über ihre massiven Brüste erstreckte. Ihre blasse Haut glänzte, ihr Muffin Top hing ihr unbeschämt über die Jeanskante. „Zeigen wir's ihnen Shock!" rief sie, dann machte sie einen Schritt vorwärts und schlug schwere Jabs, die ihre Dinger zum fliegen und wackeln brachten.

Jasmines gute Umgangsformen wurden hochgradig angegriffen als sie ihre Mutter sah, aber sie hielt jeglichen Tadel zurück. Ihre Mami demonstrierte großes Selbstbewusstsein in ihrer eigenen Haut und die Stärke ihres Auftritts war mehr als genug, um Jasmines Unstimmigkeit ins Schweigen zu erstaunen.

Der Schriftzug auf dem Shirt, I'M THAT BITC#, ist nur für Patty geschrieben worden, entschied ich.

Shockers Augen glitzerten vor Vergnügen. Sie hatte Patty genau so sehr wie die Kinder vermisst. Sie teilte eine Familiarität, die nur kommt, wenn man lange in schweren Zeiten zusammen ist. Diese Mädchen sind zusammen durch Feuermeere gegangen. *Aber wo?* fragte ich mich.

Zellengenossen, wettete mein Unterbewusstsein. *Shocker war für ein paar Jahre hinter Gittern. Sie war Teil eines Gefangenen-Kampfringes, der ins Internet gestellt wurde. Wette, dass Patty auch in dem Kreis war.*

„Hmm," dachte ich. Sie wäre ein guter neuer Teil der Crew.

„Wie viele seid ihr gerannt?" wollte Shocker wissen. Sie stützte eine Hand arrogant ein. „Eine?"

„*Zehn,*" Ich blickte sie finster an.

„Pfff. Das schaffen wir rückwärts." Sie boxte eine Faust in meine Richtung.

„Ich lasse mein Shirt an," sagte Jasmine Patty mit einem kurzen Wischen ihres langen Pferdeschwanzes.

Patty richtete ihre BH-Träger und schaute runter. „Keine Sorge. Mami ist ein großes Mädchen mit großen Kleidern, die sie verlangsamen. Dieses Ding ist wie ein Fallschirm." Sie nahm sich das Shirt und hielt es offen, dann zeigte sie auf Jasmine. „Dein schmales Hinteres wird wie ein Drachenfaden durch die Luft sausen." Sie zeigte auf ihr beträchtliches Hinterwerk. „Mamis Hintern ist eine Luftblockade."

Jasmine hielt eine Hand vor ihren Mund, ihr Lachen wie ein gekitzelter Sangvogel.

„Bereit?" fragte Shocker die Mädchen. Patty warf ihre lockigen Haare über die Schulter und nickte. Jasmine kicherte und fing wieder an, auf der Stelle zu rennen. Mutter und Tochter stürzten sich in einen lachenden Lauf, die Boxlegende schoss mit einer Geschwindigkeit los, bei der ich sicher war, dass ihre Schuhe Brand fangen würden.

„Hey. Hab ich etwas verpasst?" fragte Perry absolut begeistert als er mit Essen in Papiertüchern eingewickelt aus der Klinik rausgelaufen kam. Er blieb stehen und sah den Mädchen beim Rennen zu, seine Augenbrauen kletterten über seine Sonnenbrille bei der Ansicht von Pattys oberkörperfreier Form.

Bobby folgte ihm, mehrere Flaschen Milch- und Orangensaftflaschen aus einem Getränkeautomaten in seinen Händen. Sein Mund öffnete sich vor Ekel und Unsicherheit als Pattys hoppelnder Oberkörper um die Ecke des Parkplatzes geflogen kam. Sie warf ihr Haar nach hinten und zwinkerte offensichtlich für ihn, an uns vorbeilaufend. Er starrte ihr hinterher, sein Mund buchstäblich offenstehend, vergessend, dass er Getränke hielt, bis Nolan ihm die Flaschen abnahm.

„Ich glaub sie mag dich," merkte Nolan an als wären er und Bobby Klassenkameraden. Er lachte und lief von ihm weg, als der Muskelprotz ihm verspielt die Faust zeigte, *Lass den Mist.*

Perry verteilte ein paar Baguettes, die ausgehöhlt und mit Steak und Salat gefüllt waren und ein paar Eiern. Das fettdurchtränkte Papier war fast zu heiß um es festzuhalten. Ich roch daran, mein Bauch aufgeregt, und nahm einen Happen, der viel zu groß war, das Fleisch aus der Mikrowelle verbrannte meine Zunge, meine Augen tränten. Ich kaute, während ich die kühle Luft aufsaugte, der großartige Geschmack übertönte jegliche Angst vor Halsschmerzen.

Nolan gab mir eine offene Flasche Milch, kalt und nass. Ich drehte sie um und stöhnte genüsslich. Ich konnte fühlen, wie meine Muskeln auf die perfekte Ausgewogenheit zwischen Proteinen, Kohlehydraten und Salz. Es gibt nichts besseres als kalte Milch nach einem Workout.

Shocker flog ihre dritte Runde an uns vorbei, entspannte Arme drückten ihre Ellbogen zurück, ihr Zwerchfell weitete sich aus. Ihre Form war die einer Elitesprinterin, ihre Atmung perfekt synchron mit ihren Beinen, drei Schritte lang einatmend, zwei Schritte lang ausatmend, einen langen Schritt ausstreckend, ihre Nikes so sanft auf den Boden aufkommend, dass nur ab und zu ein Kratzen auf dem Kies zu hören war.

Frag mich was die Cops dachten, als sie diese Bestie einer Frau rennen sahen, dachte ich. Wenn sie nicht mit dem Boxen angefangen hätte, hätte sie die Welt des Laufens dominieren können. Locker.

Shocker umrundete Patty, die eine beeindruckende Leistung für ihr Wesen hinlegte, dann high-fivete sie

Jasmines hochgehaltene Hand und raste an dem kleinen Mädchen vorbei, die sich dazu entschied, ihre letzten Runden zu spazieren. Shocker beendete Runden neun und zehn in einer unglaublichen Geschwindigkeit, ihre Arme und Nacken verformten sich mit den schnellzuckenden Muskeln, die Beine verwackelten die blaue Camouflage. Die ehemalige Pound-for-Pound Meisterin lief an den Sedans vorbei und wurde langsamer. „Puh!" atmete sie laut, den Kopf erhoben, langsam einatmend. Mit den Händen eingestützt ging sie eine Runde um abzukühlen.

Ich aß das Steak auf und trank die Milch und fühlte mich gleichzeitig unwürdig und besonders, von der Legende zu lernen. Ich musste die Zeit unserer Läufe nicht stoppen, um zu wissen, dass sie mich übertrumpft hatte.

Patty rannte eine weitere, dann hörte sie auf und lief auf den Bürgersteig neben mir. „Und?" fragte sie, ihre keuchenden Atemzüge machten ihren Brustkorb größer wie ein hopsendes Schloss. Sie nahm sich ihr Shirt und wischte sich damit das Gesicht ab,

„Und was?" sagte ich.

„Könntest du sie besiegen?"

Ich schaute Nolan an, dann wieder sie. „Fühlst du dich von allen bedroht, die sie besiegen können?" konterte ich.

Sie lachte als wäre das das Lustigste, was sie jemals gehört hatte. „Oh Gott nein," kriegte sie endlich raus. „Niemand hat sie jemals besiegt."

„Also wolltest du mir das nur noch mal unter die Nase reiben, was?"

„Du bist schlau." Sie grinste mich an. „Wie ein I-diot."

„Danke. Ich habe Tag und Nacht geübt, um dieses 'i' zu verdienen."

„Mami!" Jasmine kochte. Sie stand neben Nolan, und starrte Patty an. Sie verschränkte die Arme. Die kleine

Megäre stampfte mit dem Fuß auf den Boden und verlangte, „Sei nicht *gemein.*"

„Tut mir leid," entgegnete Patty, ein Lächeln unterdrückend. „Habe ich Hausarrest?"

„Zieh dir was an!" Jasmines entnervter Ton war urkomisch. Scheinbar war das nicht die erste Verletzung der Kleiderordnung.

Kopfschüttelnd wandte ich mich von ihrem Theater ab. Perry, Bobby und Nolan saßen auf der Bank und aßen. Ich schmiss mein Papiertuch in einen Mülleimer neben der Kliniktür. Ich ging zu Shocker rüber, die schon wieder komplett bei sich war und so ruhig atmete, als schliefe sie. Sie sah Ace zu, wie er versuchte, Caroline ein gewürztes Ei zu füttern und lachte, als ihre Tochter es ausspuckte und es „ekli" nannte. Sie schaute mich an und sagte, „Ich habe vorhin schon Schattenboxing gemacht," sie schmiss eine schnelle Kombo, „ansonsten hätte ich dir auch noch gezeigt, wie man das macht."

„Keine Not," antwortete ich mit spottender Herbheit. „Du hast dein Können schon genug im Fitnessstudio bewiesen. Das musst du nicht auch noch auf dem Parkplatz machen."

Sie hob eine Braue, *Sicher?* Dann lachte sie.

Ich wollte ihr eine Unmenge an Fragen stellen, hauptsächlich über ihre Profi Erfahrung mit unserem Coach, musste die Nachfrage aber auf später verschieben, als ein schwarzer Lincoln MKS um die Klinik fuhr und neben Aces Scion parkte. Die getönten Scheiben verhinderten, dass wir die Fahrer sehen konnten, aber ich wusste, wer es war, also unternahm ich keine Vorsichtsmaßnahmen.

Der Drachenältere stieg aus dem Auto und schaute sich um. Er fand meine Augen und ich nickte, *Wir sind sicher.* Die Tür geschlossen wischte er sein dunkles Haar über seine Ohren. Seine Augen sahen leicht eingesunken aus, sein Mund war zu einer dünnen Linie zusammengepresst. Er trug ein kragenloses Knopfhemd, schwarz mit großen, weißen Knöpfen. Als sein Sohn mit ähnlicher Kleidung aus der Beifahrerseite ausstieg, dämmerte mir, dass sie so zum Trauern gekleidet waren.

Ich kniff meine Augen gedanklich zusammen. *Leute sind tot wegen dem, was wir tun. Zu viele aus unserem Team, nicht genug aus ihrem...* Was sagt das über mich aus, dem sogenannten Anführer der Mission?

„Es sagt aus, dass du dich besser anstellen musst," grölte ich.

Die Männer in schwarz näherten sich leise. Ich konnte meine Augen nicht von Loc abwenden. Er hatte den Anmut eines trainierten Kämpfers, das Gewicht auf den Fußballen, selbstbewusst, ohne nervöses Herumfuchteln mit den Haaren oder Kleidern. Er musste seiner Mutter ähneln, denn er sah im Gesicht gar nicht aus wie *Anh Long*. Sein kantiger, glattrasierter Kiefer und stoppelfrisierter Kopf hoben ihn wirklich hervor. Aber er hatte die Schultern seines Vaters, breit für einen Viet, und starke, lange Finger. Er war kein natürlicher Sportler, aber nur jemand mit einem erfahrenen Auge konnte das erkennen. Loc war ein Ektomorph, der jeden in seiner Armee-Einheit übertroffen hatte, um ein Mesomorph zu werden. Er musste dem Training extrem gewidmet sein, er hatte seinen Körpertyp von Dünne-Reiswaffel in Starker-Powerriegel verwandelt, eine beträchtliche, genetische Leistung. Die Augen gesenkt, konnte er meine Hochachtung für ihn nicht aufkommen sehen. Er blieb zwei Schritte hinter seinem Vater stehen, aufmerksam bezüglich seiner Position, ruhig und fokussiert.

„Wie geht es allen?" fragte ich *Anh Long*, immer noch Loc anschauend.

Der Drachenältere schnitt eine Grimasse. „Unsere Gemeinschaft wächst in solchen Zeiten stärker zusammen. Es ist nicht das erste Mal und sicher auch nicht das letzte. Cong und Tuan hatten Familien, Frauen und Kinder, um die wir uns kümmern werden. Nach einiger Zeit werden die Frauen es auch schaffen, wieder zu heiraten." Er hob sein Kinn. „Unsere Leute werden nicht in Vergessenheit geraten."

„Gut zu wissen." Ich stellte fest, dass jeder zuhörte, heimlich Loc anschauend, den mysteriösen Sniper, den wir immer noch nicht von Nahem gesehen hatten. Ich sagte, „Wollt ihr Blondie sehen?"

Anh Long schaute Loc an. „Ja, das wollen wir." Er schaute mich an. „*Con Xoan* hat auch etwas, das er euch vermitteln möchte."

„Habt ihr Hunger?" fragte Perry grüßend mit einem breiten Lächeln. Er lief rüber, um Hände zu schütteln. *Anh Long* nahm seine Hand mit einem warmen Politikerlächeln. Aber als Perry versuchte, Locs Hand zu schütteln, griff *Anh Long* schnell Perrys Hand und riss sie weg. Perry schaute verwirrt.

Anh Long gab noch ein entwaffnendes Lächeln. „Danke für das Angebot, aber wir haben schon gegessen." Er gestikulierte mir zu. „Wir stehen unter Zeitdruck." Er nickte allen Hallo und grinste die Kinder breit an.

Ich drehte mich zur Kliniktür. „Mal schauen, ob sie wach ist."

Unser Neunerzug marschierte den Flur runter und sammelte sich in Blondies Zimmer an. Eine beleidigte Krankenschwester benachrichtigte Dr. Gorman, der aus seinem Büro stürmte und verlangte, dass wir seine Patientin ruhen lassen. Perry manövrierte sich zur Tür hinaus, um ihn zu besänftigen. Ich lehnte mich vor und streichelte ihre Stirn, ihre Haut weich, glatt und kühl.

Ihre Augen öffneten sich langsam, matt nach einer neuen Dosis Opiaten. Sie blinzelte. „Hmmm???"

„Schatz. *Anh Long* und Loc sind hier. Sie sind gekommen, um auf deinem Gips zu unterschreiben." Ich fuhr einen Finger über das Gewebe um ihr Bein, stoppte etwa auf halber Wade, wo er endete und hielt den Finger davor zurück, ins Golden Valley zu wandern.

Sie öffnete ihre Augen weiter im Versuch, eine Warnung abzugeben. Bei dem Versuch zuckte sie zusammen, ihr Kopf tat weh, und ich fühlte mich sofort schuldig. Sie bemerkte meinen reuevollen Ausdruck und verzog die Augenbrauen, *Du siehst aus, als täte es dir leid, aber warum ist deine Hand dann immer noch da?*

Ich bewegte sie weg und rüber an ihre Schläfen, um sie zu streicheln.

Anh Long stand am Fuß des Bettes, Er gab Blondie eine ernstgemeinte Verbeugung, seine Augen in ihre schauend. „Im Namen unserer Gemeinde wünsche ich dir eine schnelle Erholung."

„Danke..." flüsterte sie.

Er trat zurück und Loc trat vor, sich auch verbeugend, allerdings wortlos. Seine Augen waren geschlossen, seine Augenbrauen gefurcht, als konzentrierte er sich oder betete eifrig, seine rechte Faust mit seiner linken Hand greifend.

Ich erkannte die Geste: Eine respektierende Grüßung von einem Kämpfer zum anderen. Das Militär hatte Loc umfangreich im Nahkampf ausgebildet. Auf der selben Weise, wie ich alles mit Boxen verbinde, waren seine Wurzeln im MMA.

Loc blieb still und kommunizierte deutlich, ohne Wörter zu brauchen. Seine Intensität und Postur machten deutlich, dass es ihm leid tat, dass er nicht für Blondie da gewesen war. Er schämte sich und quälte sich deutlich damit, dass er es nicht geschafft hatte, seinen Posten zu halten. Ein Gefühl von Verwirrtheit überfiel die Nicht-Asiaten im Raum. Das war nichts, was jemals jemand von uns schon gesehen hatte. Die alte Formalität war fremd, wurde aber gewürdigt. Es war eine epische Erfahrung, die uns erlaubte, uns mit diesem enigmatischen Krieger zu verbinden.

„Ist okay," sagte Blondie sanft, ihre Augen traurig. Sie wollte ihn umarmen.

Seine Augen blitzten auf. Die schwelende Entschlossenheit in ihnen sagte, *Es ist NICHT okay. Und ich werde unseren Verlust und Schmerz rächen.*

Loc gab ihr ein scharfes Nicken und drehte sich zu mir. Die Ausführung seines gegriffene Faust Grußes vermittelte keine Entschuldigung, nur den festen Willen, alles geradezurücken. Ich erwiderte die Geste und Verbeugung und schaute ihn dabei weiterhin an. Er atmete erleichtert ein. Und abrupt drehte er sich um und schaute seinen Vater an. Er verbeugte sich tief, sein Kopf fast auf Hüfthöhe, und blieb einen langen Moment in der Haltung stehen. Alle vergaßen zu atmen. Es war still bis auf das Piepen und Klicken der ärztlichen Geräte und dem Summen der Klimaanlage, die Krankenschwestern tratschten leise in ihrem Aufenthaltsraum. Die Körper im verkrampften Raum schienen sich näher zusammenzudrücken.

Anh Longs Stimme war sehr leise, aber wir alle konnten jede seiner Nuancen deutlich hören. Er ließ Loc gerade aufstehen, schaute ihm ins Gesicht und sprach uns an, „*Con Xoam* konnte gestern am Laden nicht helfen, weil er Dieps Männern zur Garage folgte. Es gab sieben von ihnen, alle Ex-Militärs. Zwei von ihnen bedienten Überwachungskameras." Sein Ton nahm eine sehr ernste Note an. „Loc brachte sie um. Fünf von ihnen schafften es in die Garage." Der alte Mann schaute jeden von uns abwechselnd an. „Diep sandte seine Elite zur Garage, die er als sein Hauptziel angesetzt hatte. Phongs Gruppe war ein Notfallplan, am Laden positioniert, falls sie uns an der Garage verpassten." Er schaute mich an und deutete mit seinem Kopf auf das Baby. „Wenn ihr Timing genauer gewesen wäre, wäre es viel schlimmer gekommen."

Es wurde zwischen dem wütenden Gemurmel laut eingeatmet, die Herzschläge wurden schneller. In jedem veränderte sich schnell etwas unangenehmes. Loc bemerkte die Veränderung und senkte den Kopf. Er nahm sanft die Hand seines Vaters von seiner Schulter und verließ den Raum ohne irgendjemanden anzuschauen. Seine katzenartigen Schritte brachten ihn leise den Gang runter, seine verschwindende Aura wurde stark gefühlt, ähnlich wie ein Druck, der gelockert wird.

Anh Long seufzte schwer und sagte, „Während er eine Falle für die ersten zwei aufbaute, rannten die anderen zur Garage. Als er seine Unordnung aufgeräumt hatte, war es zu spät, aufzuholen. Er hatte gehofft, es würde genug sein, ihre Nummern aufzuschreiben. Unglücklicherweise, waren die Männer zu gut ausgebildet für Tuan und Cong."

„Es war ein verdammt guter Versuch," donnerte Bobby. „Und wir schätzen Loc als Teammitglied wert."

Alle nickten, die Gemüter mit der Information beschäftigt.

Ein im Militär ausgebildeter Mördertrupp? Wo zur Hölle hab ich mich hineingebracht???

Anh Long schaute nachdenklich. Er sagte, „*Con Xoan* ist emotionaler bei der Sache, als er sein sollte. Wusstet ihr, dass er seine Familie verloren hat, bevor er dem Militär beitrat?"

Shocker schaute ihn an, die Stimme mit Mitleid geladen. „Ja. Loc und seine verlobte wurden von den Two-Eleven überfallen. Sie war schwanger. Das Baby starb."

Anh Long nickte mit angestrengten Augen. „Sie hat ihn verlassen. Das Baby wäre mein Enkelsohn gewesen." Er nahm einen entspannenden Atemzug. „*Con Xoan* ist von Wut getrieben. Hass verblendet, also ließ ich ihn Teil der Mission sein." Er starrte mich an. „ansonsten würde er überstürzt handeln und den Feind ohne Vorurteil eliminieren."

„Was ist denn daran schlimm?" fragte ich. „Lassen Sie ihn los. Je mehr er ausschaltet, desto weniger müssen wir uns sorgen." Shocker schaute ihn nachdenklich an, aber Bobby nickte und beugte sich dabei.

Der Drachenältere schüttelte den Kopf. „Wenn du ein Netz trägst, fängst du viel mehr als nur eine Garnele. Unsere Mittel müssen den anderen Lebewesen eine Flucht ermöglichen, ansonsten zerstören wir das ganze Habitat."

Das verstand ich. „Also meinen Sie, dass die Tiger Society als Ganzes erlösbar ist."

„Absolut." Keine Zweifel, nur eindeutiger Glaube.

Ich schaute mich bei meiner Crew um. Sie schluckten es auf eine gute Art. Ich schaute *Anh Long* in die Augen. „Okay. Sagen wir, wir stoßen die Anführer von ihren Leitpfosten. Wer wird ihren Platz einnehmen? Sie? Ihre Leute?"

Er zeigte ein verschlossenes Lächeln. „Zeit und Umstände werden das bestimmen."

Wir verzogen unsere Gesichter irritiert. Niemand mochte seine Scheiß geheimnisvollen Antworten. Ich achselzuckte nur und sagte, „Um Ihre Fischer-Analogie beizubehalten, wenn wir das Schiff übernehmen wollen, werden wir nur den Kapitän und seine persönlichen Handlanger los, weil wir den Rest der Mannschaft brauchen, um das Schiff zu steuern."

Er nickte weise. „Die Tiger Society ist ein großes Schiff."

„War es Phong?" flüsterte Blondie mit heiserer Stimme.

Anh Long schaute sie verwunderlich an. Dann schaute er über den Boden, während er eine Antwort abwägte. Seine Schultern sanken runter. Er sagte, „Ja. Phong war der Hauptanstifter in der Nacht bei der Kirche. Er ist der Grund, dass Loc seine Familie verlor."

„Aber..." Shocker verlor sich verwirrt. „Loc hatte mehrere Chancen, ihn zu kriegen." Caroline hielt mit weinerlichem Gesicht ihre Hand zu ihrer Mutter hoch. Shocker seufzte und hob sie grunzend hoch.

„Umstände," sagte der Drachenältere. „Es war eine schwere Entscheidung."

„Aber simpel zu erklären." Ich rollte mit dem Finger, *Raus damit. Keine Geheimnisse mehr.* Ich schaute Nolan und Jasmine an. Normalerweise unterhielten sie sich oder taten etwas, ohne sich um unsere Erwachsenenunterhaltung zu kümmern. Aber nach dem sie Loc sahen, saßen sie vernietet und schauten jeden, der redete, mit brennender Neugier an.

Anh Long grinste mich mit Augen an, die schon viele Leben und Tod Situationen gesehen hatten. Dieser Typ hatte schon seit Jahrzehnten das Sagen. Er ist der Kopf der Dragon Family, einer landesweiten Organisation mit kriminellen und legalen Interessen. Er führt eine enorme Community in San Francisco an, wo die DF ihren Hauptsitz hat, und in Teilen des Jahres hilft er, sein Haus in Biloxi zu

beobachten. Er war Oberhaupt eines Imperiums mit Verant-
wortung, die ich nicht einmal nachvollziehen konnte. Die
ganze Last davon war in seinen dunklen Augen sichtbar, als
er sagte, „Männer wie Phong sind wichtig für Organisa-
tionen wie die unsere, trotzdem kriegen sie selten eine zweite
Chance nach ihren Verstößen. Ich möchte das ändern. Wie
ich vorhin gesagt habe, versuche ich, festzustellen, was das
Verhalten beeinflusst. Ich verstehe den sozialen Druck, der
Phong dazu gebracht hat, Loc und seine Verlobte zu attackie-
ren. Also stellte ich ihn vor eine Entscheidung." Er hielt
einen Finger hoch. „Leb und arbeite für deine Versöhnung."
Noch ein Finger. „Oder stirb. Er entschied weise."

„Wow," sagte Ace. Der Geek pausierte was auch immer
er am Tablet gemacht hatte und schaute den alten Viet mit
intelligenter Analyse an.

„Das ist krass," sagte Bobby in einem rauhen Basston.
„Phong weiß bestimmt, dass hier eine Menge passiert. Weiß
er aber etwas über Dieps Mission? Irgendetwas, das
brauchbar ist?"

„Genügend," sagte *Anh Long*. „Ein intelligentes Netz,
ein gutes, kann Informationen verschiedener Quellen
zusammenfügen, um ein Ziel zu erstellen."

Bobby griff die Rückseite seines riesigen Armes und
massierte ihn. „Ich bezweifle, dass ich in demselben Raum
mit dem Mann stehen könnte, der mich meines Enkels
beraubt hat."

Eine Schmerzenswelle ging durch den Drachenälteren.
Er schaute Bobby an. „Wir spielen um Zukünfte. Es ist der
Krieg, der gewonnen werden muss, nicht die Schlachten. Es
müssen Opfer gebracht werden. Selbst meine eigenen." Er
räusperte sich und sah plötzlich älter aus. „Den Feind
kennen ist manchmal wertvoller als Rache. Und wann

immer du einen ehemaligen Feind anstellen kannst, sind sie erstaunlich verlässlich."

Deshalb ließ Phong seine Crew also nicht in den Laden einfallen, dachte ich. *Er hielt sich bewusst zurück.*

Ich lächelte. Alle schauten mich an. Ich bemerkte sarkastisch, „Verlässlich. Phong hat mir verlässlich ins Bein geschossen."

Patty fand das urkomisch und brach in schreckliches Gelächter aus. Ich drehte mich um und schaute sie an, dann hörte ich, wie Shocker ein amüsiertes Quietschen von sich gab. Ich drehte mich um, um sie anzusehen, *So lustig war es nicht.* Sie fasste sich ins Gesicht und schnaufte. Sekunden später lachten alle. Selbst die Kinder. Ich schaute die Männer und mein Mädchen finster an. „Hey! Der Scheiß war nicht witzig!"

Sie lachten lauter. Shocker zeigte auf mein Bein und fiel gegen die Wand.

Patty saß im Stuhl neben dem Bett mit Jasmine auf dem Schoß. Als das Gegröle abklang, wirbelte sie mit ihrer Hand über dem Kopf und sagte, „Also, wann geht die Party los? Ich schätze ich nehme Giseles Platz hier ein." Sie zeigte auf Blondie, dann schaute sie Shocker an. „Das ist, weshalb ich hier sein sollte, oder?"

Die Biestfrau nickte und schaute mich an. *Patty ist kompetent und wir brauchen sie.*

Ich gestikulierte, *Cool. Gut.*

Patty schaute jeden von uns an und erklärte, „Wurde Zeit! Ich hab genug davon, Babysitter zu sein, während ihr den ganzen Spaß habt!"

Blondie hatte ihren Kopf gedreht und blickte Patty finster an, den Schmerz, den es ihr bereitete, ignorierend. Sie mochte es nicht, ersetzt zu werden und noch weniger mochte sie mit Gisele verglichen werden. Es war ein

Kompliment wenn man mich fragt – sie sah aus wie die sportliche Schwester des berühmten Supermodels. Aber sie hasste es. Ihre verwundeten und mit Medikamenten vollgepumpten Augen, immer noch wunderschön, durchlöcherten Patty, *Ich bin BLONDIE verdammt!*

Grinsend sagte ich Patty, „Die Party beginnt nicht, bis wir mehr Information haben."

Normalerweise würde das meinem Mädchen den Einsatz geben, losulegen, der Recherchiererin unserer Partnerschaft. Aber da wir jetzt ein Team waren und ihre Talente auf dem Feld nötig waren, lag die Recherche komplett beim Geek. Ich schaute ihn erwartungsvoll an.

Ace kniff ein Auge zu und schaute sich um. „Ihr mögt zuallererst Interesse an den Lokalnachrichten haben."

„Über was gestern passiert ist?" fragte Bobby.

Ace sagte, „Uh-huh. SWAT hat alle eingefangen, die den Laden angegriffen haben. Drei wurden angeschossen, einer getötet. Phong wurde vor ein paar Stunden für eine Million Dollar entlassen."

Erstauntes Murmeln und Flüche läuteten durch den Raum. Trotz der Enthüllung, dass er uns Informationen brachte, mochte niemand Phong. Ich schaute *Anh Long* fragend an, *Du hast ihn rausgekauft?*

Nein, er schüttelte den Kopf, die Augen bewegten sich vor Staunen.

„Diep muss ihn für etwas Wichtiges brauchen," sagte Shocker in einem vorsichtigen Ton, Emotionen unterdrückend, um das Baby an ihrer Hüfte nicht aufzubringen. Sie schaute mir in die Augen. „Seine Stellung könnte hilfreich für uns sein."

„Das denke ich auch," antwortete ich, die interessante Information speichernd.

Anh Long dachte wütend nach. Er wurde frustriert,

sauer, dass seine Analyse fehlerhaft war. „Ich hatte den Eindruck, dass Phong austauschbar war. Hmm." Er kniff sein Kinn. „Vielleicht findet Diep, dass Phongs Taten von gestern große Loyalität der Tiger Society gegenüber bewiesen haben, was ihm eine Beförderung einbrachte."

„Oder vielleicht gehen ihm die Leute mit voll-funktionierenden Armen und Beinen aus," sagte ich und dachte an all die Typen, die meine Crew zusammengeprügelt hatte. Ich lächelte in mich hinein, dann forderte ich Ace auf, weiterzumachen.

Er sagte, „Ich habe versucht, Vietech zu verfolgen. Ich dachte, wo immer er ist, Diep muss dicht bei ihm sein, oder? Ich habe ein paar Spuren gefunden." Er drückte auf den Bildschirm des Tablets und scrollte durch etwas durch, ohne darauf zu schauen. Er sagte Blondie, „Ich nahm mi die Freiheit, jeden zu verfolgen, der kein regulärer Besucher des Ladens oder des Cafés war. In den letzten paar Tagen gab es nur zwei neue Kunden. Einer hat ein Internet Protokoll aus New Orleans benutzt."

„Was?" krächzte Blondie mit aufgerissenen Augen. Sie zappelte, als wolle sie sich aufrichten. Ich lief rüber und legte eine Hand auf ihre Schulter. Ihre großen, glänzenden Augen schauten hilflos an mir hoch. Ich sagte leise, „Ich weiß, dass du deinen Teil erledigen willst. Lass dem einfach ein paar Tage Zeit." Ich strich ihr Haar hinters Ohr. Sie schloss ihre Augen und seufzte.

Ace machte weiter. „Ich dachte, das sei etwas, was sich zu untersuchen lohnte, also ließ ich ein Programm laufen, das die IP via deiner Website gesucht hat, um zu sehen, worauf sie zugegriffen haben. Sie haben deine Festplatten komprimiert, in jedem Laden."

Blondie riss ihre Augen auf, „*Scheiße*," sie atmete heftig.

Ace nickte ihr mitleidig zu. „Irgendein gemeines Schad-programm. Ich kann es später für dich debuggen wenn du möchtest."

„Nein, das mach ich schon," seufzte sie.

Ich sagte, „Es ist allgemein bekannt, dass die Dragan-flys, die wir benutzten, um sie mit heißem Kaffee zu verbrü-hen, dem Kaffeeservice gehören. Sie hätten den Laden so oder so gefunden, auch ohne dass Big Guns Leute die Seiten gewechselt hätten." Mir war danach, zu stampfen und auszurasten.

Blondie wusste, wie wenig ich es leiden konnte, unsere echten Interessen mit unseren kriminellen Unterneh-mungen zu vermischen. Sie fand meine Hand und kommu-nizierte mit einem Drücken und Schmollen, *Wir haben zur Zeit keine Wahl.*

Ich weiß, ich drückte zurück, dann ließ ich locker.

Ace hatte mehr gute Neuigkeiten. Er informierte uns, „Der Virus, den Vietech auf ihrer Website hochgeladen hat, gibt ihm uneingeschränkte Kontrolle über alles. Er kann jeden Befehl, den ihr den Draganflys gibt, überarbeiten."

Ich gestikulierte Frustration. „Wundervoll. Also wenn wir sie bald nutzen wollen, kann er sie gegen uns verwen-den. Wie großartig."

Du musst den Plan wohl überarbeiten... grummelte mein Unterbewusstsein.

„Fick den Typen." Ich ballte eine Faust.

„Ich habe etwas für dich," sagte *Anh Long* Ace. Er kramte einen Zettel aus seiner Tasche und gab ihn dem Geek. „Die Handynummern meiner Männer in der Tiger Society. Ein paar werden schon in Dieps Führungskreis gewesen sein. Sie erfahren nie, wo die anderen dran arbei-ten, aber das Verfolgen ihrer Züge als Ganzes könnte uns etwas Konkretes geben."

„Alles klar," murmelte Ace als er sich die Zahlen anschaute und sie in sein unglaubliches Gedächtnis einprägte. „Ich kann die GPS-Signale verfolgen. Es wird Aufzeichnungen all ihrer Züge geben, zurückreichend bis zur Aktivierung der Telefone. Wir werden wissen, wo sie überall waren und wie lange sie da waren. Ich könnte vielleicht errechnen, wo sie Carl und Tho gefangen halten. Und alle anderen Gefangenen. Es gibt eine beträchtliche Menge an Variablen. Ich werde ein Diagramm erstellen und die Gleichungen –"

„Schatz," unterbrach Shocker. Sie lächelte entschuldigend in die Runde, dann schaute sie ihn sanft tadelnd an, *konzentrier dich.*

„Ja Schatz," murmelte er, dann sagte er *Anh Long*, „Die hier können wir gebrauchen." Sein Gesicht färbte sich pink während Bobby und Patty kicherten. Er steckte die Zahlen ein und tippte schnell auf seinem Tablet.

„Hervorragend." Er verschränkte die Arme. Was als Mission startete, unsere Coast von idiotischen Gang-Geschäften zu befreien, hat sich in ein überwältigendes Aufgabenfeld verwandelt. Das hier war kein örtliches oder sogar ein ländliches Problem. Wenn wir es schaffen sollten, Dieps geschmacklosen Betrieb, von Sklaven zu profitieren, stillzulegen, werden wir Leuten auf der ganzen Welt einen Dienst geleistet haben.

Wer hätte gedacht, dass ein Kerl wie ich mal Philanthrop werden würde?

Langsam erstreckte sich ein Lächeln über meine Wangen und ich schwöre, dass meine Eckzähne einen Zentimeter länger wurden. Ich hielt eine Hand hoch, pustete gegen einen imaginären Würfel und tat so, als würde ich sie werfen. „Challenge," sagte ich. Ein Schuss frohlockender Energie rannte mein Rückgrat runter.

Die Sicherheit in unserer Garage in Pass Christian war fraglich und wir würden auf keinen Fall zurück zu unserem Apartment in Gulfport gehen (wir waren gerade erst dahin gezogen. Ich wollte es nicht jetzt schon gefährden, fick dich sehr). Also beschlossen wir, unsere Base in Eddys Haus zu platzieren. Es gehörte nun Perry, aber für mich würde es immer das Haus meines Trainers sein.

Der Strand zu unserer Rechten war frei von Leuten, der Sand ein schmutziges Weiß hinter der Strandmauer, mit Gras bewachsene Stellen wuchsen auf kleinen Dünen. Kleine Wellen wogten auf und schäumten während der Ebbe. Sichtbare, untiefe Tümpel und Sandbänke hielten im beschmutzten Wasser kleine Fische gefangen, die von schnappenden und kackenden Möwen festlich verzehrt wurden. Ich schaute ein paar der Müllmänner beim Tauchen und Fangen zu, mit kleinen Fischen losfliegend, die halbtot in ihren scharfen Krallen und lächelnden Schnäbeln hin und her zitterten. Dann wandte ich meine Aufmerksamkeit vom Strand auf Eddys lange, steile Auffahrt, Patty saß neben mir auf dem Beifahrersitz, die drei Kinder auf dem Rücksitz, ihr Buick SUV brummte den Hügel mühelos hoch.

Das hohe weiße, zweistöckige Gebäude sah genau so aus, wie als wir es ein paar Monate zuvor besucht hatten. Auch wenn die Landschaft mit alten Eichen und Rosengärten viel weniger bildhaft war als im Sommer. Der breite, kreisförmige Weg vor der Garage stellte eine Dragsterrennstrecke dar, voller alter und neuer Maschinen, die mich nach Luft schnappen ließen und mir Gänsehaut bereiteten.

Als einzige Zweirad dabei, stach meine Hayabusa stark heraus. Ich war sehr besorgt über die große Suzuki auf eine

Art, wie ich mir vorstelle, dass Eltern sich um ihre Lieblingstochter sorgen, die zu spät nach Hause kommt. Meine Augen begutachteten ihre grau-weiße Verkleidung, polierte Räder und Federung und schauten nach Schäden. Ich schaffte es, kaum, mich davon abzuhalten, „Zuki!" zu rufen und auf sie draufzuspringen, um sie zu umarmen. Ich kontrollierte Blondies Truck oberflächlich. Der Midnight-Purple '52er Ford war ein Publikumshit mit einer beeindruckenden Blingreihe am gegenüberliegenden Pflaster: Perrys hellorangener '49er GMC Truck; Shockers fuck-ja-man '59er El Camino, niedrig und gemein, rot und grau; Big Guns limettengrüner, außerweltlicher Honda Prelude; und Aces Scion FR-S mit einer Flüssigkristall-Außenseite, die den ultimativen Farbschwindel konnte – unsichtbar sein.

Keine Rennstrecke, sinnte ich. *Es ist eine Versammlung für Spezialequipment.*

„Das dein Motorrad?" fragte Patty als wir ausstiegen und die Türen schlossen.

„Jap." Ich lief zu ihm rüber.

„Nimmst mich mal hinten drauf?"

Ich drehte mich um, um sie anzuschauen. Sie hielt ihre Hände auseinander, die rechte Hand drehte ans imaginäre Gas, die linke hielt einen Griff. Sie kniff die Augen zusammen, biss auf ihre Unterlippe und lehnte sich vor, als nahm sie eine scharfe Kurve in Gran Prix Geschwindigkeit und machte Geräusche wie ein Motorrad, das schaltete.

Ha! gluckste mein Unterbewusstsein. *Sie würde dich total klein aussehen lassen auf dem Rad und Blondie würde dich dafür strapazieren, die Bitch Seat Regel zu brechen: Nur der blondbehaarte Schritt meiner Frau soll meinen Fahrersitz aufwärmen.*

„Ich bin nicht gut mit Passagieren," sagte ich. „Ich habe ein nur-Blondie Gesetz, wenn du verstehst, was ich meine.

Big Guns hat ein paar schnelle Honda CBRs. Wenn du einfach mit dreihundert km/h rasen willst, kriegen wir das hin, kein Problem. Vielleicht wird Bobby dich mitnehmen."

„Ein Motorrad oder ein," sie schwenkte ihre Lippen andeutend, „Pattyrad?"

„Das wirst du ihn fragen müssen," lachte ich.

„Mami wirst du mir zeigen, wie man so tanzt?" fragte Jasmine und versuchte, ihre Mutter anzuschauen, während sie auf Nolan aufpasste, der Caroline vom Autositz runterbekam und die Tür schloss.

Pattys Gesicht verlor ein wenig Farbe. Sie dachte schnell nach. „Jas, du bist nicht, ähm, alt genug, um den Tanz zu lernen. Eines Tages ja, aber ich, äh. *Nein...*"

Nolan und ich schauten uns heiter an. Er führte die Mädchen nach drinnen und ließ mich mit meinem Motorrad alleine. Ich wischte meine Hand über den Sitz, Rindsleder mit kurzen Haaren drauf, sanft und federweich, dunkelblond gefärbt. Mein Haarstreicheln verwandelte sich in eine perverse Liebkosung, also hörte ich auf, bevor mich jemand erwischte. Ich hockte mich hin und schaute mir den Auspuff an, eine benebelnde Mischung aus synthetischen Ölen und hyperdynamischem Treibstoff, 'Zukis bestialischen Geruch. Die Yoshimira Auspuffrohre waren abgefärbt an der Stelle, wo sie in den Zylinderkopf mundeten, Blau- und Goldtöne, die ein Orange werden würden, tausende Grade, nachdem zweitausend Pferde durchrannten. Die dicken Dämpfer selber, einer auf jeder Seite des Hinterrads, glänzten wie Silber, wie besessen von meiner eigenen Hand spiegelhaft poliert. Mein gespiegeltes Bild wurde verzerrt, als ich ihre Befestigung und Schweißnahte untersuchte. Eine schwankende, flauschig-betäubende Euphorie ging von meinem Hals und meiner Brust aus, ging in meinen Unterleib und machte meinen Schritt leichter.

Ich seufzte. „Ich dachte ich müsste dich wieder vom Abschleppplatz abholen." Ein letzter Drücker und Klopfer auf den Sitz, dann wendete ich meine komplette Aufmerksamkeit dem Ford zu.

Im Schatten des Hauses sah die lila Farbe fast schwarz aus, die glänzende Oberfläche war grau, wo sie die Hayabusa auf einer Seite reflektierte, matt orange, wo es Perrys Truck auf der anderen Seite reflektierte. Der Ford war breit und niedrig, die Geländestangen unterhalb meiner Brust, und gab mir eine gute Sicht auf meine Drohne im Hintergrund.

Demonflys Flügel waren abmontiert und lagen neben dem Rumpf, der Hinterteil des Flugzeugs ragte aus der offenen Hecktür raus, viel zu lang für das zweieinhalb Meter lange Bett. Sie war nach den Mitsubishi Zeros modelliert, die die Japaner im zweiten Weltkrieg benutzt hatten. Allerdings befürchtete ich, dass mein kleines Spionflugzeug das gleiche Schicksal erleiden würde wie die Kamikaze Bomber.

„Wir hatten nicht viel Zeit, einander kennenzulernen," sagte ich dem fliegenden Dämonenchick, das mit der Airbrush auf der Seite der matten, schwarzen Motorhaube gemalt war. Es brauchte mehrere Tage Schichten und Trocknen, um sie zu malen. Ich war mit meiner ganzen Kunst verbunden, vor allem mit Projekten, die so verwickelt waren wie Demonfly. „Unsere kurze Affaire war gut für mich. Wie geht es dir?"

„Und du hast mich einen Schauspieler genannt *lon*," sagte Big Guns mit seinem silbernen Grinsen in der Ecke der Garage rumlaufend. „*Qui xu*," Psycho. „Ich wusste, dass du hier draußen mit deinen Maschinen reden würdest."

Ich schaute ihn an. „Hast du gekriegt, was ich brauche?"

Seine Wangen gingen auseinander, er fletschte die Zähne. Er beschwerte sich, „Sicher. Bedank dich nicht dafür. Es war gar nicht schwer, dein Motorrad, deinen Truck und dein Flugzeug hierher zu transportieren. Und dann," er gestikulierte empört, „hast du mich shoppen lassen! *Du ma*, Razor. Sehe ich aus wie ein Mexikaner???"

Ich stupste seine Schulter mit meinem Knöchel an. „Naja, du isst *oft* bei Taco Bell..."

Er puffte ein widerwilliges Lachen.

„Hey. Es tut mir leid. Danke, dass du so ein helfender Packesel bist." Ich zeigte mein #1 Mr. Motherfucker Lächeln. „Fühlst du dich jetzt wertgeschätzt?"

Er grunzte, *Fick dich.*

„Gut. Jetzt, da du deine innere Drama Queen entlastet hast, lass uns über den Auftrag reden."

Er stützte die Hände ein und grunzte, *Na gut.*

„Also, hast du das gekriegt, wonach ich dich gefragt habe?"

Er zeigte mir einen Blick, den ich nur als diabolisch beschreiben konnte. „Oh ja." Er verzog das Gesicht. „Sicher, dass du nicht etwas mit mehr Kick willst? Gib mir ein paar Tage und ich kann dir echtes Feuerwerk besorgen."

„Näh, wir haben keine paar Tage." Wir drehten uns mit stiller Zustimmung um, liefen über den Gehweg zur Vordertür und gingen rein. „Hat *Anh Long* uns mehr Männer besorgt?"

Der Viet Underboss gab eine andere Art Grimasse und nickte. „Sie fliegen aus San Francisco her. California Jungs." Er bewegte seinen Kiefer, „*Cac.*"

„Ich bezweifle, dass sie begeistert sind, nach Mississippi zu reisen. Wir brauchen sie auf jeden Fall." Wir blieben im Wohnzimmer stehen. Es war leer. Meine Augen irrten zum riesigen Trophäenschrank, die Ohren langsam bewusst, dass die anderen im Esszimmer oder in der Küche sein mussten.

„Brauchen sie als Spielfiguren meinst du."

„Spielfiguren, Kanonenfutter, austauschbar. Dafür bezahlt *Anh Long* sie. Sie wissen, wie das läuft. Wir brauchen ein Team mit Leuten, die wir zu Diep als Ablenkung schmeißen können. Sie scheinen unsere Hauptleute zu sein, täuschen einen Angriff vor und wir können ihre Ärsche in der Verwirrung versohlen."

„Schade, dass wir für sie keine Anzüge und Helme haben." Er kniff die Augen zusammen, ein Finger tippte auf seine verschränkten Arme, sein Gesicht gold im Lampenlicht.

„Sie haben Westen. Wir versichern, dass die Unfallverluste gering bleiben. Es wird eine Belagerung werden. Der Angriff bestimmt das Level an Aggression. Wir bringen sie dazu, genau so viel vorzurücken, dass Diep denkt, es sei unsere Hauptattacke, aber nicht so viel, dass sie im Konter abgeschlachtet werden."

Die Lippen schürzend rollte er nachdenklich mit den Augen. Ohne etwas hinzuzufügen sagte er, „Ich überlasse die Kriegsstrategie dir." Er schaute auf seine Uhr. Sie sollten bald landen. Ich werde mich mit ihnen treffen. Sehen wir uns in N.O.?"

„Ja."

„Ich seh dich da, Bro." Wir gaben uns die Hände, stießen die Oberkörper aneinander und er ging weg.

Ich lief durch die Küche, ein unbestimmtes Gefühl der Furcht ließ mich vorsichtig sein. *Warum sind alle plötzlich still?* Ich ging in den Essbereich. Shocker, Bobby und Patty standen über Ace, der am langen Tisch saß mit dem Tablet vor ihm, alle acht Augen starrten erschreckt auf den Bildschirm. Die Kinder schrien, um zu sehen und Perry strengte sich an, sie wegzubringen und lud sie ein, oben einen Film zu schauen. Er legte ein Lächeln auf und sprach mit einer besänftigenden Stimme, schaffte es, Nolan und Jasmine aus dem Zimmer zu scheuchen, Caroline auf seiner Hüfte mit großen Augen und einem weinerlichen Mund. Sie waren noch nicht außer Hörweite, bevor die panische Stimme eines Kindes aus den Lautsprechern des Tablets schrie. Caroline machte es nach, ihr Schrei schwand, als Perry die Stufen hocheilte. Ich rannte auf den Tisch zu.

„Oh mein Gott," flüsterte Shocker, die Augen verzweifelt, mit den Tränen kämpfend, als wir sahen, wie Tho und Carl von einem dickbäuchigen asiatischen Mann geschlagen wurden.

Bam! Der Mann schlug die weinenden Jungs abwechselnd, Schläge mit offener Hand, die ihre dreckigen, tränenüberlaufenen Gesichter erröteten, in grausamem HD bezeugt. Ihre gequälten Schreie wurden lauter und eine schwindelerregende Panik ummantelte mich. Sofort benommen lehnte ich mich vor, um die Tischkante zu greifen und schaute durch einen roten Film auf das Tablet.

Der Kopf des Mannes war aus dem Bild, sein entblößter, adipöser Oberkörper und plumpe Gliedmaßen waren alles, das wir sehen konnten im Licht, der Raum hinter den Jungs dunkel. Carl und Tho hingen schlaff, erschöpft, ihre Hände mit altertümlichen Handschellen über ihren Köpfen, an einer Art Apparat hängend, der aussah, als könnte man es benutzen, um Fleisch daran aufzuhängen. Ich schloss meine Augen fest. Die Jungs waren nackt, traumatisiert.

Ich griff den Tisch fester, mein Kopf schwirrte vor Schwindel. Die Szene war makaber, krank und verdreht. Es zeigte, was für eine Person Diep wirklich war. Ich riss die Augen auf und starrte den Mann an, der die Jungs auf gutturalem Vietnamesisch verhöhnte, als wären sie sich schlecht benehmende Hunde. *Das ist die Art von Leuten, mit denen Diep befreundet ist...* Wir hatten es mit einem echten Psychopathen zu tun.

Dem Drang, das Tablet hochzuheben und es an meinem Knie zu zerbrechen war schwer, zu widerstehen. Bevor ich meine Wut zum Ausdruck bringen konnte, bewegte der Peiniger die Kamera. Die Umstellung zeigte nur noch seinen Unterleib und die Beine der Jungs. Ihre Knöchel waren mit so alten Handschellen gefesselt, dass sie schon rostig und körnig waren, das Eisen aus einer Zeit, als Sklaverei noch erlaubt war. Blutströme waren an ihren Füßen getrocknet, die Haut war tief eingekerbt vom ganzen Zappeln, die Ketten ankerten sie an den schmutzigen Steinboden.

Der Mann reichte hoch und zog an etwas am Apparat, das Thos und Carls überstreckte Arme runtersinken ließ, die Körper nun in einem neunzig-Grad-Winkel gebogen, blutend, ihre ramponierten Gesichter wieder im Bild. Sie schrien heisere, schreckenerregende Bitten, als der Mann anfing, seine Hose runterzuziehen, das Flehen wurden hysterischer, als sein kurzer erregter Penis unter seinem dicken Bauch hervorsprang.

„NEIN!" brüllte Shocker, ihre Stimme gewaltig donnernd. Wir zuckten alle zusammen. Sie drehte sich wie eine andere Kreatur weg vom Tisch, einschüchternd knurrend, und schlug die nächste Wand mit einem Moment der Zerstörung, riesige Löcher in die Rigipsplatten schlagend, mehrere eingerahmte Bilder klirrten auf den Boden. Bobby und Patty stürzten hervor und griffen sie, strapazierten ihre Arme und rangen die Berserker-Frau mit viel Bemühen auf den Boden. Ace schoss von seinem Sitz runter, um zu helfen, und schrie, um zu seiner Frau durchzudringen.

Das Getose hinter mir fühlte sich weit entfernt an. Ich starrte auf das Tablet mit fassungsloser Distanziertheit, wütend über einen Weg nachdenkend, das hier zu stoppen. Zu realisieren, dass ich nichts tun konnte, war schwer, hinzunehmen. Meine Kehle fühlte sich an, als würde mich jemand würgen. Ich setzte mich auf den geräumten Stuhl. Genau als der Mann aus seiner Hose rausgekommen war, wechselte das Szenario, offensichtlich in einen anderen Raum und zeigte einen Mann und eine Frau mittleren Alters auf ihren Knien mit ihren Händen hinter dem Rücken zusammengebunden, ihre zerschlagenen Gesichter glänzten krank vor Blut, Schweiß und Tränen. *Wer zur Hölle???* Selbst ausgezogen und geschlagen sahen sie nach Oberschicht aus, die Köpfe hochhaltend, majestätisch, die Art von Leuten, die sich Maßnahmen leisten konnten, um ihr junges Erscheinungsbild zu halten; getönt und gebräunt, keine grauen oder faltigen Eigenschaften sichtlich. *Ihre Fitness ist der einzige Grund, dass sie ihre Contenance behielten,* analysierte ich kalt.

Die Kamera schwenkte nach links und zoomte auf eine Figur, die ich sofort erkannte. Ein Grölen bahnte sich in meiner Brust an, sobald ich Diep erkannte. Als er sein Gesicht der Kamera zeigte und anfing zu sprechen, begriff ich, dass das keine Aufnahme war-

Es war live!

„Razor. Großartig, dich so unbehaglich zu sehen," sagte der Tigerältere in einer tiefen, klaren Stimme. Er hielt seinen verletzten Arm hoch. Der Gips war durch eine Handgelenkbandage ersetzt, die Hand war immer noch am Verheilen von der Kugel, die Loc vor Monaten durchgeschossen hatte. „Es geht mir besser, danke der Nachfrage."

„Immer noch Paracetamol am Schmeißen, was? Pass auf, dass du nicht abhängig wirst," warnte ich den Wichser.

Sein gelbbraunes Gesicht wurde dunkler, als er näher-kam, die Kamera warf einen Schatten auf seinen Kinnbart und gemeinen Mund, seine epikanthischen Augen verengten sich zu bösartigen Schlitzen. „Immer noch der grobe Barbar wie ich sehe," konterte er. „Also gut. Lass uns barbarisch sein." Er bewegte seinen Kopf leicht auf die Gefangenen zu. „Alles, was ich über dich weiß, sagt mir, dass du diese Leute nicht kennst."

Ich starrte ihn an mit dem Wunsch, seinen selbstgefäl-ligen Kiefer von seinem Gesicht zu reißen und daran zu nagen wie an einem Kauspielzeug.

Er hob seinen Kopf einen Meter über die Kamera und starrte auf mich runter, seine Augen mit einem Verlust der Vernunft weitend, sein Lächeln breiter. „Ah... Du kennst sie *nicht.*" Er tänzelte seinen Kopf an die Seite, als wollte er an mir vorbeischauen und summte einen peppigen Song. Er hörte auf und schnaubte plötzlich, „Vielleicht kennt deine Frau sie."

Er bewegte sich von der Kamera weg und ich konnte das Paar wieder sehen. Ich zuckte zusammen, mein Herz setzte einen Schlag aus. Ich sah es jetzt.

Ich sah Blondie...

Das sind die verdammten Eltern meiner Freundin!

Diep kicherte über meinen betroffenen Gesichtsaus-druck. Er wandte sich seinen Gefangenen zu. Er trug einen Regenanzug, hellgelb mit großen schwarzen Gummistiefeln.

Warum ein wasserdichtes Outfit? Dachte ich, Dann, *Scheiße, das ist ein blutdichtes Outfit...*

In einer Tasche kramend holte er eine große Sicher-heitsbrille raus und zog sie auf. Er schaute sich Blondies Eltern leidenschaftslos an, wie ein Tapezierer eine Wand anschaut, deren Tapete er als Teil eines größeren Jobs abreißen muss. Lässig stehend sagte er mir, „Eines Tages waren meine Geschmäcker mehr wie die meiner Verbündeten, nicht sehr verfeinert, Befriedigung an Stücken von jüngerem Fleisch suchend. Wie dem auch sei," er kramte in eine andere Tasche und zog ein großes Messer raus und holte es aus der Scheide raus, „Ich bin erwachsener geworden."

Die Frau verlor ihre Fassung und weinte los, als sie das Messer sah. Der Mann murmelte unverständliche Bitten für seine Frau, sein Kiefer vehement gebrochen. Diep ließ die Scheide auf den Boden fallen, machte einen Schritt vor und trat dem Mann verächtlich in den Bauch, dann, in einer gewandten Bewegung, drehte er sich auf einem Zeh um und schwang seinen Arm taktvoll nach unten und schnitt der Frau durchs Gesicht.

Der gebundene Mann stürzte nach vorne, keuchend und hüstelnd mit seiner Stirn auf dem Boden. Die Frau kreischte einmal, dann schauderte sie mit leisen Schluchzern. Ihre Wange war in rot gebadet. Der tiefe Schnitt floss unaufhörlich und bedeckte ihren Nacken und ihre linke Brust. Ihre Augen und Nase liefen. Langsam kroch sie rüber und legte sich auf den Rücken ihres Ehemannes.

Diep lachte auf sie herab. Sein Kopf drehte sich zu mir. Er hielt das Messer hoch, der glänzende Stahl reflektierte die Kamera und den Mann dahinter, durchtränkt von unschuldigem Blut. Er sprach, als wären wir langjährige Freunde, die zusammen ein Bier tranken. „Du und ich, wir sind gar nicht so unterschiedlich."

Ich wollte das hier kurz halten. Ich hörte mich sagen, „Naja, ich hab meinen Schwanz noch, also..."

Er starrte mir in die Augen, der Nacken steif, der Körper eingefroren. Grelle Verrücktheit strahlte aus seinen dunklen Augen. Einen Moment lang dachte ich, ich hätte versagt und hatte Angst, dass er sich umdrehen würde und Blondies Leute zerhacken. Der Moment der verrückten Spannung verließ mein Gesicht und ich dachte wieder daran, zu atmen.

Er schüttelte den Kopf und das Messer, *Tz-tz*, dann sagte er mir, „Wir sind beide Künstler. Innovatoren. Wir benutzen sogar ähnliche Geräte und Sicherheitsequipments," er tippte mit dem Messer auf seine Brille, was Tropfen auf den Gläsern hinterließ, „unterschiedlich sind nur unsere Methodiken: Du fügst auf kreative Art und Weise Sachen zusammen. Ich nehme Sachen auf kreative Art und Weise auseinander."

Plötzlich spürte ich schweren Atem an meiner Seite. Ich schaute Shocker an und fühlte die extreme, fieberhafte Hitze von ihrem Körper, ihren schwitzigen, wütenden Ausdruck. Ihre Augen waren feurig vor Kampfeslust, ihre Stimme heiser und bedrohlich. „Ich werde *dich* auf kreative Art und Weise auseinandernehmen," versprach sie Diep.

Er ließ das Messer sacken und gestikulierte lächelnd, als sähe er seine Exfreundin. „Ah! Hallo Clarice Ares! Schön zu sehen, dass das FBI dich nicht verhaftet und zurück ins Gefängnis verfrachtet hat." Er legte den Kopf schief. „Wie geht es Alan Carter? Ist dein Ehemann immer noch ein krimineller Hacker?"

„Ich bin hier, du durchgebrannter Transistor," spuckte Ace aus, als er über ihrer Schulter auftauchte. Bobby und Patty stellten sich hinter mir auf und starrten mit verschränkten Armen auf das Tablet.

„Und deine wundervollen Freunde!" Der Tigerältere wedelte das Messer freudig zu Patty und Bobby. „Hallo! Ich habe so viel über euch gehört. Werdet ihr Razor, Clarice und Alan ins Leben nach dem Tod begleiten?"

„Es gibt kein Leben nach dem Tod du Schlingel," sagte

Patty, mit, Diep redend, als wäre er der größte Idiot, mit dem sie jemals geredet hatte. Dann grölte sie, „Wie du bald erfahren wirst."

„Ganz richtig, du Schwanzloser," Shocker schnaufte durch ihre Zähne. Sie hob ihr Gesicht über das Tablet und versicherte unserem Feind, *„Wir werden dich kriegen."*

Entdecken Sie mehr Bücher von Henry Roi auf https://www.nextchapter.pub/authors/henry-roi

9 781034 415992